AF562454

Alle Ähnlichkeiten mit bekannten oder lebenden (oder irgendwelchen anderen) Menschen sind unbeabsichtigt, sollten aber vielleicht Anlass sein, mal über den eigenen Bekanntenkreis nachzudenken ;-) .

Umschlaggestaltung & Design von
Dr. Martin Nausner (www.digigrafia.net)
Erfinder der wirklich coolen Fontpets
(www.fontpets.com)

Für Rita K.

Die zwar nichts mit der Geschichte in diesem Buch zu tun hat, aber dennoch viel zu seiner Entstehung beigetragen hat.

TEIL 1: ABENDDÄMMERUNG

Kapitel 1: Perfekter Tag (I)
Kapitel 2: Runter an die Spitze (I)
Kapitel 3: Mit meinen Augen (I)
Kapitel 4: Perfekter Tag (II)
Kapitel 5: Ein Haufen Narren (I)
Kapitel 6: Spieglein, Spieglein (I)
Kapitel 7: Perfekter Tag (III)
Kapitel 8: Mit meinen Augen (II)
Kapitel 9: Spieglein, Spieglein (II)

TEIL 2: MITTAGSSONNE

Kapitel 10: Ein anderer perfekter Tag
Kapitel 11: Lauf (I)
Kapitel 12: Kraft deiner Liebe
Kapitel 13: Ein Haufen Narren (II)
Kapitel 14: Runter an die Spitze (II)
Kapitel 15: Lauf (II)
Kapitel 16: Perfekter Tag (IV)

TEIL 3: NACHTSCHWÄRMER

Kapitel 17: Spieglein, Spieglein (III)
Kapitel 18: Lauf (III)
Kapitel 19: Der Blick in den Spiegel

Teil 1
Abenddämmerung

KAPITEL 1
Ein perfekter Tag (I)

'The way the pain flows through my head, the way I can´t get up of bed, the way the muscles of my eyes contract the blue into grey skies, the way my legs feel sick and lame, the way my arms do feel the same, the way the clock rings means „OK, it´s gonna be a perfect day!"' (Aquarian Age "perfect day")

Ich wache auf.
Aus einem Traum.
Und obwohl ich keine Ahnung habe, worum es in diesem Traum ging, bin ich dennoch froh, dass ich mich nicht an ihn erinnern kann, denn er war mit Sicherheit schlecht. Ich träume in der letzten Zeit immer schlecht. Träume, die mich manchmal an diesen langen, unglaublich langweiligen Tagen heimsuchen. Selbst im Wachzustand.
Ich stehe auf und frage mich, was heute für ein Tag ist. Der Kopf schmerzt und ich fühle mich schrecklich. Als hätte ich Tonnen von Gestein im Magen und noch viel schlimmer - der Geschmack in meinem Mund ist genau der gleiche: Dreckig, erdig.
Dann erinnere ich mich, dass ich mich am Vorabend erbrochen habe. Immerhin in die Toilette. Ich schüttle den Kopf, um die Müdigkeit und die Verwirrung abzuschütteln und vielleicht das Bild klarer zu sehen, aber es hilft nicht.
Doch, da ist es. Klar und deutlich.
Ich, wie ich mit meiner Toilette nähere Bekanntschaft schließe und... Moment - das ist nicht meine Toilette. Ich

senke den Kopf. Das ist auch nicht mein Bett.
Was zum …?
Ich sehe mich um und die Erkenntnis trifft mich wie ein Fußtritt: Ich bin überhaupt nicht in meiner Wohnung. Es ist ein fremdes Zimmer, eine fremde Wohnung, ein fremder Raum. Ich blicke über den Rand meiner Decke hinweg und betrachte das Bett: Es ist ein Doppelbett. Nach zögerlichem Tasten erkenne ich, dass ich alleine darin liege. Ich falle erschöpft ins Kissen zurück.
Dann dringt ein Geräusch an meine Ohren. Ein Geräusch, das ich vorher nicht wahrgenommen habe: Es klingt nach laufendem Wasser.
Jemand duscht.
Im Bad.
Ich blicke mich wieder um und erkenne, dass sich auf der anderen Seite des Bettes eine Tür befindet. Von dort kommt das Geräusch.
Ich schlage die Decke zurück, klettere aus dem Bett - mir tut alles weh, was war gestern Abend nur los? - und bemerke, dass ich nackt bin. Ich weiß zwar nicht warum, aber die Ursache, wird sich ja hoffentlich gleich herausstellen.
Nachdem ich mich wieder angekleidet habe und noch immer niemand aus dem Bad gekommen ist, klopfe ich langsam und zögernd an die Tür.
Eine Stimme ruft, ich soll eintreten.
Soweit ich das beurteilen kann, war es die Stimme einer Frau.
Ich öffne die Tür.
Vor mir steht eine junge Frau, ein wenig über zwanzig, und blickt mich mit einem Grinsen im Gesicht an.

Ich lächle zurück, wenn auch etwas spät und unbeholfen. Sie blickt mich an und meint, dass ich ja schon wieder etwas anhätte. Anscheinend sei ich mit dem Anziehen schneller, wie mit dem Ausziehen.

Dann lacht sie.

Ich lache mit und stammle irgendetwas von Übung macht den Meister, beiße mir dann fast schon auf die Zunge und rette mich in ein vielsagendes Grinsen.

Sie scheint weder entsetzt noch überrascht zu sein, sondern tritt auf mich zu, legt mir einen Arm auf die Schulter und zieht mich ein wenig zu sich heran, blickt mir kurz in dic Augen und nickt.

Schade, meint sie, sie hätte gehofft, dass ich vielleicht noch eine Stunde oder so bleiben könnte.

Ich schüttle den Kopf, es tue mir leid, aber ich wäre in Eile.

Einen Moment lang bin ich ein kleines bisschen enttäuscht von meinem Erinnerungsvermögen. Da habe ich – scheinbar – eine tolle Nacht mit dieser – wirklich schön anzusehenden – Frau verbracht und habe keine Ahnung mehr was eigentlich passiert ist.

Mist.

Sie wirkt ebenfalls ein wenig enttäuscht, aber nachdem sie auf die Uhr geblickt hat nickt sie unmerklich.

Es wäre vielleicht wirklich besser, wenn ich gehen würde, denn ihr Freund würde in ungefähr einer halben Stunde nach Hause kommen.

Ich zucke zusammen.

Ihr Freund? Freund wie in „Lebenspartner“?

Sie hat mein Zucken bemerkt und scheint meine Überraschung nicht zuordnen zu können. Sie erinnert mich

daran, dass ich das ja gewusst hätte.
Ich nicke, ja, ich habe das nur verschlafen, bin noch ein wenig müde, ich gehe dann, wir sehen uns.
Sie nickt, küsst mich auf die Wange und ich spüre durch das Handtuch, dass sie sich umgebunden hat, ihre wohlgeformten Brüste, was – obwohl ich ein bisschen unter Schock stehe – doch ein wenig erregend ist, denn sie ist keineswegs hässlich.
Ich nicke nur und verlasse die Wohnung.
Auf dem Weg nach draußen fluche ich leise vor mich hin, schimpfe mich selbst einen Idioten und frage mich, warum ich schon wieder einmal keine Ahnung habe, was am Vorabend passiert ist.

Mein Kopf ist schwer wie Blei und ich kann mir noch immer kein Bild von dem, was gestern Abend geschehen ist, machen. Der Geschmack in meinem Mund erinnert mich mittlerweile mehr an Erbrochenes als an Dreck und mir wird wieder schlecht. Ich zucke unbeholfen mit den Schultern und mache mich auf die Suche nach einem Kaffeehaus.
Ich trete auf die Straße und sehe mich um.
Keine Ahnung wo ich bin, geschweige denn, wie ich hierher kam.
Ich seufze und werde im selben Moment mit der Tatsache konfrontiert, dass ich einen sehr üblen Mundgeruch habe.
Links, die Straße runter ist ein Einkaufsmarkt.
Ich betrete ihn, gehe die Reihen durch und suche verzweifelt nach irgendwelchen Pastillen, die meinen Mundgeruch beseitigen können. Aber ich finde keine, also

muss ich mir mit Kaugummi aushelfen.
Ich kaufe zwei Packungen und trete wieder auf die Straße, schiebe mir gleich eine ganze Packung in den Mund, kaue darauf herum und hoffe, dass es hilft. Mein Blick fällt auf ein Kaffeehaus, das auf der anderen Seite der Straße liegt und ich lächle.
Ein Pluspunkt.
Immerhin.

Nach einer guten Stunde verschwinde ich wieder in den fortgeschrittenen Tag hinaus, aber mit seltsamen Gedanken im Kopf.
Ich betrachte die Fahrzeuge, die an mir vorbeifahren, betrachte die Häuser und sie wirken, als würden sie mich erschlagen wollen. Ich betrachte die Sonne, die mich töten will mit ihren hellen, alles durchleuchtenden Strahlen, betrachte die Straßenschilder, die mich mit stummen Worten anklagen und mir mein Leben vor Augen führen.
Einbahnstraße, steht dort.
Und *Keine Umkehr möglich*.
Was mich auch tief trifft ist das Wort *Sackgasse*.
Ich schüttle den Kopf, versuche diese Illusion, diesen Witz, diese Paranoia – als könnten diese Schilder mein Leben betreffen und mich durch und durch erschüttern – von mir abzuschütteln und beginne zu überlegen, beginne nachzudenken, wo mein Auto eigentlich wirklich steht und wie ich am besten nach Hause komme.
Der erste Schritt ist immer der schwerste Schritt.
Ich versuche, mich daran zu erinnern, wo ich gestern war.

Ein kurzes Aufflackern in meinem Geist bringt mich auf die Spur der Erinnerung, drängt mich dazu, mir selbst einzugestehen, dass ich gestern vielleicht ein paar mehr über den Durst getrunken habe, als ich zunächst angenommen hatte.

Dann fällt mir ein für eine Sekunde lang ein, weshalb das alles.

Zuerst war … etwas passiert.

Etwas, das mich dazu gebracht hat, in eine Bar zu stürzen und mich zu betrinken.

Danach kam das Mädchen ins Spiel.

Die Erinnerung trifft mich, wirft mich beinahe zu Boden.

Ich taumle kurz, halte mich an einer Ampel fest, damit ich nicht umfalle.

Leute, Schatten, düstere Silhouetten der Vorahnung, ziehen an mir vorüber, eine davon sagt zu ihrem Begleiter: „Diese jungen Leute! Um diese Uhrzeit schon betrunken, oder weiß-Gott-was-sonst!"

Ich rufe ihr ein „Kümmere dich um deinen eigenen Scheiß, Alte!" hinterher.

Dann richte ich mich auf, verscheuche die Schatten, die sich auf meine Seele gelegt haben, und atme ein paar Mal tief durch.

Okay.

Ich habe mich wieder im Griff.

Ich kann mich wieder erinnern.

Vielleicht nicht an alles und vielleicht ist das auch gar nicht so schlecht, aber zumindest an vieles.

Ich mache mich auf zu meinem Auto, aber die Schatten der Häuser und die Verkehrszeichen verfolgen mich.

Eine dunkle Bedrohung liegt in der Luft.
Sackgasse
keine Umkehr möglich
Ist es wirklich so? Gibt es kein Zurück mehr?
Ich weiß nicht und ich will auch nicht darüber nachdenken.
Auf der Fahrt nach Hause gehen mir dennoch alle möglichen Gedanken durch den Kopf. Ich versuche alles zu verdrängen, aber zu viele Dinge kommen immer wieder zurück und kleine Reize - Schilder am Straßenrand, Bemerkungen im Radio – machen mich auf meine Erinnerungslücke aufmerksam.
Die Fahrt kommt mir sehr kurz vor, obwohl sie wohl eine halbe Stunde gedauert haben muss.
Ich steige aus und bemerke, dass es regnet.
Die Wolken müssen aufgekommen sein, als ich gedanklich woanders war.
Seltsam, dass ich keinen Unfall gebaut habe.
Ich seufze, trete in das Haus und betrachte kurz die Flasche Rotwein, die in einer Ecke des Treppenhauses liegt und den roten Fleck, der sich rund um sie gebildet hat. Es ist Rotwein, ohne Zweifel, aber mich erinnert die Farbe an Blut.
Blut von unschuldigen Menschen.
Aber wer ist schon wirklich unschuldig?
Ich sicher nicht.

Ich betrete die Wohnung und stelle im Vorbeigehen fest, dass mein Mitbewohner ebenfalls anwesend ist.
Er steht in der Küche und scheint mich nicht zu bemerken, zumindest reagiert er nicht auf mich.

Ich betrete mein Zimmer und lasse mich aufs Bett fallen. Erschöpft, müde und verwirrt.

Der Regen prasselt an das Fenster und ich fühle mich schlechter als jemals zuvor. Jetzt kann ich nicht mehr davon laufen. Jetzt ist der Zeitpunkt da, da ich mich der Erinnerung stellen muss. Und dann muss ich nachdenken, viel und lange Zeit nachdenken.
Kombinieren.
Ich sollte ein paar Dinge überprüfen und dann werde ich vielleicht sehen. Vielleicht verstehen.
Aber als ich mich umdrehe, um ein wenig schlafen zu können - obwohl ich nicht sehr viel Hoffnung in diese Richtung hege - bemerke ich Georg, der in der Tür steht.
Er sieht an mir vorbei aus dem Fenster, als hätte er draußen einen Geist gesehen, oder als würde er in sich nach Dingen suchen, die ihm entfallen sind.
Aber das tut er nicht, wie ich im nächsten Moment feststellen muss, denn er spricht mich an.
„Die Schatten gehen heute länger um als sie es sonst tun."
Ich nicke.
„Das muss am Wetter liegen. Sie waren die ganze Nacht beschäftigt."
Georg nickt nur und sagt nichts.
Ich schließe die Augen und wieder sehe ich die kaputte Flasche Rotwein im Treppenhaus und den Fleck, den sie hinterlassen hat.
Blut.
Ich schließe die Augen und ich sehe Blut.
Eigentlich bin ich der Meinung, dass Georg bereits wie-

der verschwunden ist, aber dann höre ich seine Stimme.
„Die Schatten scheren sich nicht viel um Wetter. Sie gehen des Nachts um. Am Tag leben sie unerkannt unter uns."
Ich öffne die Augen nicht.
„Ich weiß", antworte ich trotzdem. „Sonst könnten sie niemals so lange existieren."
„Was weißt du davon?", will er wissen.
Ich öffne nun doch die Augen und sehe ihn an.
Sehe ihn das erste Mal seit langer Zeit bewusst an.
Er sitzt auf dem Sessel, der neben der Tür steht. Vor meinem Zimmer. Die Hände auf die Knie gelegt und einen gleichgültigen, aber vage interessierten Blick im Gesicht. So als würde er zwar wissen, dass es ihn etwas angehen würde, aber gleichzeitig kein großes Interesse daran haben, etwas darüber zu erfahren.
„Wolltest du es schon jemandem erzählen?"
Ich schüttle den Kopf.
„Nein, wollte ich nicht."
Ich setze mich wieder auf.
Was weiß Georg über die Schatten im Leben?
Über die Dinge, über die man nur nachts spricht?
Was weiß er und warum sagt er nichts Konkretes?
Was verbirgt er vor mir?
All diese Fragen scheinen mir ins Gesicht geschrieben zu sein, denn Georg lacht kurz auf und zuckt dann mit den Schultern.
„Glaubst du etwa, du wärst der einzige?"
Ich halte kurz inne.
Ja, das dachte ich.
Aber die Offenbarung, dass die Schatten existieren, ist

bereits genug Schock, als das man auch noch darüber nachdenken würde, ob es mehr davon gibt und ob man einen kennen würde.
„Bist du einer von ihnen?“ frage ich ihn.
Er schüttelt stumm den Kopf: Er hat sein Geheimnis. Ich habe mein Geheimnis. Und es ist für beide besser, wenn einer nicht zu viel von dem des anderen weiß.
Er hat recht damit.
Vermute ich zumindest.
All das ist neu für mich. Und es gefällt mir nicht.
„Seit wann?“
Georg zuckt wieder mit den Schultern.
Er blickt weiter aus dem Fenster, sieht dem Regen zu, der die Scheibe hinab läuft und er wirkt auf eine seltsame Art traurig, verbittert. Zugleich kann ich das erste Mal eine Art von Stärke an ihm feststellen, die mir zuvor noch nie aufgefallen ist. Als würde man die Blätter eines Baumes durch Nebel sehen, ohne je daran zu denken, dass da ebenfalls ein Stamm sein muss, an dem sie wachsen. Dann verschwindet der Nebel und plötzlich sieht man den ganzen Baum und fragt sich, wie man ihn jemals übersehen konnte.
Mich fröstelt.
„Was wirst du tun?“ fragt er mich.
„Ich habe mich noch nicht entschieden“, antworte ich.
Wieder nickt er nur, dann wirft er einen Blick auf meinen Wandkalender. Wieder scheint kein echtes Interesse vorhanden zu sein, sondern die stumme Resignation eben zu tun, was man tun muss.
„Du hast noch Zeit. Ich hoffe, dass du das weißt.“
Ich nicke.

Dann lasse ich mich wieder auf das Bett fallen.
Genug für heute.
Genug.
Ich bin müde.
Schrecklich müde.
Ich öffne die Augen und bin kurz davor Georg nochmals anzusprechen, aber er ist von seinem Platz vor der Tür verschwunden.
Ich drehe mich zur Seite und versuche zu schlafen.
Aus dem Nebenraum höre ich Geräusche.
Eine kurze Stille folgt und dann höre ich noch wie Georg etwas sagt, bevor ich einschlafe: „Du wirst dich dafür entscheiden. Das tun wir alle."
Dann schlafe ich wirklich ein und träume.

Als ich wieder aufwache ist draußen immer noch Regenwetter angesagt und irgendwie fühle ich mich schlapper als zuvor.
Ich habe lange geschlafen. Die Nacht ist vor dem Fenster angekommen. Ich habe den ganzen Tag verpennt. Aber der Schlaf war nicht erholsam und ich bin immer noch müde.
Durch meine halb geöffneten Augenlider kann ich die Schatten sehen, die sich vor mir abzeichnen und sie erinnern mich daran, dass ich Angst habe. Eine tief sitzende, panische Angst. Sie ist zu groß, als dass ich ihr nachgeben oder ihr entgegentreten könnte. Sie ist sogar so groß, dass ich nichts tun kann, außer da zu liegen und sie zur Kenntnis nehmen.
Einer der Schatten an der Wand tritt mir entgegen, sieht mich mit großen, dunkeln und leeren Augen an. Dann

lächelt er oder sie oder es, tut aber sonst nichts, berührt mich nicht, steht nur da und sieht mich an. In seinen oder ihren Augen liegt Wissen. Die Leere und die Kälte darin überschwemmen mich und reißen mich in einen dunkeln Teich, in dem ich mich selbst als Spiegelbild sehe, verzerrt und verunstaltet. Ich tue Dinge, schreckliche Dinge. Dinge, die ich niemals tun würde.

Dann wache ich wirklich auf.

Ich hoffe, dass es nur ein Traum war.

Ich hoffe, es war keine Erinnerung.

KAPITEL 2
Runter zur Spitze

'You got to conform to society, you got to forget whatever you feel and whatever you want, or else there'd be much to regret.' (Aquarian Age "Down to the top")

Georg öffnet den Mikrowellenherd und ich setze mich verschlafen an den Tisch.
Langsam kehren meine Lebensgeister zurück. Die Panikattacke, die ich hatte, ist vorbei.
Ich fühle mich besser.
Noch immer nicht gut, aber immerhin besser.
Georg mustert mich kurz und drückt mir dann einen Kaffee in die Hand.
„Ich mag keinen schwarzen Kaffee. Das weißt du doch", murmle ich und greife nach der Milch.
Georg zieht sie weg und schüttelt den Kopf.
„Wäre kein Fehler, wenn du ihn schwarz trinken würdest, glaub mir. Du siehst aus, als würdest du jeden Moment umkippen und weiterschlafen."
Ich schenke ihm einen giftigen Blick, den er ignoriert, und trinke die Tasse in einem Zug leer.
Sofort fühle ich Brechreiz in mir aufsteigen, aber er vergeht so rasch wieder, wie er gekommen ist.
Dann schlage ich die Zeitung auf.
„Seite Sieben. Linke Spalte", meint Georg.
Ich blicke ihn kurz an und blättere dann auf diese Seite.
Zuerst sehe ich nicht, was er meint, aber dann fällt es mir auf. Dort stehen drei Schlagzeilen:

Die oberste und erste hat mit dem Sparpaket zu tun und damit, dass das die Regierung stolz auf sich ist.
Die zweite berichtet davon, dass irgendein Politiker in irgendeinem Land, von dem ich noch nie im Leben gehört habe, China und Russland für ihr Veto in der Syrienfrage kritisieren. Syrienfrage, was für ein harmloses Wort.
Die dritte handelt von einer Leiche, die in einer Mülltonne gefunden wurde.
Ich überfliege den Bericht und blicke wieder zu Georg.
„Was ist damit?", will ich wissen. Es ist zwar neu für mich, dass Mörder ihre Leichen in Mülltonnen entsorgen, aber vermutlich kommt das des Öfteren vor.
Georg sieht mich mitleidig an.
„Noch nicht ganz wach?", fragt er.
Ich ignoriere ihn.
Nein.
Ich ignoriere ihn nicht, aber mein Blick ist an dem Bild hängen geblieben, welches in der Zeitung neben dem Artikel zu finden ist. Das Foto eines jungen Mädchens.
Darunter stehen ihr Name und ein Wort.
Nur ein einziges Wort.
Aber es ist bedeutungsvoll genug, dass ich zusammenzucke und nicht anders kann als es anzustarren.
„Ich wusste, dass du es bemerken würdest."
In weiter Ferne höre ich die Stimme.
In weiter Ferne erinnere ich mich an ein Lächeln.
Und noch weiter weg ist die Erinnerung an ein altes, vergangenes Leben.
„Sie war hübsch", meint Georg.
Ich nicke nicht. Ich schüttle den Kopf nicht. Ich tue nichts.

Ich kann nichts tun.
Ich kann nur da sitzen und das Foto anstarren.
Ein einziges Wort.
Ein einziges Wort das alles sagt, was es jemals zu sagen gab.
Opfer.
Mit einem Mal wird mir wieder übel.
Tot.
In einer Mülltonne.
„Warum zeigst du mir das?", frage ich ihn.
Georg zuckt mit den Schultern, schlürft seinen Kaffee und meint dann - aufgrund meiner Reaktion - leicht amüsiert: „Ich dachte es interessiert dich. Sie hat dir doch mal das Herz gebrochen, oder?"
Ich sage nichts, blicke wieder auf das Foto.
„Und jetzt hat ihr jemand ein paar Knochen gebrochen und das Herz rausgerissen. Irgendwie passend, oder?", meint er weiter.
Ich starre ihn an.
Und kann nicht glauben, was er da von sich gibt.
Er sitzt vor mir und spricht über eine Person, die ich einst liebte. Spricht von ihr mit Worten, die ich nicht einmal über irgendeine andere, mir fremde, Person hören möchte.
Ich sammle all die Verachtung zu der ich fähig bin in einem einzigen Blick und werfe ihm diesen entgegen.
„Du klingst wie ein verdammter Psychopath, weißt du das?"
Er reagiert nicht, sondern schenkt sich noch eine Tasse – mittlerweile kalten – Kaffee ein.
Ich sehe ihm zu und weiß nicht was ich sagen soll,

deshalb senke ich den Blick wieder und lese den Artikel genauer.
Georg hatte Recht.
Sie wurde übel zugerichtet und das Herz … hat man nicht gefunden.
Ich lasse kraftlos die Zeitung fallen und starre aus dem Fenster.
Knurren. Krallen. Schreie. Zerfetzte Kleidung und seltsames Licht. Seltsame Farben.
Dinge, an die ich mich nicht erinnern will.
Was würde ich dafür geben, wenn ich sagen könnte, dass dies, was hier geschieht, nur Fragmente eines Albtraums sind, der mich heimsucht. Nicht die Realität.
Nur Gespinste meines kranken Hirns.
Aber ich kann nicht.
Ich bin mir nicht sicher.
Ich kenne die Szene, die sich gerade vor mir abspielt.
Draußen vor dem Fenster ist eine Straße und ich sehe wie ein kleiner Junge mit Schulranzen vorbei geht.
Gleich wird ein gelbes Auto von rechts nach links vor dem Fenster vorbeifahren, dann wird Georg seine Tasse auf den Tisch stellen und mein Blick wendet sich ihm zu, weil er etwas sagt, was ich nicht verstehe.
Da ist der kleine Junge. Da kommt das Auto.
„Was?", wende ich mich Georg zu.
Er hat die Tasse auf den Tisch gestellt und irgendetwas gesagt.
„Ich habe gesagt, dass ich glaube, dass die Polizei uns besuchen wird."
Ich blicke ihn skeptisch an.
„Warum sollte sie?"

Georg seufzt und schüttelt mitleidig den Kopf.
Er grinst noch immer.
„Wach doch endlich auf: Deine Exfreundin liegt tot und ohne Herz in einer Mülltonne. Wen werden sie besuchen kommen, wenn nicht dich?"
Ich weiß nicht, was ich darauf antworten soll.
Vermutlich nichts.
Es war ohnehin keine wirkliche Frage. Ich stehe auf, , ziehe meine Jacke und meine Schuhe an und verschwinde aus dem Haus.

Die Mülltonne ist völlig gewöhnlich.
Grün.
Restmüll.
Deshalb wurden die Leute darauf aufmerksam.
Ich finde es seltsam, was Menschen alles auffällt: Sie wissen, dass Biomüll in den dafür vorgesehen Müllcontainer gehört und sie versuchen ihn auszusortieren, wenn sie bemerken, dass beim Restmüll jemand Biomüll hinein geworfen hat. Hören sie aber Schreie aus einer Seitenstraße, laufen sie fort, anstatt zu helfen. Und doch wollen sie alle, in Kindesjahren zumindest, Helden sein. Die Guten. Als ob es jemals „die Guten" gewesen wären, die sich über Restmüll beschwert haben.
Ich finde die Welt ist ein seltsamer Ort.
Ein letzter Blick in die Gasse.
Ich betrachte was herumliegt: Zeitungen, Plastikverpackungen, Getränkedosen, Flaschen, Zigarettenstummel. Der übliche Müll. Es riecht nach Verwesung, aber ich rede mir ein, dass der Grund dafür die Tonne mit dem Biomüll ist.

Ich spüre immer noch die Wut, die hier in der Luft liegt. Und das, obwohl es bereits fünf Monate her ist.
Schließlich wende ich mich ab und gehe ein paar Schritte zurück, weg vom Ort des Verbrechens. Weg von Tod und Verwesung.
Die Schatten hin, die Schatten her.
Was immer Georg gesagt hat, hatte mit diesen Schatten zu tun, dabei habe ich nicht mal wirklich eine Ahnung, ob er damit das gleiche meint wie ich.
Knurren. Krallen. Schreie. Zerfetzte Kleidung und seltsames Licht. Seltsame Farben.
Ich zucke zusammen und schließe die Augen als die Erinnerung mich wieder trifft.
Ja: Ich habe etwas gesehen.
Und ja: Ich glaube zu wissen, was es war.
Und Nein: Ich kann nicht sicher sein, kann nicht genau sagen, was ich gesehen haben. Das Bild ist zu unklar.
Aber bedeutet das, dass ich herausfinden muss, was ich erlebt habe? Ist es eine Notwendigkeit, mich dem zu stellen?
Ich habe nicht darum gebeten, zu sehen was ich sah.
Und vor allem habe ich keine Verpflichtungen gegenüber irgendjemand.
Oder irgendetwas.
Ich drehe mich um.
Mein Blick fällt auf eine gesprayte Nachricht an der Wand.
Der Teufel lebt – er kommt uns holen.
Mich fröstelt und mir ist, als wäre die Luft rund um mich kälter geworden.
Alles ist still.

Keine Hunde bellen.
Keine Kinder spielen in der Ferne.
Keine alte Frau sitzt an irgendeinem Fenster und blickt in den Hof.
Nichts.
Einen Augenblick lang glaube ich neben mir einen Schatten wahrzunehmen, aber als ich herumfahre, um ihn genauer anzusehen, ist da nichts.
Ich habe ihn mir vermutlich nur eingebildet.
Langsam verlasse ich diesen Ort.
Der Teufel lebt, geht mir durch den Kopf.
Aber das weiß ich schon längst.

Meine Eltern sind beide Lehrer.
Mein Vater lehrt Physik und Chemie. Meine Mutter unterrichtet Mathematik. Ich bin nicht abergläubisch.
Soweit die wichtigsten Informationen in aller Kürze.
Wie auch immer man es drehen und wenden mag, ich glaube nicht an Übernatürliches und ich glaube auch nicht daran, dass es so etwas wie Vorhersehung gibt. Und es gibt keine Beweise für Monster oder Ähnliches.
Aber dennoch nagt in mir ein seltsames Gefühl.
Etwas, dass mir sagen, mir zeigen will, dass ich mich täusche.
Die Schatten.
Wie erkläre ich mir die Schatten, die mich verfolgen?
Wie erkläre ich mir die Tatsache, dass es mir vorkommt, als würde mich nachts der Henker besuchen und mir sagen, dass die Schlinge auf welcher mein Name steht, bereits geknüpft ist?
Ich kann es mir nicht erklären.

Ich fühle mich beobachtet, wende mich immer wieder um und immer wieder glaube ich, dass mich jemand

(oder etwas)

im Blickfeld hat. Selbst dann, wenn ich weiß, dass dem nicht so ist.

In dieser Gasse haben Uschi und ich uns getrennt.

Fünf Monate ist es her.

In dieser Gasse wurde der Schlussstrich unserer Beziehung gezogen.

Ich weiß noch genau worum es hauptsächlich ging. Wie könnte ich das nur jemals vergessen?

Seltsamerweise scheint es in der Welt so zu sein, dass man - wann immer man die Möglichkeit hat mehr Geld zu verdienen - diese Chance ergreifen muss.

Ich wähle hier absichtlich das Wort müssen.

Es ist scheint keine Option zu sein, keine Auswahlmöglichkeit, nein, es ist ein Zwang. Zumindest wenn es nach Uschi ging.

- Hey, wie sieht es aus?
- Na ja, mir wurde heute eine Beförderung angeboten.
- Ja und weiter?
- Nichts, ich habe abgelehnt.
- Du hast was?
- Ja, warum sollte ich mein Aufgabengebiet wechseln? Ich bin glücklich da wo ich bin.
- Ja, aber die Chance, die du verpasst hast! Du könntest, wenn du willst, in einem Jahr der Boss der verdammten Firma sein!
- Ja, ich weiß, aber ich bin glücklich und zufrieden da wo ich bin.
- Ich verstehe dich nicht, du bist immer so ... so emotio-

nal, ich hasse das, du hast keine Perspektiven, du nimmst deine Chancen nicht wahr, du tust so als ob du zufrieden wärst, du ...

- Ich bin zufrieden, ich tue nicht so.

- Ach, mit dir kann ich nicht streiten, weißt du was? Hau ab! Oder nein, ich verschwinde. Ich habe es satt mein Leben mit jemanden zu teilen der keine Pläne für die Zukunft hat.

So ungefähr sah unser Gespräch aus.

Wenn man es kurz fasst und die ganzen Beleidigungen streicht.

Ich seufze.

Hier in dieser Gasse war es geschehen. Irgendwie scheint es eine Ironie des Schicksals zu geben, denn die Tatsache, dass man sie in genau dieser Gasse gefunden hat scheint ... nun, ironisch. Wenn ich es taktlos formuliere.

Ihr Herz ist weg.

Ich sollte zur Polizei gehen. Georg hat Recht. Sie werden mich sowieso besuchen kommen.

Gestritten. Trennung. Herz weg.

Ich kann mich noch genau erinnern wie ich ihr nachgerufen habe, dass sie kein Herz hätte.

Sie hat geantwortet, dass sie sehr wohl ein Herz habe. Sie sei sich nur ganz sicher, dass es nicht mehr für mich schlagen würde.

Und ich weiß auch noch was ich dann gesagt habe.

Na ja, nicht direkt gesagt.

Gedacht eher.

Oder gemurmelt.

Genau genommen gebrüllt:

„Dann hoffe ich, dass es dir mal jemand rausreißt."

Wolken ziehen auf und die ersten Tropfen fallen.
Ich bin stehen geblieben.
Ich rühre mich nicht von der Stelle.
Gefangen in meinen Gedanken, die in der Vergangenheit ruhen. Und mit der halbherzigen Hoffnung, dass der Regen vielleicht meine Taten reinwäscht.
Aber der Regen kann mir nicht verzeihen.
Er ist nur Wasser, das vom Himmel fällt.
Vielleicht sollte ich zur Polizei gehen.
Vielleicht sollte ich den Mord gestehen.
Vielleicht sollte ich mich auch einfach erschießen.
Der Regen wird stärker.
Ich setze die Kapuze meines Sweaters auf und verlasse die Szene.
Regen macht mich depressiv.

KAPITEL 3
Mit meinen Augen (I)

„With my eyes I want to tell you more than words can say - And with my eyes I got to see that people hurt you nearly everyday. - But when you feel you're left alone and don't know what to do - Have a look into my eyes and you know there's someone there for you." (Aquarian Age "With My Eyes")

Ich habe dich beobachtet.

Durch den fallenden Regen hindurch habe ich dich beobachtet.
Gesehen wie du getanzt hast.
Allein in der Einsamkeit deines Zimmers.
Vergraben in dir selbst und deiner verlorenen Seele.
Immer und immer wieder musste ich dich ansehen, konnte den Blick nicht abwenden von deiner Eleganz, deiner Bewegung.
Wie du engelsgleich durch den Raum, nein, wie der Raum sich um dich drehte, denn das Zentrum von allem warst du.
Immer nur du.
Und langsam verschwand die Welt um mich herum.
Langsam verblassten alle Lichter und nur noch die Einsamkeit deines Zimmers füllte meinen Horizont.
Deine Bewegung.
Dein Tanz.
Beides ein Aufblitzen der Ewigkeit, des ewig Schönen in meinem Kosmos des normalen, des abstrakten Bösen.
Eine Quelle des Lichts in meiner Welt der Schatten.
Du warst so anders wie sie alle.
Ganz anders.
Du warst die Reinheit in einer Welt des Schmutzes.

Aber wie alles Unschuldige in dieser Welt musstest du zugrunde gehen.
Wie alles Reine in dieser Welt wurdest du besudelt.
Von ihm.
Niemand hat dir geholfen.
Und der Regen hat dich nicht rein gewaschen.
Er hat dir nur klar gemacht, dass etwas zu Ende ist und nichts Neues begonnen hat.

Ich habe dich beobachtet.

Ich war dabei, als du zusammengebrochen bist.
Ich war anwesend, als du am Boden deines Zimmers lagst und geweint hast.
Krämpfe schüttelten deinen Körper.
Die Tränen fraßen sich wie Säure in den Boden.
Sie tropften in den Kern der Welt und veränderten ihn für immer.

Die Sonne schien.

Ich weiß es noch.
Ich stand unter einem Baum, damit mich ihr Licht nicht blendet.
Seine Blätter schützten mich.
Ich lehnte am Stamm und konnte durch die Zweige in dein Zimmer sehen.
Aber das Licht schwand.
In dem Moment, als ich sah, dass deine Tränen zu Boden fielen, deine Anmut zerbrach und dein Tanz – eins mit der Welt – zu Ende war, begriff ich, was geschehen war:

Du bist gestürzt.

Meine Tränen mischten sich an diesem Tag mit den deinen.
Im Boden wurden sie eins.
Donner durchzog den eben noch so schönen Tag.
Es fiel mir schwer den Blick von dir zu wenden.
Wie du so da lagst.
Am Boden.
Geweint hast.
Ich konnte meinen Blick nicht abwenden.
In seinen Augen bist du nichts weiter als eine der Welt entrückte Puppe gewesen.
Eine Marionette mit der er glaubte spielen zu können.
Ein Püppchen, schön anzusehen.
Wer konnte es ihm verdenken?
Wer?, frage ich dich.

Was hätte ich gegeben, um dir helfen zu können?
Was hätte ich gegeben zu dir stoßen zu können, um dich zu retten?
Und wie sehr hat es mich verletzt, genau das zu tun.
Ich kam zu dir.
Aber du nahmst meine Hilfe nicht an.

Auch ich fiel an diesem Tag.

Nicht er hat mich zerstört.
Du hast mich zerstört.
Ich hatte so gern eine Heldin sein wollen.
Für dich.
Hätte dich retten wollen.
Aber ich war nur ein Kind.
Dein Kind.

KAPITEL 4
ein perfekter Tag (II)

'Some people run away in fear, but I just smile and drink their beer, and while I'm searching for my teeth I hear someone call the police. Some catholic man's speaking of sin, and then policemen hurry in. When they imprison me I say, „This is for sure a perfect day!"
(Aquarian Age "Perfect Day")

Licht am Ende des Tunnels.
Vermutlich nur ein Zug.
Ich habe Kopfschmerzen.
Langsam setze ich mich auf und versuche wieder Leben in meine Glieder zu bekommen. Immerhin habe ich es geschafft ein wenig zu schlafen.
Georg ist nicht im Haus.
Ich habe gehört, wie er die Tür draußen zugeschlagen hat. Das macht er immer. Wie ich ihn kenne liegt da draußen irgendwo ein Zettel herum, auf welchem steht, was er gerade macht. Allerdings kann ich nicht sagen, dass mich das im Moment sehr interessieren würde.
Ich seufze und überlege, ob jetzt nicht eine Tasse Kaffee das Richtige wäre.
Nach einem halbherzigen und nicht wirklich langen Kampf ergebe ich mich meiner inneren Überzeugung und gehe in die Küche.
Der Tag hat erst dreizehn von seinen vierundzwanzig Stunden hinter sich gebracht.
Ich zittere.
Der Kaffee war wohl zu stark.
Quatsch.

Purer Selbstbetrug.
Ich weiß genau, warum ich zittere.
Seitdem ich von meinem kurzen Ausflug nach Hause gekommen bin warte ich doch nur darauf, dass die Polizei endlich anruft, oder - noch besser - gleich die Tür eintritt und mir meine Rechte vorliest.
Nicht, weil ich meine Exfreundin getötet habe, sondern weil ich der letzte war, den sie lebend gesehen hat. Was natürlich Blödsinn ist, es liegen Monate zwischen ihrem Tod und unserem Streit. Aber das Hirn spielt einem Menschen hin und wieder seltsame Streiche. Was redet man sich nicht alles ein, wenn man verzweifelt ist.
Und trotzdem lässt mich das Gefühl nicht los, dass ich recht damit habe. Ich war der letzte Mensch, der sie gesehen hat.
Woher diese innere Überzeugung kommt, weiß ich nicht.
Meine Gedanken schweifen wieder in die Ferne und ich fühle mich unendlich langsam, träge. Als würde etwas nach mir greifen und mich mit gehässigem Lachen nach unten ziehen. Aber selbst dieses Übel, dieses düstere Nichts, das meine Stimmung unter die Erdoberfläche ziehen will, entpuppt sich am Ende doch nur als ich selbst.
Die heutige Zeitung liegt drüben am Tisch, aber ich weigere mich nach ihr zu greifen. Ich weigere mich in ihr zu lesen, denn wer weiß schon, welche Dämonen sie noch heraufbeschwören mag.
Immer wieder und wieder höre ich die gleichen Worte in meinem Kopf.
Immer und immer wieder höre ich mich selbst in die Gasse brüllen: Dann hoffe ich, dass es dir mal jemand

rausreißt …
Und dann hänge ich für einen viel zu kurzen Augenblick im Traum eines Sommers fest:
Kleine Wolken ziehen über einen blauen Himmel und vor uns liegen endlose Felder.
Sie lächelt mich an. Ich lächle zurück.
In ihren Augen sehe ich dieselbe Liebe für mich, die ich für sie verspüre … liebst du mich? … ein Hauch in der Luft, nur ein Flüstern im Wind … Ja, für immer … eine Antwort, die sie niemals hätte geben sollen.
Für immer.
Wer weiß schon wie lange das ist? Ich mit Sicherheit nicht … und sie kannte sie auch nicht. Ein Sommer der Freude. Entgegen der Meinung aller die ich kannte, war es nicht der einzige Sommer der Freude, nein, wir haben ein paar verbracht.
Anfangs als Freunde. Dann als Liebende … und dann keinen mehr.
Vielleicht glorifiziere ich, jetzt, wo alles zu Ende, unwiderruflich verloren, ist.
Vielleicht male ich in meinem Kopf nur Bilder die ich gerne gesehen hätte, aber niemals wirklich gesehen habe.
Mit einer abrupten Bewegung reiße ich mich aus meinen Gedanken los, stoße dabei die Tasse um und Kaffee tropft vom Tisch auf den Boden.
„Mist“, fluche ich, greife aber nach einem Tuch, knie mich auf den Boden und wische das klebrige Zeug weg.
„Hast du gekleckert? … du Tollpatsch, komm schon, ich will dir was zeigen, etwas, was dich viel wacher macht als Kaffee …“
Ihre Stimme aus der Vergangenheit.

Ich bleibe am Boden sitzen und frage mich, warum es mich immer noch berührt. Diese Zeit ist bereits lange zu Ende, vorbei.
Ich war lange schon darüber hinweg.
Aber dann …
Was muss alles passieren, damit man etwas wirklich vergisst? Damit man wirklich über etwas hinweg ist?
Vielleicht muss gar nichts passieren.
Vielleicht ist es schlicht und einfach nicht möglich.
Ich stehe wieder auf und quetsche den Kaffee aus dem Tuch in den Abfluss.
Ich sollte die Polizei anrufen.
Vielleicht sollte ich das wirklich tun.
Eine Weile stehe ich noch unentschlossen in der Küche, dann setze ich mich endlich in Bewegung.

Ich habe die Polizei nicht angerufen.
Stattdessen habe ich meine Zigaretten und meine Geldbörse geschnappt und – ohne viel Hoffnung auf Ablenkung – in die nächste Kneipe verzogen.
Hier stehe ich nun am Tresen und trinke ein Glas Wein. Das dritte.
Es ist jetzt gerade mal zwanzig nach Zwei und ich bin am besten Weg mich zu betrinken.
Die Leute um mich herum meiden mich, sie starren mich an. Ich habe keine Ahnung, weshalb. Mir wäre nicht aufgefallen, dass ich irgendwie anders aussehen würde als in den letzten Tagen, Wochen, Monaten, all der Zeit in welcher ich des Öfteren hier war.
Trotzdem glotzen mich alle an.
Dann dämmert es mir endlich: Sie alle wissen, dass

Uschi tot ist.
Wie könnte es auch anders sein? Natürlich haben sie es in der Zeitung gelesen und natürlich waren wir oft auch gemeinsam hier.
Frank hinter der Bar sieht mich an und will dann wissen wie es mir geht.
„Es geht“, antworte ich.
Meine Lust auf verbale Kommunikation ist dann doch eher gering. In Anbetracht der Umstände bin ich ganz froh wenn mich alle hier einfach in Ruhe lassen und ich mich einfach so gemütlich innerhalb der nächsten - sagen wir zwei Stunden - betrinken kann.
Frank nickt, scheint zu bemerken, dass mir nicht nach Reden ist und verschwindet ans gegenüberliegende Ende des Tresen, um andere Gäste zu bedienen.
Im Stillen danke ich ihm dafür. Vermutlich spürt er es, wann Leute ansprechbar sind und wann nicht. In meinem, ein wenig angeheitertem, Zustand stelle ich mir kurz die Frage, ob das zu den Anforderungen gehört, die man an einen Barkeeper stellt, oder ob das nur in Filmen so ist … na ja, eigentlich ist es mir egal.
Eine Hand legt sich auf meine Schulter und dreht mich ziemlich unsanft herum.
Ich taumle kurz, halte mich an der Bar fest und sehe einem wildfremden Menschen ins Gesicht.
Hinter ihm stehen zwei Mädchen.
Die beiden kenne ich, kann sie allerdings nicht gleich zuordnen.
Neben ihm stehen noch ein paar Typen, die ich zwar nie zuvor gesehen habe, aber so aussehen als würden sie mich – aus welchen Gründen auch immer – am liebsten

auseinander nehmen.
„Wie kannst du es wagen?“, beginnt der Kerl, der mich herumgedreht hat und direkt vor mir steht.
Ich sehe ihn an und überlege krampfhaft, ob und woher ich ihn kennen sollte.
„Wie kann ich was wagen?“, will ich wissen und versuche meine Trunkenheit zu überspielen.
„Wie kannst du es wagen, hierher zu kommen? Jetzt! Heute! Du hast sie doch auf dem Gewissen!“, faucht er mich an.
Ich blinzle verwundert.
Dann begreife ich, was und wen er meint.
„Du sprichst … du sprichst von Uschi?“, will ich von ihm wissen.
Im nächsten Moment spüre ich einen akut aufflammenden Schmerz an der linken Wange. Der Kerl hat mir eine Ohrfeige verpasst. Eine Ohrfeige!
Hin und her gerissen zwischen Wut, Unverständnis und leichter Belustigung, schüttle ich den Kopf und sehe ihn verwundert an. Aber bevor ich noch irgendwie reagieren kann, schnappt er mich am Kragen und die Mädchen hinter ihm feuern ihn an. Sie stacheln, kreischen, schreien.
Mach ihn fertig!
Er hat es verdient!
Er hat Schuld!
Zeig es ihm!
Plötzlich fällt mir ein, woher ich die beiden Frauen kenne: Ich habe sie mehrmals in der Stadt gesehen.
Mit Uschi.
Der *toten* Uschi, fährt es mir durch den Kopf.

Die anderen Kerle sehen nur zu. Sie stehen neben den Frauen und scheinen nur darauf zu warten, dass ich mich wehre.
Wie abgerichtete Hunde, die auf ihr Kommando warten.
Ich werde mich hüten, mich zu wehren.
„Du hat Schuld daran, dass sie sich so gehen hat lassen!“, knurrt der eine, der mich immer noch am Kragen hält.
„Ja, Deinetwegen!“, ruft eine der Frauen.
„Genau!“, stimmt die andere zu.
Sie schreien und kreischen als würde es um ihr Leben gehen.
Allerdings wird mir zusehends bewusster, dass es – wenn überhaupt - um mein Leben zu gehen scheint.
Ich drehe den Kopf, um zu sehen, ob nicht vielleicht Frank in seinem Lokal Ruhe schaffen will, aber das stellt sich als keine gute Idee heraus.
Als ich den Kopf abwende, bekomme ich einen Faustschlag verpasst und taumle ein paar Schritte den Tresen entlang.
Einen kurzen Augenblick, nur ein Blinzeln lang, sehe ich Rot, bricht meine Wut hervor.
Alles ist still.
Als wär die Zeit angehalten worden und nur ich könne mich weiterhin bewegen.
Mein Herz schlägt laut.
Es pocht in meinen Ohren.
Der Kerl, der mich eben noch am Kragen gepackt hatte, liegt vor mir auf dem Boden.
Er blutet.
Eine der beiden Frauen hat sich über ihn gebeugt.
Die andere steht stumm hinter ihm und starrt mich auf

Angst einflößende Weise an.
Die Kerle schweigen ebenfalls, wirken angespannt und scheinen sich nicht sicher zu sein, ob sie mich jetzt in die Mangel nehmen dürfen oder nicht.
Auf wessen Kommando hören die beiden?
Eine Frage, die ich im Moment nicht bewusst stelle, denn ich bemerke, dass ich ein Glas in der Hand habe.
Ein kaputtes Glas, dessen Ränder mit Blut verschmiert sind.
Ich betrachte es verwundert und stelle es neben ein intaktes, halb volles Glas auf den Tresen, dass ich als meines erkenne.
Ich nehme den Whiskey und schütte dem am Boden Liegenden den Inhalt auf die Wunde.
Er schreit, richtet sich auf, fährt mit der heilen Hand hoch und drückt sie auf die Verletzung, die er am rechten Arm hat.
Sein Gesicht zeigt, dass der Whiskey, der in dem Glas war, scheinbar ein wenig brennt, aber ich habe kein Mitleid mit ihm.
Dann sieht er mich über sich stehen und schüttelt den Kopf.
„Helft mir hoch“, sagt er zu den beiden Damen und sie ziehen ihn mehr oder weniger auf die Beine.
Wir stehen uns wieder gegenüber.
Er mustert mich.
„Du bist schnell“, sagt er.
Ich zucke mit den Schultern, werfe einen kurzen Blick auf das zersplitterte Glas am Tresen und rechne im gleichen Augenblick damit, wieder einen Faustschlag zu bekommen.

Aber nichts passiert.
(*Das Glas hat blutige Ränder.*)
Mein Blick wandert zu ihm zurück.
„Tut mir leid", sage ich.
Der Kerl schüttelt den Kopf. Ich entdecke Frank, der sich langsam genähert hat, sein Telefon in Reichweite. Um die Polizei rufen zu können, wie ich vermute.
Aber das braucht er nicht, denn der Verletzte sieht sich im Lokal um, bemerkt, dass uns alle anstarren und ruft dann laut „Eine Runde für alle!", was kurzen Beifall auslöst, bis er hinzufügt: „Für alle, die sich um ihren eigenen Scheiß kümmern!"
Ein kurzes Murren folgt, aber dennoch bestellen die meisten und lassen es auf seine Rechnung setzen. Frank grinst breit, bedient die Gäste und der verletzte Kerl wendet sich – nun völlig ruhig – an mich.
„Nein, *mir* tut es leid", erwidert er schließlich.
Er seufzt.
Frank stellt zwei Gläser Bier auf den Tresen und der Fremde nimmt das erste Glas und drückt es mir in die Hand. Das Zweite nimmt er sich selbst und die anderen bedienen sich der Reihe nach.
„Ich bin … war … Uschis Freund", meint er dann.
Ich blicke ihn stumm an.
Uschi hatte keine Freunde. Sie hatte Bekannte, sie hatte Kontakte, sie hatte … dann macht es „Klick".
Ich senke den Blick, ein kurzes Gefühl der Trauer, des Mitgefühls für ihn, überkommt mich.
„War ich auch mal", murmle ich dann betreten.
Er nickt wieder.
„Ich weiß", sagt er dann.

Schließlich kippt er sein Glas in einem Zug nach unten.
Mir wird schon übel, wenn ich dabei nur zusehe.
„Was ist eigentlich passiert?“, frage ich.
Er sieht mich verwirrt an.
„Wann?“, will er wissen.
Ich deute auf seine Hand.
„Du warst das“, sagt er dann.
Ja, das dachte ich mir schon.
Allerdings habe ich keine Ahnung, was ich getan habe.
Ich blicke mich wieder im Lokal um: Die Leute sind zu sehr mit ihren Getränken beschäftigt, um weiterhin zu glotzen. Wir können vermutlich in Ruhe reden. Trotzdem senke ich meine Stimme auf ein Flüstern.
„Und wie habe ich das gemacht?“, will ich wissen.
Er sieht mich entgeistert an, nicht sicher, ob ich ihn auf den Arm nehmen will, oder nicht. Scheinbar traut er mir nicht zu in einem Moment wie diesem einen Witz zu machen, also antwortet er. Wenn auch mit Skepsis.
Er deutet auf das kaputte Glas.
„Bierglas – Tresen - Hand. Das war der ungefähre Ablauf.“
Er hält inne und reibt sich das Kinn.
„Nicht zu vergessen, der Tritt gegen mein Schienbein, der mich zu Boden geschickt hat.“
Ich nicke ruhig, obwohl alles in mir danach schreit ihn einen Lügner zu nennen.
Ich soll das getan haben?
Warum kann ich mich nicht erinnern? Ich starre auf Frank, der sich wieder zu uns gesellt hat.
„Wie viele hatte ich heute schon?“, frage ich ihn.
Sein Blick wandert zwischen dem kaputten Glas, dem

zerschnittenen Arm und mir hin und her.
„Zu viele, wenn du mich fragst", sagt er schließlich.
Ich nicke wieder.
Knurren. Krallen. Schreie. Zerfetzte Kleidung und seltsames Licht. Seltsame Farben.
Ich presse die Augen zusammen, stelle aber rasch fest, dass dies der falsche Weg zu sein scheint. Die Dunkelheit hinter meinen geschlossenen Augen zeigt die Bilder nur noch deutlicher.
Knurren. Krallen. Schreie. Zerfetzte Kleidung und seltsames Licht. Seltsame Farben.
Ich öffne die Augen wieder und halte mich an der Bar fest, um nicht ins Taumeln zu geraten. Wie können Erinnerungen so plötzlich und stark ins Bewusstsein schießen, dass man sich körperlich angegriffen fühlt?
Mir brummt der Schädel.
Ich habe einen seltsamen Geschmack im Mund.
Blut.
Ich schmecke Blut.
Ich sehe wieder zu Frank, dann zu den anderen.
„Wie heißt du eigentlich?"
„Michael", sagt mein Angreifer.
Ich nicke.
Der Name ist mir bekannt, ich hätte es gleich wissen müssen.
„Entweder ihr geht, oder ich gehe", stelle ich ihn vor die Wahl.
Er sagt nichts, mustert mich nur kurz.
Dann dreht Michael sich um und verlässt die Bar.
Die Frauen und die beiden Kerle folgen ihm.
Von einer der Frauen fange ich einen interessierten Blick

auf, und aus Reflex sehe ich sie mir genauer an, grinse einen Augenblick - denn sie weiß offensichtlich um ihre Reize und wie sie diese in Szene setzen muss – aber sofort holt mich ein Gewissen wieder ein und ich wende mich ab.

Mein Blick fällt auf Frank, der ebenfalls einen Blick mit ihr getauscht hat. Auch er lächelt ein wenig, kurz, humorlos.

Ich nicke ihm zu: „Bring mir bitte irgendetwas zum Ausnüchtern."

Ich senke den Blick.

Eine Träne läuft über meine Wange.

Ich schließe die Augen.

Bilder tauchen in meinem Kopf auf.

Bilder aus der Vergangenheit.

Bilder von Uschi.

Es geht um Mord.

Es geht um ihre Karriere.

Und um meine Zukunft.

Michael bleibt kurz stehen, dreht sich nochmals und sieht mich nachdenklich an.

„Was ist?", frage ich.

Sein Blick fällt in eine Ecke des Raums, er hält inne, blinzelt überrascht und beschließt scheinbar, das, was er eben sagen wollte, doch für sich zu behalten.

Er winkt ab, dreht sich um und verlässt wortlos das Lokal.

Ich blicke auf den Tresen, nachdenklich.

Nach ein paar Sekunden räuspert sich Frank.

„Wie geht es Georg?", wechselt er das Thema.

Ich hebe den Blick und starre in ein breites, aber keineswegs fröhliches Grinsen. Ich schließe die Augen und nicke langsam.

„Gut. Georg geht es gut.“

Mir selbst geht es allerdings überhaupt nicht gut.

Ich drehe mich um und spähe nach der Ecke, in welcher Michael scheinbar jemanden gesehen hat. Aber dort steht nur eine halb leere Kaffeetasse auf dem Tisch.

Ja, denke ich. Georg geht es gut. Aber mein Leben wird von Moment zu Moment seltsamer.

KAPITEL 5
Ein Haufen Narren (I)

“The world is shocked by pictures shown daily on TV. Just grief and anger about the things we’ve seen.” (Aquarian Age “Mountain Of Fools”)

I

Vielleicht werde ich auch einfach wahnsinnig. Zumindest denke ich das, als ich die Augen wieder öffne und Frank über mich gebeugt vor mir steht.

„Was ist?“, will ich wissen.

Frank sagt nichts.

Das macht mich wütend.

Genau genommen bin ich bereits wütend.

Ich stehe in seinem Lokal, werde angegriffen und er unternimmt nichts dagegen. Er hat nicht einmal einen Finger gerührt. Und dann …

Ich liege auf dem Boden. Weshalb liege ich auf dem Boden? Keine Ahnung.

Aber Frank hält mir eine Hand hin und hilft mir hoch. Ich kann mich nicht daran erinnern in Ohnmacht gefallen zu sein. Genau so wenig habe ich mich hingelegt. Es fühlt sich an, als ob mir ein paar Sekunden fehlen. Ich stand doch eben noch an der Bar …?

Mit einem Seufzen schiebe ich diese Gedanken zur Seite, setze mich der Sicherheit halber auf einen Barhocker und versuche mich unauffällig an der Theke festzuhalten.

Ich beschließe, Frank über die Situation vorhin zur Rede

zu stellen.
„Warum hast du vorhin nicht eingegriffen?“, frage ich.
Er schüttelt den Kopf und fragt, warum er das hätte tun sollen.
Ich starre ihn an, als ob er den Verstand verloren hat.
„Na ja, vielleicht deshalb, weil ich bei der Schlägerei vorhin Hilfe hätte brauchen können?“
Frank starrt mich verwirrt an.
„Wovon sprichst du?“, fragt er nach ein paar Sekunden, als ihm klar wird, dass ich meine Frage ernst gemeint habe.
Ich lasse mich nicht gern zum Narren halten.
Vor allem in meiner jetzigen Situation ist mir überhaupt nicht nach Scherzen.
„Spar dir deine Witze, Frank. Du hast gesehen, wie diese Typen vorhin hier waren und was passiert ist“, fahre ich ihn an.
Frank schüttelt noch immer verständnislos den Kopf.
„Entschuldige René, aber … was soll ich gesehen haben?“
Ich bin irritiert. Was soll der Mist?
„Die Kerle vorhin? Als ich dem einen das Glas ins Gesicht geschmissen habe?“
Frank grinst.
„Du nimmst mich auf den Arm.“
Ich schüttle den Kopf.
„Warum sollte ich? Du hast doch selbst die Scherben weggeräumt. Und alle hier haben es gesehen.“
Frank grinst noch breiter.
„Alle hier?“
Ich nicke.

Frank klatscht in die Hände und nachdem alle anderen Personen im Lokal ihre Blicke auf ihn richten, fragt er laut:
„Wer von euch hat vorhin eine Schlägerei gesehen?"
Frank nickt zufrieden, sieht mich an und deutet in die Runde.
„Sieh dich doch mal um."
Mein Blick bleibt noch eine Weile misstrauisch auf Frank gerichtet, dann drehe ich mich um und sehe keine einzige erhobene Hand.
Nur fragende Blicke.
Aber … da waren doch … vorhin haben alle ein Bier von diesem Michael bekommen, sie alle … ich bekomme Kopfschmerzen und wende mich wieder an Frank.
„Was soll der Mist?"
Frank nickt zustimmend.
„Das frage ich mich auch …"
Er beugt sich über den Tresen zu mir, blickt mir in die Augen und wird sehr ernst.
„Was ist los mit dir? Hier war den ganzen Tag lang nichts los. Tote Hose, Langweile und Stammkunden. Ich hab mich riesig gefreut, als du aufgetaucht bist, dachte wir könnten ein wenig quatschen oder Schach spielen."
Er greift nach einer Zigarette und zündet sie an.
„Wer kann denn ahnen, dass du dir vier Kaffee reinknallst und anschließend einfach umkippst", hakt er nach.
Ich starre auf die Tasse vor mir.
Ich habe doch ein Bier nach dem anderen getrunken?
Oder war es Wein gewesen?
Ich habe keine Ahnung mehr.

Aber doch sicher nicht Kaffee?
Ich hebe meine Hand, um mir die Haare aus der Stirn zu wischen und merke, dass ich zittere. Sieht mir ganz nach einem Koffeinschock aus.
Ich seufze.
„Frank. Irgendetwas passiert mit mir …"
Frank blickt verständnislos, dann seufzt er, lehnt sich mir gegenüber an die Theke und sieht mich gutmütig an.
„Weißt du, ich habe eigentlich keine Ahnung, was sich bei dir gerade tut, aber … lass es lockerer angehen."
Er hält inne, sucht kurz nach Worten und fährt dann fort:
„Und was Uschi betrifft … ich weiß, dass dich ihr Unfall schwer getroffen hat, aber …"
„Unfall?", falle ich ihm ins Wort. „Du nennst es einen Unfall wenn jemanden das Herz rausgerissen wird? Sag mal, bist du noch bei Trost?"
Frank sieht mich mitleidig an.
„Ich weiß – wie gesagt – nicht, was mit dir los ist, aber … Uschi hatte einen Autounfall. Stand in der Zeitung."
Er bückt sich und kramt unter dem Tresen herum, dann holt er die Zeitung hervor und sucht den Bericht über Uschi. Er legt ihn mir hin und deutet auf den Artikel.
Ich überfliege ihn rasch und fühle Angst in mir aufsteigen.
Was passiert hier?
Es ist die gleiche Seite wie diejenige, die mir Georg heute gezeigt hat.
Die gleiche Seite.
Dieselbe Stelle.
Die anderen Artikel sind die gleichen, sogar die Fotos –

selbst das Foto von Uschi ist mit dem von heute morgen identisch.
Aber der Artikel über Uschi beschreibt etwas Anderes.
Etwas ganz Anderes.
Einen Autounfall.
Heimfahrt von der Diskothek. Sie und ihr neuer Freund. Beide tot. Kamen von der Fahrbahn ab, vermutlich betrunken, fuhren gegen einen Baum. Sofort tot. Er war nicht angeschnallt und wurde durch die Windschutzscheibe nach draußen geschleudert, sie wurde im Auto zerdrückt.
Ich schiebe die Zeitung von mir weg und starre Frank an.
„Ich glaube du hast Recht", sage ich dann. „Ich sollte es lockerer angehen. Nach Hause gehen und mich ausruhen. Lange ausruhen."
Frank nickt zustimmend.
„Vielleicht solltest du das."
Ich ziehe meine Brieftasche und will zahlen, aber Frank winkt ab, das würde aufs Haus gehen, ich solle nur vorsichtig sein beim Nachhauseweg. Ich nicke, bedanke mich und verlasse das Lokal.
Irgendetwas ist verdammt noch mal überhaupt nicht in Ordnung.

Dann fällt mir die Zeitung ein, die bei uns in der Wohnung liegen muss. Vielleicht erlaubt sich jemand einen makaberen, seltsamen Scherz mit mir … aber weshalb sollte jemand so etwas tun? Und vor allem: wer?
Ich haste nach Hause und habe nur einen Gedanken im Kopf: Die Zeitung.

Ich muss sie finden und den Artikel überprüfen.
Dann bleibe ich stehen.
Ich erinnere mich an das Gespräch mit Georg heute Morgen. Er hat mit mir über die Leiche, über den Mord gesprochen … er muss irgendetwas wissen.

II

Es war nicht nach Plan gelaufen.
Das war der erste Gedanke, den Raffaella hatte, als sie die Bar verließen. Hätten die Dinge sich so entwickelt, wie sie es sich vorgestellt hatte, dann hätten sie jetzt zwei Probleme weniger. Sie hätte sich entspannt zurücklehnen und ihre Arbeit fortführen können, während sie insgeheim die Euphorie verspürt hätte, einen weiteren Sieg errungen zu haben. Hätte.
Aber es war anders gekommen.
Die Überraschung war groß gewesen, als René sich plötzlich gewehrt hatte und zwar auf eine sehr … animalische Art. Sie musste zugeben, dass es ihr gefallen hatte. Vielleicht war es doch nicht so schlimm, wie es im ersten Moment den Anschein gehabt hatte, vielleicht war es gut so. Immerhin wusste sie jetzt, wer ihr Gegner war. Oder vor allem: Was er vielleicht werden konnte. Das Potential war vorhanden, soviel hatte sie gesehen.
Er selbst hatte es nicht einmal bemerkt und sie war sich nicht sicher, ob ihre Mitstreiter es bemerkt hatten. Aber sie, sie hatte es gesehen.
René war ein Anwärter.
Ein potentieller Kandidat für einen Platz im Rudel. Vielleicht sogar den Platz im Rudel.

Sie warf einen Blick auf ihre Meute und konnte nicht anders, als innerlich den Kopf zu schütteln. Sicher, ihre männlichen Mitstreiter waren stark, sie waren gehorsam, sie hatten die richtige Sicht auf die Welt, aber auch in ihrer Welt gab es zwei Sorten von Wesen. Die Herrscher und die Diener. Und das Potential für einen Herrscher war in keinem ihrer jetzigen Begleiter vorhanden.
Aber René … obwohl er keine Ahnung zu haben schien, was mit Uschi geschehen war, erkannte Raffaella eine Chance, wenn sie eine sah.
Zuerst hatte sie damit gerechnet, dass er sie wiedererkennen würde.
Vielleicht nicht alle, aber doch zumindest einen oder eine von ihnen, aber nichts, gar nichts.
Nicht das kleinste Signal.
Kein Zeichen von Erkenntnis oder Erkennen in seinen Augen.
Entweder versteckte er es gut, oder er konnte sich tatsächlich nicht erinnern.
Machte es einen Unterschied?
Wohl kaum.
Ob er nun gespielt hatte, oder nicht, machte keinen Unterschied.
Er würde es nicht unterdrücken können.
Die Welt war im Wandel.
Jene, die dachten, dass sie in Frieden leben konnten, dachten, dass diese Welt Platz für alle bieten müsse – sie würden ihre Lektion noch lernen. Sie würden den Weg frei machen müssen für die wahren Herrscher, würden sich beugen müssen vor ihrer Macht, ihrer Stärke, ihrer Erhabenheit, ihrer … Überlegenheit.

Sie hielt inne, lächelte siegessicher und bemerkte ihre Erregung. Es war nicht unwahrscheinlich, dass sich Michaels Versagen als Glücksfall herausstellen konnte.
Vielleicht war René die bessere Wahl. Das Potential war da. Mit Sicherheit. Genauso wie bei Uschi.
Ihre Stimmung sank wieder.
Uschi.
Die Verräterin.
Die Betrügerin.
Sie hatte sie getäuscht. Und die Warnung war nicht genug gewesen. Sie war wiedergekommen, zurück gekrochen zu ihnen, voller Demut, voller Unterwürfigkeit. Und sie in ihrer unendlichen Erhabenheit und Güte, hatten sie zurück genommen.
Und was war der Dank gewesen?
Erneuter Verrat.
Nein, noch schlimmer.
Die Erkenntnis, dass Uschi nie Reue verspürt hatte.
Verrat.
Betrug.
Von Anfang an.
Und sie waren darauf hineingefallen.
Sie seufzte.
Aber dieses Problem war kein Problem mehr.
Uschi war tot.
Raffaellas Gedanken verfinsterten sich.
Dafür gab es jetzt neue Probleme, andere Probleme: Die Unterlagen der Verräterin.
Wohin waren sie gebracht worden? Wer hatte sie bekommen? Wer wusste von ihnen?
Michael nicht, so viel war klar. René scheinbar auch

nicht.
Wohin war es dann verschwunden? Was hatte die Betrügerin damit gemacht? An Zeitungen geschickt? Wohl kaum.
Dazu hatte sie zu wenige Beweise gehabt, zu wenige Fakten. Niemand hätte auch nur ein Wort von dem geglaubt, was Uschi der Welt hatte erzählen wollen. Niemand, der nicht selbst erlebt hatte, wie sehr die Welt sich verändert hatte, hätte ihr auch nur ein Wort …
Plötzlich tauchte ein Name in ihrem Gedächtnis auf. Ein einziger, kurzer Name. Und dann drang ein Bild an die Oberfläche ihrer Gedanken. Vorhin. Versteckt in einem entfernten Winkel des Lokals. Die Haare, die Augen, das Gesicht, die Kleidung. War sie es gewesen? Ja, doch.
War es Zufall? War es einer dieser seltsamen Momente im Leben, die alte verbundene Schicksale sich aufs Neue kreuzen ließ?
Unwahrscheinlich.
Aber das Leben schien manchmal in genau diesen Bahnen zu laufen. Das jene Person, die den Stein ins Rollen bringt, letzten Endes auch von ihm erschlagen wird.
Und der Stein war vor vielen Jahren ins Rollen gekommen. Aufgrund eines kleinen, harmlosen und schwachen Mädchens. Und jetzt …
Susi, dachte Raffaella. Uschi hat das Paket zu Susi geschickt.
Ihre Augen begannen zu funkeln. Ein Lächeln, das jedem, dem es sich zuwandte in die Flucht getrieben hätte, stahl sich in ihr Gesicht.
Susi hatte das Paket.

Damit waren die weiteren Schritte klar.
Damit war der Lauf der Dinge wieder ins Lot gerückt.
Susi und René. Natürlich.
Es passte alles zusammen. Die Ironie, welche darin versteckt war, gefiel ihr. Die beiden Außenseiter tun sich zusammen, um sich gegenseitig zu helfen. Aber früher oder später würde René entdecken, was er war, was er sein konnte und die Chance ergreifen.
Das taten sie alle.
Und dann würde Susi kein Problem mehr sein.
Er würde sich schon um sie kümmern. Er konnte überhaupt nicht anders. Es war ein Reflex, angeboren, von der Evolution so vorgesehen.
Sie nickte still.
Wahrhaftig ... der Ausgang des kleinen Disputs zwischen Michael und René war nicht so schlecht gewesen, wie sie befürchtet hatte.
Im Gegenteil.

III

Als Georg die Wohnung betritt sitze ich bereits in der Küche. Ich sehe ihm dabei zu, wie er verträumt die Tür hinter sich schließt, seufzt und sich mit dem Rücken dagegen lehnt. Er wirkt anders als sonst. Er wirkt … ich werde ein wenig misstrauisch, denn … Georg wirkt glücklich.
Ich kann mich nicht erinnern Georg jemals wirklich glücklich gesehen zu haben.
Und die Veränderung ist innerhalb der kurzen Zeitspanne in der ich ihn zuletzt gesehen habe noch deutlicher

und irritierender als sie ohnehin schon wäre.
Ich starre ihn an und nach einer Weile bemerkt er es, dreht sich zu mir um, grinst breit und nickt mir zu.
„Alles klar bei dir?“, meint er.
Ich schüttle nur den Kopf.
„Warum? Was ist los?“, fragt er, aber er wirkt nicht wirklich interessiert. Genau genommen, scheint er mit seinen Gedanken ganz woanders zu sein.
Ich beschließe meine Geschichte erst mal außen vor zu lassen und zu klären, was ihn so glücklich macht.
Ein glücklicher Georg macht mich stutzig.
Vielleicht klingt das bösartig, aber wer Georg so gut kennt wie ich, der weiß, dass man allen Grund hat misstrauisch zu sein, wenn Georg glücklich wirkt. Normalerweise bedeutet das, dass irgendjemand anders unglücklich ist. Vermutlich sogar die ganze restliche Welt.
„Vergiss es erst mal. Was ist mit dir? Du wirkst so … fröhlich …“
Er dreht sich um und grinst mich breit an.
„Merkt man es?“, fragt er und macht keinen Hehl daraus, dass er richtig gut gelaunt ist. Sein Gesicht strahlt so hell, dass man vermutlich eine ganze Stadt mit Licht versorgen könnte.
Das verwirrt mich.
„Wo warst du?“, will ich wissen.
Er blickt mich noch immer verträumt an. Ich tippe auf eine Frau. Es mag dumm klingen, aber nur eine Frau kann diese Art Blick auf das Gesicht eines Mannes zaubern.
„Ich habe gestern dieses Mädchen kennen gelernt“, seufzt er. „Wir haben uns in dieser Bar auf der Uni ken-

nen gelernt. Ich habe gerade von meinem Bier getrunken, dann dem DJ einen Musikwunsch zugerufen und sie stand plötzlich neben mir, meinte dann, dass sie sich eben das gleiche Lied wünschen wollte und wir kamen ins Gespräch. Und dann haben wir geredet und geredet … irgendwann hat die Bar dann zugesperrt und wir sind zu ihr und haben noch eine Weile länger geredet und dann … haben wir nicht mehr geredet."

Er grinst vielsagend.

Ich nicke nur, trinke einen Schluck Wasser und frage ihn dann, weshalb er heute Morgen so schlecht gelaunt war.

Er blickt mich verwirrt an.

Ich sage nichts, lasse aber weiterhin meinen fragenden Blick auf ihm ruhen.

„Ich war heute Morgen nicht schlecht gelaunt."

„Hm", mache ich. „Wenn das keine schlechte Laune war, was dann?"

Er sieht mich weiterhin ernst an.

„Selbst wenn ich schlecht gelaunt gewesen wäre … woher solltest du das wissen? Ich bin heute Morgen direkt von ihrer Wohnung zu einer Vorlesung gegangen."

Ich starre ihn an.

Schweigend.

An mir selbst zweifelnd.

Wenn das stimmt – und ich habe keinen Grund daran zu zweifeln – dann habe ich wirklich ein Problem.

Und zwar ein weitaus größeres Problem, als ich zu haben glaubte.

Ich habe die Zeitung nicht finden können und auch sonst keinen einzigen Hinweis auf das, was ich glaube

erlebt zu haben.
Das heißt, ich habe die Zeitung sehr wohl gefunden, aber der Artikel war derselbe, wie in jener, die Frank mir gezeigt hat.
Ich bin verwirrt.
Was geschieht hier? Bin ich überarbeitet? Hat mir jemand Drogen in meinen Kaffee getan? Aber … konnten Drogen überhaupt solch starke Halluzinationen auslösen?
Ich habe heute Morgen mit Georg gesprochen, verdammt noch mal.
Ich kann mir doch nicht einbilden mit jemanden zu sprechen, der gar nicht da gewesen ist? Und dann in der Bar … ich habe mir nicht nur eine einzige Person eingebildet, sondern gleich ein ganzes Lokal voll davon …
Ich weiß weder vor noch zurück.
Ich sitze auf dem Bett und starre Löcher in die Luft, ohne mir irgendetwas sicher zu sein.
Vielleicht bin ich einfach nur müde.
Ich lege mich hin und versuche an nichts zu denken.
Entgegen meiner Erwartung falle ich rasch in einen tiefen Schlaf.
Aber er ist nicht traumlos.

Georg kniet neben meinem Bett und seine Augen sind vor Angst geweitet. Ich weiß nicht, was passiert ist. Ich habe keine Ahnung was los ist, aber er scheint panische Angst zu haben. Ich weiß allerdings nicht, wovor. Ich setze mich auf und blicke ihn an. Er starrt nur zurück, sagt nichts, scheint keinen Ton heraus zu bringen. Als ich etwas sagen will bemerke ich, dass ich ebenfalls kein Wort sprechen kann.

Ich drehe mich zum Fenster und erkenne, dass mein Spiegelbild keinen Mund hat. Ich will schreien, aber es geht nicht. Ich werfe mich herum, springe aus dem Bett und reiße Georg in die Höhe, ich schüttle ihn, er soll mir helfen um Himmels Willen, er soll mich retten, soll irgendetwas tun, aber er reißt sich los, stößt mich von sich und ich taumle zurück, stolpere und stürze. Und zwar geradewegs durch das Fenster hinter mir.
Ich stürze dem Abgrund entgegen. Für einen kurzen Moment geht mir der Gedanke durch den Kopf, dass ich im Erdgeschoß wohne, aber das ändert nichts an meinem Sturz und auch nichts an dem Luftzug den ich spüre. Ich blicke nach oben und sehe Georg am Fenster stehen, er blickt mir nach wie ich dem Boden entgegen stürze, er lächelt erleichtert und ich hasse ihn dafür …
… dann schlage ich auf.
Aber der Traum endet nicht hier.
Ich schlage auf, aber sonderbarerweise breche ich mir nichts, bin auch nicht verletzt, sondern nur verärgert. Einerseits darüber, dass ich jetzt den ganzen Weg wieder nach oben laufen muss (das kommt mir sogar im Traum seltsam vor) und andererseits aufgrund Georgs Reaktion, der mir jetzt mit entsetztem Gesichtsausdruck zusieht, wie ich wieder aufstehe und dann von Panik erfüllt vom Fenster verschwindet. Als ob ihn das retten würde.
Den kaufe ich mir.
Aber soweit kommt es nicht.
Als ich nach dem Türknauf greife legt sich eine Hand auf meine Schulter, und

- ich wache auf. Georg kniet neben meinem Bett und er

sieht mich fragend an, während er beruhigend auf mich einredet. Ich weiß nicht, was passiert ist. Ich habe keine Ahnung was los ist, aber er scheint Angst zu haben. Ich weiß nicht, wovor.

Ich setze mich auf und blicke ihn an.

Er starrt mich nur an, sagt nichts, scheint keinen Ton heraus zu bringen. Ich will ihn fragen, was los ist, aber in dem Moment in dem ich den Mund öffne, lässt sein Schrecken nach.

Er seufzt erleichtert.

„Mann, hast du mich erschreckt", sagt er, steht auf und setzt sich neben mich aufs Bett.

Er wirkt wirklich erleichtert.

Außerdem ist er kreidebleich.

„Was ist los?", frage ich ihn.

Er sieht mich an und schluckt erstmal, dann holt er tief Luft, lächelt erschöpft und fährt sich mit der Hand über die Augen.

„Was los ist?"

Er schüttelt ungläubig den Kopf.

„Du hast geschrieen als wären alle Dämonen der Hölle hinter dir her. Das ist los."

Er sieht mich besorgt an.

Ich weiß, was er als nächstes sagen wird. Er wird mir sagen, ich sollte dringend einen Arzt aufsuchen und mich untersuchen lassen. Am besten einen Psychologen oder Psychiater oder wie auch immer, einen von denen, die mir in den Kopf gucken und sagen können, ob ich durchgeknallt bin oder nicht.

„Du hattest einen Albtraum. Vermutlich der Stress."

Ich bin überrascht, sage aber nichts. Ich will ihn auf kei-

ne dummen Ideen bringen. Stattdessen nicke ich einfach und seufze.
„Das war ein beschissener Tag heute."
Er nickt und blickt aus dem Fenster.
„Die Schatten gehen um heute Nacht", sagt er.
Etwas in mir erfriert.
War eben noch so etwas wie die Hoffnung auf einen schlechten Traum und vielleicht zu wenig Schlaf als Ausrede vorhanden, so sind diese beiden Dinge eben zerbrochen. Ich versuche mir nichts anmerken zu lassen.
„Was hast du gesagt?", murmle ich und tue als wäre ich schlaftrunken.
„Nichts Wichtiges", lügt er. „Ich habe das mal wo gelesen. Gefiel mir. Klang mystisch."
Vielleicht bin ich wirklich auf dem Weg in den Wahnsinn.
Nicht alles was mystisch klingt, ist gleich eine Bedrohung.
Georg steht auf und verlässt das Zimmer.
Ich wälze mich zur Seite und frage mich, was der Albtraum zu bedeuten hat. Und – noch viel wichtiger – was mit mir passiert.
Verliere ich wirklich den Verstand?
Ja?
Nein?
Und wenn doch?
Wie kann ich mich selbst vom Gegenteil überzeugen?
Ich weiß es nicht.
Ich habe keine Ahnung.
Erst mal schlafen. Und nicht mehr träumen.
Vielleicht fällt mir ja morgen früh etwas ein.

Als ich am nächsten Morgen aufwache ist das erste was ich tue in der Arbeit anzurufen und mich krank zu melden. Auf die Frage was mir genau fehlt antworte ich ausweichend und rede von Kopfschmerzen, Übelkeit und beteuere, dass ich in ein oder zwei Tagen wieder einsatzfähig sein werde. Meine Kollegin am anderen Ende der Leitung meint, ich würde auch nicht besonders gesund klingen und wünscht mir gute Genesung.
Ich lege auf und schlurfe ins Badezimmer.
Nachdem ich mir die Zähne geputzt habe sitze ich am Frühstückstisch und sehe gelangweilt dem Kaffee zu wie er vom Filter in die Kanne tropft. Es ist einte alte Maschine und es gibt wahrlich interessantere Dinge, aber Ablenkung ist Ablenkung. Diesbezüglich habe ich keine hohen Ansprüche mehr.
Das Telefon klingelt.

Ich gehe ran und eine weibliche Stimme meldet sich.
„Hallo, ist Georg da?", fragt sie.
Ich erkenne die Stimme.
Eine Erinnerung holt mich ein: Ich habe die Vision eines Bettes. Kopfschmerzen. Den Geschmack von Blei im Mund. Eine junge Frau, die gerade unter der Dusche steht als ich aufwache.
Ist sie es? Ist das möglich? Das wäre ein wirklich, wirklich großer Zufall. Ich sage ihr, dass Georg noch schläft und sie mir ihre Nummer geben soll, damit er sie zurückrufen kann.
Am anderen Ende der Leitung folgt kurzes Schweigen.
Dann höre ich wie die junge Frau meinen Namen nennt:

„René?“
Ich bestätigte und frage: „Ja. Ich bin René.“
Sie seufzt ungläubig.
„Das darf nicht wahr sein. Das ist unmöglich.“
Ich nicke.
Dann merke ich, dass mein Nicken vollkommen unnötig ist, da sie es ja wohl kaum durch den Telefonhörer sehen kann und stimme ihr zu.
„Eigentlich schon. Zumindest sehr unwahrscheinlich.“
„Was machst du bei Georg?“, will sie wissen.
„Was soll ich hier schon machen?“, fauche ich verärgert. „Ich wohne hier, verdammt noch mal. Die Frage ist doch eher, was du mit Georg machst!“
„Nichts was dich etwas anginge“, meint sie, hält einen Moment inne und fährt dann wütend fort: „Das habt ihr geplant, oder?“
Ich bin von dieser Idee völlig überrumpelt.
„Was? Was sollen wir geplant haben?“, frage ich verwirrt nach.
„Na was wohl, ihr Perverslinge? Ihr habt euch doch gestern sicher totgelacht, weil ihr beide in der gleichen Woche die gleiche Frau abgeschleppt und genagelt habt, was? Mann, ihr Typen seid doch echt krank. Da lobe ich mir meinen Sebastian, der würde so etwas niemals tun.“
Dann legt sie mit einem lautstarken Knall auf.
Ich stehe da und starre stumm den Hörer an.
Was zum Teufel ist da eben passiert?
Wie hoch standen die Chancen, dass Georg und ich in der gleichen Woche die gleiche Frau kennen lernen und noch dazu beide Sex mit ihr haben? Genau. Die Wahrscheinlichkeit tendiert gegen null. Anders formuliert:

Quasi unmöglich.
Vor allem in Anbetracht des Umstands, dass ich mir sicher bin, dass Georg die letzten fünf Jahre keinen Sex hatte. Zumindest nicht, während ich Zuhause war.
Was mich zu dem Gedanken bringt, dass ich schon ewig nicht mehr auf Urlaub war. Ich sollte verreisen. Die schottischen Moore wären schön. Nebel, Düster, Vollmond … Moment. Was ist jetzt los? Ich hasse den Norden. Ich will Strand und Sonne und Frauen in Bikinis, die sich mir nach vier Tequila an den Hals werfen. Wieso fallen mir ausgerechnet die schottischen Moore ein?
Die sind nass und kalt und dunkel und dort wimmelt es von Werwölfen. Ich muss unkontrolliert kichern, dann schüttle ich den Gedanken ab und verbiete mir darüber nachzudenken, wo er hergekommen ist. Von dem seltsamen Kichern, dass beinahe wie ein Fauchen klang, ganz zu schweigen.
Dann reiße ich mich zusammen und mir fällt wieder ein, was eben passiert ist.
Ich lege endlich den Hörer auf die Gabel, werfe einen Blick auf Georgs Zimmertür und grüble.
Wie soll ich ihm das nur beibringen?
Ich kann es ja selbst kaum glauben.

Nachdem mein offensichtlich krankes Hirn wieder von Tagtraum auf Realität umgeschaltet hat, stehe ich tatsächlich auf – was bedeutet, dass ich mich von dem unheimlich faszinierenden Geräusch der Kaffeemaschine und dem hypnotischen Tropfen des Kaffees vom Filter in die Kanne losreißen muss - und gehe ans Telefon.
Selbst meine wirren – und etwas Angst machenden –

Fantasien können mich nicht davon abhalten endlich dieses nervige Läuten abzustellen.
„Ja?", belle ich unfreundlich ins Telefon nur um im nächsten Moment fast aus den Schuhen zu kippen.
Es *ist* das Mädchen.
„Hallo", meint sie leise und unsicher. „Erinnerst du dich noch an mich?"
Ich erwarte beinahe, dass sie mich nach Georg fragt, aber sie schweigt. Sie scheint auf eine Antwort von mir zu warten.
Ich beeile mich, sie ihr zu geben bevor sie ärgerlich wird und denkt ich würde in den Tiefen meines Hirns nach einem Erinnerungsstück suchen.
„Klar", erwidere ich. „Wer könnte so eine Nacht vergessen?"
Im gleichen Moment wird mir klar, dass ich mir zumindest einen Teil der letzten Tage nicht eingebildet habe.
Ein Hoffnungsschimmer.
Ein wirklicher, realer Hoffnungsschimmer.
Innerlich mache ich einen Freudensprung. Normalerweise kann ich es überhaupt nicht leiden, wenn sich One-Night-Stands die Mühe machen meine Telefonnummer aufzuspüren und mich Zuhause nerven, aber in diesem Fall, in diesem speziellen Fall bin ich wirklich erfreut darüber.
„Schön."
Ich kann sie sogar lächeln *hören*.
„Ich dachte mir … na ja, vielleicht können wir uns ja irgendwo treffen … nur so, ganz ohne Zwang und ein wenig reden. Ich meine, ich weiß, ich kenne dich nicht wirklich, aber … ich dachte mir, … na ja, du scheinst

sehr nett zu sein und da dachte ich du hast vielleicht Zeit und …“
Mir ist klar, dass das Lächeln, dass ihr meine Antwort ins Gesicht gezaubert hat nur von kurzer Dauer gewesen ist.
Man kann es an ihrer Stimme hören.
Sie braucht wirklich jemand zum Reden.
Ich seufze.
Mit ziemlicher Sicherheit will sie mit keinem paranoiden, halluzinierenden Psychopathen sprechen, aber … sie weiß ja nichts von meinem Problem. Und ich für meinen Teil würde mich gern an dem Fetzen Realität der mir in diesen Tagen geblieben ist festhalten.
„Gern, wo und wann sollen wir uns treffen?“
Sie nennt mir Ort und Zeit und ich blicke auf die Uhr an der Wand.
„Ja, das schaffe ich. Bis dann.“
Ich lege auf und werfe der Kaffeemaschine einen bösen Blick zu.
„Ich muss ohne Kaffee aus dem Haus“, fauchte ich sie verspielt und überdreht an. „Du weißt, was das heißt, oder?“ Ich lächle. „Richtig“, sage ich dann. „Du wirst entsorgt und eine neue Maschine kommt ins Haus.“
Ich grinse breit und vermutlich ziemlich dämlich, gehe in mein Zimmer, ziehe mich um, putze mir anschließend die Zähne, schreibe Georg einen Zettel und verlasse fröhlich pfeifend die Wohnung.
Mein Blick fällt auf eine der Auslagen des Elektrogeschäfts, das sich gegenüber unserer Wohnung befindet und sehe, dass gerade die Nachrichten laufen.
Es geht um einen Autounfall.

Im gleichen Moment fällt mir Uschi ein.
Einen kurzen Augenblick lang fühle ich mich schuldig, weil ich nicht an sie gedacht und um sie getrauert habe.
Aber … in meinem Zustand ist es wohl verständlich, wenn Egoismus und Bestätigung der eigenen geistigen Gesundheit vorrangig behandelt werden.
Außerdem war mir Uschi zum Zeitpunkt ihres Todes bereits egal.
(*Lügner*)
Ich verdränge den Gedanken an ihren Tod und bin einfach nur froh, dass es etwas gibt, das ich nicht geträumt oder was-auch-immer habe.
Irgendwie erwarte ich fast, dass ich mir auch dieses Telefonat nur eingebildet habe.
Auf halben Weg zum vereinbarten Treffpunkt werden meine Zweifel immer größer und kurz darauf bin ich mir sicher, dass niemand in dem Café auf mich warten wird.

KAPITEL 6
Spiegel, Spiegel (I)

"If I'm dying today am I able to say that for someone it's worth that I was on this earth?" (Aquarian Age "Mirror, Mirror")

Als der junge Mann ihre Wohnung verlassen hatte, stand Susi alleine im Schlafzimmer und blickte nachdenklich auf ihr zerwühltes Bett. Der Kerl hatte verdammt stark geschwitzt. Als sie ihn am Abend zuvor kennen gelernt hatte, da hatte er ihr anfangs nicht einmal leidgetan.
Sie mochte diese Art Mann nicht, die sich am Wochenende sinnlos betrank und alles was nicht bei drei auf den Bäumen war anbaggerte. Allerdings hatte René niemand angebaggert.
Er war in die Bar gestürmt, sein Gesicht weiß, seine Augen hatten irre geleuchtet und er hatte sich sofort Whiskey bestellt. Mehrere. Nach dem vierten hatte er zumindest aufgehört zu zittern. Nach dem sechsten war er vom Sessel gefallen und vor ihren Füßen gelandet.
Sie konnte nicht mehr sagen, warum sie ausgerechnet in dieser Bar gelandet war. Die Suche nach Uschi hätte sie überall beginnen können, aber irgendetwas, ein Gefühl, eine Ahnung, hatte sie zuerst in dieses Pub geführt.
Uschi hatte den Namen des Lokals ein paar Mal erwähnt, aber Susi war sich nicht mehr sicher gewesen, ob sie ihn erwähnt hatte, weil sie – Uschi – des Öfteren dort anzutreffen war, oder ob es mit ihren … Untersuchungen zu tun gehabt hatte.
Wie dem auch gewesen sein mochte, Susi hatte von

Anfang an ein ungutes Gefühl gehabt, als sie die Absteige betreten hatte. Und Absteige schien ihr das passende Wort zu sein.
Schmutzig, voller Leute, die es dringend nötig hatten, sich wieder einmal zu waschen und außerdem hing ein Geruch von Rauch und Urin, gemischt mit Schweiß und … Lavendel in der Luft. Der Lavendel hatte sie ebenfalls bereits beim Eintreten irritiert. Wer stellte in einer abgestanden, drittklassigen Bar Duftöle auf, um den Rauchgeruch zu übertünchen?
Susi hatte sich an ein Ende der Bar verzogen, einen Kaffee bestellt – was ihr einen seltsamen Blick des Kellners eingebracht hatte – und dann die Leute beobachtet.
Uschi war nicht da gewesen.
Dafür befand sich am anderen Ende des Raums eine kleine Nische mit Tisch, an dem fünf Personen saßen, die sich an den Händen hielten und von denen ein unterdrückter, leiser Singsang ausging. Auf dem Tisch standen verschiedene Duftöle.
Das erklärte zumindest den Lavendel.
Der Tisch daneben war von Halbstarken mit Kapuzen und Baseballkappen besetzt, die immer wieder versuchten, die Lavendelgruppe zu unterbrechen, was ihnen aber nicht gelang.
Nach einer Weile wanderte ihr Blick weiter, aber alle anderen Gäste waren absolut unauffällige Leute.
Dann wurde die Tür aufgestoßen und René trat ein. Eigentlich flog er mehr über die Schwelle, als er ging. Sein Weg führte ihn zielstrebig an die Bar. Er hielt sich am Tresen fest, als hätte er Angst in einen Abgrund zu fallen und bestellte Whiskey.

Er kam Susi bekannt vor. Sein Gesicht, irgendwo hatte sie es bereits gesehen. Aber noch bevor sie den Gedanken zu Ende führen konnte, trat ein ungustiöser Muskelprotz neben sie und lächelte sie mit schiefen, schwarzen Zähnen an. Susi hatte es geekelt und noch bevor der Kerl sie hatte ansprechen können, hatte sie den Tresen verlassen und war in Richtung Toilette gegangen.
Das war der Moment, in welchem René ihr vor die Füße gekippt war. Er hatte sie durch seine glasigen Augen angesehen, hatte etwas von wilden, großen Hunden gemurmelt und dann dieses eine Wort gesagt: Sonnenglaster.
Damit war Susi klar gewesen, woher sie ihn kannte – und auch, dass sie ihre Suche am richtigen Ort begonnen hatte.
Sonnenglaster.
Uschi musste etwas Schreckliches passiert sein.

Und jetzt war er weg und Susi war kein bisschen klüger als am Tag zuvor. René hatte sich an nichts mehr erinnert. Ob es an der Menge Alkohol lag, oder an dem, was vor dem Besuch in der Bar passiert war, konnte sie nicht beurteilen.
Sie wandte den Kopf und studierte die Couch, die der Grund für ihre Rückenschmerzen war. Um nichts in der Welt hätte sie mit diesem Kerl in einem Bett geschlafen. Und seine Ausdünstungen hatten dem ganzen Raum einen Hauch von Alkohol und Schweiß verpasst. Sie öffnete die Fenster, um für guten Durchzug zu sorgen und blickte auf die Uhr. Es war wohl Zeit zur Arbeit zu gehen.
Was wohl mit Uschi passiert war?

Sie öffnete die Tür, legte die Zeitung auf den Küchentisch, damit Sebastian sie beim Nachhause kommen finden würde und trat zu ihren Kleiderschrank. Susi überlegte einen kurzen Moment, was sie anziehen sollte, entschied sich dann für Jeans, ein weißes T-Shirt, Socken und einen Sweater. Als sie einen Blick in den Spiegel warf hielt sie inne.

Nein, kein weißes T-Shirt. Den Sweater würde sie vermutlich wieder ausziehen, weil es in der Arbeit meistens anstrengend wurde und sie es hasste, wenn die Kleider nass an ihr klebten. Da sie einen schwarzen BH trug wäre Weiß äußerst unpassend. Sie musste es nicht herausfordern.

Erst vor kurzem hatte sie einen Bericht in der Zeitung gelesen: Irgendein Wahnsinniger hatte im letzten Winter einen Mann hinter einem Café erschossen. Später fanden die Ermittler den Mörder, der sich als junger Mann herausstellte, der einen persönlichen Rachefeldzug durch die Stadt geführt hatte und alle bestrafen wollte, die in seinen Augen Verbrecher waren. Soweit Susi sich erinnern konnte, entpuppte sich der Tote hinter dem Café als Vergewaltiger und Mörder. Die Vermutung lag nahe, dass der Amokläufer der Kellnerin des Lokals durch diesen Mord das Leben gerettet hatte. Und wer wusste schon, wie vielen anderen jungen Frauen noch. Trotzdem endete der Amoklauf dadurch, dass der „Rächer" ebenfalls erschossen wurde. Gerüchten zufolge von einer anderen Kellnerin.

Eine gerettet, von einer anderen erschossen.

Das Leben war seltsam.

Aber so funktionierte die Welt vermutlich.

Susi schüttelte den Gedanken ab und wandte sich wieder ihrem Kleiderschrank zu.
Ihre Gedanken begannen wieder um den Mann zu kreisen, der erst vor etwa zwanzig Minuten ihre Wohnung verlassen hatte.
René.
Sonnenglaster.
Irgendetwas war gründlich schief gegangen.
Sie hatte Uschi gewarnt. Susi seufzte, kurz versucht in der Arbeit Bescheid zu geben, dass sie nicht kommen würde, weil sie krank war – und sich dann auf die Suche nach Uschi zu machen. Aber sie wusste, dass das dumm war. Früher oder später würde sie Uschi finden. Vielleicht wollte sie auch gar nicht gefunden werden. Zumindest nicht von ihr.
Der Streit hatte alles verändert.
Sie fuhr in Gedanken versunken ihre Hand hinauf und spürte die Haut darunter. Ihre alten Narben. Der Grund für eine Freundschaft und auch der Grund für das Ende der gleichen.
Sie beschloss, sich zusammen zu reißen. Sebastian musste jeden Moment nach Hause kommen. Sie würden sich wie üblich nur für ein paar Minuten sehen, erst am Abend würden sie Zeit füreinander haben. In Gedanken hatte sie ein Bild vor Augen, das mit Essen bei Kerzenschein und schöner Musik zu tun hatte, aber diese Bilder wurden dann von Bewegungen unter der Bettdecke und einem schweißnassen Rücken – ihrem Rücken, der sich aus den Fluten der Bettlaken erhob und einer Stimme die erregt nach Atem rang – verdrängt. Sie lächelte breit und genüsslich, warf einen letzten Blick in den Spiegel und

ging in die Küche.
Sebastian würde bald hier sein.
Um sich die Zeit zu vertreiben griff sie nach der Zeitung, überlegte, ob sie noch genug Zeit hatte, um ein wenig darin zu schmökern, warf einen Blick auf die Uhr und stellte fest, dass sie in zwei Minuten bei der Straßenbahnhaltestelle sein musste.
Wo blieb Sebastian? Er verspätete sich sonst nie, nicht bei diesen wichtigen, wundervollen kurzen Treffen, die ihr die Kraft gaben den restlichen Tag ohne ihn auszukommen. Sie wartete noch einen Augenblick, entschied dann aber, dass sie – ob sie nun wollte oder nicht – eigentlich die Wohnung verlassen musste.
Vielleicht würde sie ihn ja noch im Treppenhaus treffen.
Als sie kurz darauf gerade noch rechtzeitig an der Haltestelle in die Straßenbahn stieg fragte sie sich, weshalb Sebastian nicht wenigstens angerufen hatte. Das war ansonsten nicht seine Art.
Die nächsten Stunden vergingen rasch.
Wer mit Menschen arbeitet, hat immer viel zu tun.

Als Susi die Straßenbahn nach Hause betrat war es bereits dunkel geworden. Sie hatte eine Stunde früher Schluss gemacht, damit sie Sebastian überraschen konnte, außerdem musste sie sowieso Überstunden abbauen. Die Nacht hing über der Stadt und nur die Schaufenster in den Straßen waren hell erleuchtet. Einen Moment lang kämpfte sie mit dem Drang auszusteigen und zurück in die Arbeit zu fahren, dem Nachtdienst Gesellschaft zu leisten und erst am nächsten Vormittag wieder nach Hause zu fahren, aber dann würde Sebastian sicherlich

ziemlich wütend sein.
Andererseits hatte er sich den ganzen Tag über nicht gemeldet und war auch per Telefon nicht erreichbar gewesen. Anfangs war sie noch besorgt gewesen, aber im Laufe des Tages hatte sich – unbewusst, aber doch, vermutlich durch die anstrengende Arbeit noch weiter gepusht – ihre Sorge um ihn in Wut verwandelt. Wäre etwas passiert hätte man sie längst verständigt. Da dem nicht so war musste es in seinen Verantwortungsbereich fallen, schließlich war er ein normaler Mensch und kein Behinderter … sie stockte.
Sie arbeitete nun bereits ein paar Jahre mit Menschen mit Beeinträchtigung, einem Wohnhaus für … Behinderte eben. Das Wort gefiel ihr nicht, aber was sollte sie machen? Susi war der Meinung, dass man Menschen mit Beeinträchtigung tausend andere Namen geben konnte. „Menschen mit besonderen Bedürfnissen“ oder „Menschen mit Lernschwäche“, sie glaubte nicht, dass es im Grunde einen Unterschied machen würde, weil es im Kopf der Leute immer die Behinderten bleiben würden. Andererseits kam es in ihren Augen auf Namen nicht an, es kam auf die Einstellung an und die konnte man selten mit Namen ändern. Sie hatte ein längeres Gespräch mit einer Kollegin gehabt, die der Meinung war, dass „Sprache Menschen ändern kann“, aber Susi teilte diese Meinung nicht.
Unbewusst kratzte sie an ihrem Arm.
Sie wusste selbst aus erster Hand, wie rasch die meisten Menschen mit Urteilen waren. Urteile, die, einmal gefällt, immer haften blieben. Wie Baumharz. Es klebte. Es war unangenehm. Aber wenn es erst mal an den Fingern

klebte, musste man sich damit abfinden, bis es von selbst wieder weg war.

Sie schüttelte den Kopf, drehte sich um und blickte nach draußen.

Die Lichter der Stadt zogen vor den Fenstern der ungewöhnlich leeren Straßenbahn vorbei. Abgesehen von ihr saßen nur vier Leute herum. Einer schien zu schlafen, zwei spielten mit ihren Mobiltelefonen und die vierte stierte mit dumpfen Augen nach draußen und schien ebenfalls dunklen Gedanken nachzuhängen.

Susi war müde.

Es war ein anstrengender Tag gewesen. Arbeit mit Behinderten. Es war eine schöne Arbeit, wenn auch manchmal anstrengend, aber … welche Arbeit war nicht anstrengend? Sie hatte von Schriftstellern gehört, die einen Nervenzusammenbruch erlitten hatten, weil sie Tag und Nacht nur an ihre Geschichten denken konnten. Sie hatte von Urlaubsanimateuren gehört, die sich die Kugel gaben, weil sie all die übertriebene Heiterkeit nicht mehr aushielten. Sie hatte von reichen Leuten gehört, die sich alles leisten konnten und nichts mehr zu tun brauchten, die beschlossen hatten nähere Bekanntschaft mit dem Kopfsteinpflaster zu machen … vom fünften Stock aus, wohlgemerkt.

So etwas wie „nicht anstrengende Arbeit" gab es in ihren Augen nicht. Es gab nur Arbeit, die man gerne ausübte und Arbeit, die man *nicht* gerne ausübte. Das war alles. Bei eingehender Betrachtung kam sie zu dem Schluss, dass es vermutlich genau das war, was den großen Unterschied ausmachte.

Sie drückte auf den Halt-Knopf und nach einer weiteren

Minute blieb die Straßenbahn stehen.
Sie trat nach draußen.
Die Nacht war kühl. Auch im Freien waren außergewöhnlich wenige Leute unterwegs. Sie blieb kurz stehen und blickte sich um. Die Straße runter war keine Menschenseele zu entdecken, nicht mal der Obdachlose, der sonst immer vor der Kirche saß und Gitarre spielte.
Die andere Richtung.
Auch niemand. Ihr wurde plötzlich noch kälter.
Die Straßenbahn hinter ihr setzte sich in Bewegung. Der Mann, den sie vor ein paar Minuten in der Straßenbahn schlafend gesehen hatte, grinste sie durch das Fenster hindurch an. Er nickte wissend und beobachtete sie, bis sie außer Sichtweite war.
Susi wurde unruhig.
Sie beeilte sich nach Hause zu kommen, allerdings nicht ohne sich hin und wieder – sicher war sicher – umzusehen.

Die Geräusche hörte sie bereits noch bevor sie im richtigen Stockwerk aus dem Lift gestiegen war. Es klang als würden schwere Gegenstände auf den Boden gestellt. Schnell. Und ohne darauf zu achten, ob es jemand hören konnte oder nicht. Susi blieb vor ihrer Wohnungstür stehen und lauschte.
Kein Zweifel.
Sie kamen aus ihrer Wohnung.
Sie holte den Schlüssel aus der Tasche und hielt mitten in der Bewegung inne. Nein. Sie würde nicht aufschließen und dann dumm dastehen. Sie würde die Sache umdrehen.

(*Zeig es dem Mistkerl, der sich ohne Abschied aus dem Staub machen will*) sagte eine leise und ziemlich gemeine Stimme in ihrem Kopf, aber sie ignorierte sie vorerst.
Sie wollte keine vorschnellen Schlüsse ziehen. Vielleicht gab es einen ganz anderen Grund für den Lärm und sie machte sich völlig unnötig Sorgen.
(*Wenn du dich selbst belügen willst … ich hindere dich nicht*)
Halt die Klappe!, befahl sie sich selbst und steckte dann – unschlüssig was sie tun sollte – den Schlüssel wieder in ihre Tasche. Schließlich und endlich entschied sie sich dafür, einfach zu läuten.
Nach ein paar Sekunden klickte der Schlüssel und die Tür wurde aufgestoßen, aber Sebastian erschien nicht im Blickfeld. Er hatte einfach aufgesperrt, die Tür aufgestoßen und war zurück an die Arbeit gegangen.
Er erwartet jemanden, der ihm hilft, schoss es ihr durch den Kopf.
Sie blieb noch eine Sekunde lang im Treppenhaus stehen und trat dann unsicher ein. Sebastian war bereits wieder verschwunden.
Was macht er?, fragte sie sich.
Sie folgte den Geräuschen ins Wohnzimmer.
Was tat er dort?
Sie bemerkte, dass ihre Wut wieder zunahm. Mittlerweile war sie auch ziemlich sicher, dass es keine nette Überraschung sein würde, die auf sie wartete.
(*Vielleicht ist es DOCH eine nette Überraschung, wer weiß?*) flüsterte nun die gleiche Stimme, die ihr zuvor das Gegenteil eingeredet hatte. Susi seufzte. Beizeiten war sie selbst ihr größter Gegner, ganz egal in welcher Weise sie an Probleme herantrat.

Nach drei Schritten hatte sie Gewissheit.
Sebastian war über den Wohnzimmerkasten gebeugt, der am Boden lag, und in diesem Moment von ihm zerlegt wurde. Die meisten anderen Möbel waren bereits weg. Nur der Tisch und die Couch standen noch an ihrem Platz. An einer Wand entlang waren ihre Ziergegenstände und Blumen aufgereiht.
Sebastian schien zu spüren, dass jemand im Raum war, schien aber immer noch nicht bemerkt zu haben, dass es Susi war.
„Steh nicht so blöd rum, wir haben noch gut vierzig Minuten, dann müssen wir das Ding hier draußen haben und weg sein. Ich will sie nicht treffen."
„Warum nicht?" rutschte es Susi heraus, aber Sebastian schien nicht zu merken, dass sie es gewesen war, die diese Frage gestellt hatte … oder hatte er vielleicht eine Frauenstimme erwartet?
„Weil ich ihr einen Brief in die Küche gelegt habe, der ihr alles erklären wird. Ich will das nicht unbedingt …"
Während diesen Worten war er aufgestanden und hatte sich umgedreht. Nun ruhte sein Blick auf ihr.
Er war ganz ruhig.
Kein Erschrecken, keine Blässe, kein Zucken, nichts.
Auf eine Art und Weise, die ihr seelisch Genugtuung verschaffte, hasste sie ihn in diesem Moment.
„Einen Brief, hm?", meinte sie trocken.
Er sagte noch immer nichts, stand nur schweigend da, blickte an ihr auf und ab, als wollte er sie ein letztes Mal mustern, und sah ihr dann ins Gesicht.
Sie schalt sich selbst einen Narren, aber in dem Augenblick in dem sie bemerkte, dass er sie musterte, hoffte sie,

dass sie sich hübsch genug gekleidet hatte. Im gleichen Moment wurde ihr klar, wie absurd der Gedanke war … wie viel Vergangenheit in diesem Gedanken steckte. Ihr war bereits klar, dass sie ihn nie wieder sehen würde. Nie wieder sehen wollte. Und dennoch hatte ihr Kopf es noch nicht so weit verarbeitet, dass er es aufgegeben hatte für ihn schön sein zu wollen. Sie seufzte traurig.
„Hast du mir nichts zu sagen?" wollte sie wissen, noch immer in der Wohnzimmertür stehend.
Er schüttelte den Kopf.
„Auf wen hast du gewartet?"
„Fritz."
Auf seinen alten und getreuen Saufkumpanen, auf wen sonst?
Sie nickte und warf einen Blick auf den Kasten.
„Und du denkst, du kannst einfach so verschwinden?"
Er schwieg weiterhin.
„Hast du das wirklich gedacht?"
Er nickte und lächelte. Er wagte es zu lächeln.
„Hätte ja fast geklappt, oder?"
Sie wusste nicht was sie darauf sagen sollte, deshalb sah sie ihn nur an. Er hielt ihrem Blick eine zeitlang stand, gab dann aber nach und deutete auf den Kasten.
„Den hab ich bezahlt, dass weißt du doch noch, oder?"
Susi stellte ihre Tasche ab und trat ein paar Schritte ins Zimmer hinein.
„Ich hoffe, dir ist klar, dass es absolut nicht um diesen Scheiß-Kasten geht, oder?"
In ihrer Stimme lag Eiseskälte. Hätte der Raum diese Temperatur angenommen wären beide in sekundenschnelle erfroren.

Er sah zu Boden, dann schaffte er es, ihr in die Augen zu blicken.
„Was erwartest du von mir?“ fragte er.
Sie schüttelte innerlich den Kopf.
„Was ich von dir erwarte?“ Sie trat einen weiteren Schritt auf ihn zu.
„Oder willst du wissen, was ich nicht von dir erwarte? Ich erwarte mir nicht von meinem Freund, dass er einfach abhaut und einen Brief hinterlässt!“
Noch ein Schritt näher.
„Ich erwarte mir nicht, dass er mir von Angesicht zu Angesicht keinen Grund für sein Tun nennen kann!“
Der nächste Schritt.
„Ich würde mir auch nicht erwarten, dass das Beste was ihm in so einer Situation einfällt nach ‚den gottverdammten, beschissenen, Arsch-Kasten habe ich bezahlt' klingt!“
Sebastian trat einen Schritt zurück. Susi machte einen weiteren auf ihn zu. In seinen Augen funkelte Angst auf.
„Was ich mir erwarten würde, wäre eine verdammt gute Erklärung, warum er still und heimlich seine Sachen packen und abhauen will, ohne nur ein einziges Wort mir gegenüber gesagt zu haben, dass etwas nicht stimmt!“
Er machte einen weiteren Schritt zurück, stieß mit dem Rücken an die Wand und blickte sich Hilfe suchend um.
Bei den letzten Sätzen hatte Susi bereits geschrieen.
Sein Blick wanderte an ihr vorbei und fixierte einen Punkt hinter ihr. Er atmete erleichtert auf. Fritz war gekommen.
Ohne sich umzudrehen sagte Susi:
„Hau ab, Fritz! Wir haben hier was zu klären.“

Sebastians Augen schienen aus den Höhlen zu fallen als Fritz ohne Kommentar umdrehte und den Raum verließ. Draußen im Gang konnte sie ein Feuerzeug klicken hören und dann das typische Prasseln einer Zigarette.

„Und mach die gottverdammte Tür zu, ich will nicht, dass es in meiner Wohnung nach Rauch stinkt", fauchte sie ihm nach.

Bei den Worten ‚meiner Wohnung' warf sie Sebastian einen giftigen Blick zu. Die Tür fiel ins Schloss. Sie nickte zufrieden und schien sich wieder ein wenig beruhigt zu haben.

„Also", sie streckte ihm kämpferisch ihr Kinn entgegen. „Was ist hier los?"

Sebastian zuckte mit den Schultern, trat ohne sie aus den Augen zu lassen ein paar Schritte zur Seite und setzte sich schließlich auf die Couch. Er seufzte laut und theatralisch, als würde er mit einer schweren Last zu kämpfen haben.

Susi kochte innerlich. Jetzt tat er auch noch so, als würde er eine Bürde auf den Schultern tragen. Die Last, ihr mitteilen zu müssen, dass er nach reiflicher und gründlicher Überlegung – natürlich unter Einbeziehung aller Fakten und Tatsachen – zu dem Entschluss gekommen war, dass ihre Beziehung für ihn nicht weiter tragbar sei.

„Weißt du", begann er langsam. „Es ist das alles hier, es ist … du … du hast dich verändert", sagte er dann.

Sie zog fragend die Augenbrauen hoch.

„So, hab ich das?"

Er nickte, ohne von dem faszinierenden Anblick des Tisches - er war aus Holz und einfärbig blau, aber eines sicher nicht: mehr als eines kurzen Blickes würdig - auf-

zusehen.
„Ja, das hast du. Es ist mir früher nicht so aufgefallen, oder ich war davon weniger betroffen, aber … diese Arbeit … mit den Behinderten …“
Menschen mit besonderen Bedürfnissen, schoss es ihr durch den Kopf und im gleichen Moment mahnte sie sich zur Ruhe. Das hatte nichts mit dem hier zu tun.
„Was ist damit?“, wollte sie wissen.
„Nun … nichts … ich meine, doch, ja … du … es ist nicht so, dass du Probleme von der Arbeit mit nach Hause bringst, aber …“
Er zögerte. Sie war sich nicht sicher, ob sie ihn dafür hassen sollte, dass er zögerte, oder für das was danach kommen sollte.
„… weißt du, letzte Woche war ich in diesem Café und … dann kam deine Wohngruppe rein, also … zwei Leute davon …“
Sie runzelte die Stirn. Wo war das Problem?
„… und …“ Er schluckte. „Natürlich haben die beiden mich erkannt, ich kann mich nicht mehr an ihre Namen erinnern, aber sie haben sich an den Tisch neben uns gesetzt…“
Susi war zu sehr darauf fixiert das Problem an der Sache zu erkennen, als um sich Gedanken darum zu machen, wer „wir“ waren.
„ … und alle Leute im Lokal sahen mich an, haben mitbekommen, dass diese Leute mich kennen und …“
Susi wartete. Spannung lag in der Luft. Sie war sich sicher, wenn sie jetzt den Kopf gehoben und nach oben geblickt hätte, sie hätte kleine Gewitterwolken über sich im Raum entdeckt.

Sebastian sah in einer Geste er Hilflosigkeit auf und schaffte es sogar sie für eine Millisekunde anzusehen bevor er den Blick wieder abwandte und fort fuhr: „Jetzt kann ich da nicht mehr hingehen."

Susi verstand noch immer nicht.

„Ich meine… nichts gegen dich", beeilte er sich hinzuzufügen. „Aber ich kann da nicht mehr hingehen! Die wissen, dass ich Behinderte kenne, die haben sogar mitbekommen, dass meine Freundin mit Behinderten arbeitet!"

Susi starrte ihn nur an und konnte nicht glauben was sie eben gehört hatte. Sie starrte ihn einfach an, sagte kein Wort, redete sich ein, dass sie träumte.

„Ich meine, was sollen die jetzt von mir denken? Dass ich mit Krüppeln rumhänge, oder was? Das ich Spastis als Freunde habe?"

Er hob hilflos die Arme und gestikulierte wild und verloren.

Susi starrte auf den Boden.

Ihre Gedanken rasten.

Dann kippte irgendein Schalter in ihrem Kopf.

Sie war plötzlich völlig ruhig.

Ihr Gehirn befand sich schlagartig im Leerlauf.

„Raus."

Das Wort war nur geflüstert.

Nur ein schwaches Echo in der Wohnung. Ein Streichholz in der Scheune. Ein Funke im Scheiterhaufen. Es genügte um die Temperatur im Raum plötzlich zum Kochen zu bringen. Dort, wo vor ein paar Sekunden noch die Kälte und die Verdrängung geherrscht hatten, schoss nun die Wut an die Oberfläche, brach durch die Barrie-

ren der Vernunft und es fiel Susi schwer, sie in Zaum zu halten.
Sie wusste, würde sie gezwungen sein auch nur ein klein wenig lauter zu sprechen, würde die Wut sie mitreißen, der Damm brechen und sie würde austesten wie oft man Sebastians Kopf gegen den Tisch schlagen musste bis er kaputt war.
Ob der Kopf oder der Kasten zuerst kaputt gehen würde, war ihr egal. Vermutlich hätte es ihr in diesem Moment um den Kasten mehr Leid getan als um den Kopf von Sebastian. In diesem Augenblick hasste sie ihn wirklich. Von Grund auf.
Und sie hasste sich selbst.
Dass sie nie gesehen hatte mit wem sie eigentlich ein Leben teilte.
Ein Zufall rettete Sebastian.
Die Wohnungstür öffnete sich und Susi konnte Fritz hören, der mit ängstlicher Stimme sagte: „Du solltest da jetzt nicht reingehen…"
Dann stand plötzlich eine junge Frau in der Tür zum Wohnzimmer und starrte ungläubig auf Susi.
Sebastian fing sich als erster.
„Es ist nicht so wie du denkst …", begann er. Aber noch bevor er zu Ende gesprochen hatte, fiel die Starre der jungen Frau ab und der Satz „Aber sie hat doch erst in zehn Minuten Dienstschluss…" entkam ihren leuchtend roten Lippen.
Susi sagte nichts.
Sie verstand: Vorwände. Verletzungen. Abgrundtiefe, verlogene Argumente. Lügen, Lügen und noch mehr Lügen. Jetzt wurde sogar ihre Liebe zu Menschen als Waffe

benutzt. Von Menschen, die in ihr eine tolle Zielscheibe sahen.
Kümmere dich um Menschen, sei mit dem Herzen dabei und du wirst verletzlich. Und wenn du verletzlich bist, dann wirst du verletzt. Immer und immer wieder, bis du abstumpfst und nichts mehr an dich ranlässt. An diesem Punkt war Susi bereits gewesen und sie hatte es gerade noch geschafft die Kurve zu kriegen. Hatte die Kraft gefunden, sich anderen Menschen wieder zu öffnen.
Was wog schlimmer? Der Schmerz? Die Enttäuschung? War es wichtig? Vermutlich nicht. Aber beides zusammen war nicht tragbar.
Sie warf einen weiteren Blick auf Sebastian.
Er war um den Tisch herumgeeilt und schob die Frau nach draußen. Susi konnte noch hören, wie er ihr vorwarf, herzukommen, da er ihr doch mitgeteilt hatte, dass sie nicht – unter keinen Umständen – herkommen sollte.
Fritz kam ins Wohnzimmer.
Susi sah ihn nicht einmal an. Sie taumelte ein paar Schritte durch den Raum und ließ sich kraftlos auf die Couch sinken. Die Wut war weg. Die Leere hatte sie geschluckt. Die Leere, die sie vor so langer Zeit besiegt geglaubt hatte.
Fritz warf einen Blick auf den Kasten und murmelte: „Ich glaube wir holen ihn ein anderes Mal."
Susi hob nun doch den Kopf.
„Fritz", murmelte sie. Ihre Stimme klang in ihren Ohren unendlich weit weg, unendlich weit entfernt, aber doch so laut, dass sie in ihrem Kopf widerhallte und zu einem lauten Dröhnen wurde.
„Fritz, wie lange schon …?"

Fritz sagte nichts, wandte sich nur schweigend um und wollte gehen, aber Susi sagte nochmals, dieses Mal ein wenig lauter: „Fritz, bitte, wie lange schon?"
Er blieb kurz stehen, drehte sich um und sah sie an, sah sie auf der Couch sitzen, ein Häufchen Elend. Von allem was sie als sicher und vertraut empfunden hatte betrogen, von allen im Stich gelassen. Verloren. Einsam.
Er trat einen Schritt näher, streckte die Hand aus, überlegte, ihr über das Haar zu streichen, hielt inne und zog die Hand zurück.
„Ein halbes Jahr."
Susi reagierte nicht.
Aber Fritz sah, wie eine einzelne Träne ihre Wange nach unten lief und auf den Boden tropfte. Sie machte sich nicht einmal die Mühe eine Hand zu heben um sie wegzuwischen.
„Es tut mir leid", sagte er.
Dann wandte er sich um und nur ein paar Sekunden später fiel die Tür zum letzten Mal an diesem Abend ins Schloss.
Susi saß noch eine Weile lang stumm auf der Couch.
Dann stand sie auf und ging ins Schlafzimmer.
Sie blickte in den Spiegel und betrachtete sich eine Weile.
Schließlich hob sie eine Hand, strich sich die Haare aus dem Gesicht und legte sie zärtlich auf das Glas des Spiegels.
Spiegel, Spiegel an der Wand, wer ist die dämlichste Kuh im ganzen Land?
(*Ihr, eure Hoheit, nur ihr*)
Gibt es kein Schneewittchen hinter den Bergen? Bei den Zwergen?

(Nein, eure Hoheit, Schneewittchen ist alt und ihre Kinder kommen leider nach ihrem Vater)
Susi lächelte still, aber es war ein Lächeln, das nur bedeuten konnte, dass sie aufgegeben hatte. Ihre Hand berührte den Spiegel und strich ihrer Reflektion über die Wange, versuchte ihrem Spiegelbild die die Träne weg zu wischen.
Die Leere war zurück.
Sie fühlte nichts.
Ihre Hand kratzte immer schneller und immer fester über das Glas, es quietschte und sie kratzte fester, sie wollte ihr Spiegelbild auslöschen, ein Fingernagel brach, egal, fester, zerkratz es, ich will dich in Scherben sehen!
Dann riss sie den Spiegel von der Wand.
Er polterte zu Boden, zersprang und die Glassplitter verteilten sich vor ihren Füßen.
Sie achtete nicht darauf, starrte nur weiterhin die leere Wand an.
Nach ein paar Minuten nahm sie auf dem Bett Platz und griff nach einer der Scherben, setzte sie an den linken Unterarm und starrte sie eine Weile an.
Sonnenglaster, dachte sie – und zog die scharfe Kante über ihre Haut.
Die ersten Tropfen Blut traten aus der Wunde hervor.
Sie starrte das Rot an und fragte sich wie es so weit hatte kommen können.
Die Scherbe fiel aus ihrer Hand, schlug am Boden auf und zersplitterte in noch kleinere Teile.
Der Schnitt auf Susis Unterarm war nur einen Zentimeter lang, aber er blutete.
Sie beachtete ihn nicht weiter.

Der Damm war gebrochen.
Jetzt kam die Zeit der Tränen.

KAPITEL 7
perfekter Tag (III)

“The way I finally get up, the way I spoil the coffee-cup, the way I know it’s my own fault, ‘cause I missed sugar and took salt” (Aquarian Age “Perfect Day”)

Ich sehe die junge, unglückliche Frau vor mir und ein paar Sekunden lang weiß ich nicht, was ich ihr erzählen soll. Ich denke daran, dass ich
(*in einem unbekannten Land*)
vor gar nicht allzu langer Zeit in ihrer Wohnung wach geworden bin und ich frage mich ehrlich, warum sie so entsetzt darüber ist, dass ihr Freund sie betrogen hat. Schließlich ist da ja auch was zwischen uns gewesen und das scheint für sie völlig okay zu sein. Mir erscheint das nicht allzu logisch. Aber ich gebe keinen Kommentar dazu ab.
(*war eine Biene sehr bekannt*)
Was sollte ich auch sagen? Ich trage in diesem Fall auch einen Teil der Schuld. Auch wenn mir nicht mehr einfällt, wie es soweit hat kommen können. Mir fällt – wenn man die Sache, die sich mein Gehirn nennt und langsam durchzubrennen scheint – genauer betrachtet wirklich keine einzige Minute dieses Abends ein, der mit dieser jungen, hübschen Frau und einem Bett zu tun hat. Noch nicht mal mit dieser jungen Frau und dem Fußboden. Eigentlich fällt mir überhaupt nichts mit dieser Frau ein, außer, dass ich in ihrem Bett wach geworden bin. Mit Kopfschmerzen, Bleigeschmack im Mund und einen

bösen Traum im Hinterkopf.

(von der sprach alles weit und breit)

Auch was ihre Geschichte betrifft, so scheine ich mich durch ein absolutes Höchstmaß von Mangel an Mitleid auszuzeichnen. Sie scheint das zu bemerken, aber noch bevor sie etwas sagen kann, stelle ich eine Frage.

„Du arbeitest mit Menschen?“, will ich wissen.

Sie nickt und trinkt von ihrem Tee. Es ist irgendein dunkler Tee und hat einen seltsamen Namen. Ich kann nicht wirklich was mit Tee anfangen. Ich kenne Hagebuttentee und Früchtetee, aber dann ist Sendepause.

„Ja, Menschen mit Lernschwäche oder auch mit besonderen Bedürfnissen. Wie es beliebt.“

Sie lächelt schwach.

Scheinbar ist dies ein unverfängliches Thema. Außerdem ist es noch dazu ein Thema mit dem ich ganz gut leben kann, da ich einen Freund hatte, der ebenfalls in diesem Bereich gearbeitet hat.

„Ich hatte früher einen Freund der in einer Wohngruppe gearbeitet hat“, teile ich ihr mit.

Sie seufzt und meint dann – irgendwie scheint sie von dem, was ich gesagt habe, frustriert zu sein –, warum ich in der Vergangenheit sprechen würde.

Meine Antwort ist relativ simpel: „Weil er es nicht mehr tut.“

„Warum nicht? Ist es ihm zu anstrengend geworden?“

Ich grinse breit, mache eine wegwerfende Geste.

„Na ja, er ist nicht völlig vom Gebiet der sozialen Arbeit verschwunden. Genau genommen sorgt er im Moment dafür, dass andere ihren Job behalten.“

Sie wirkt interessiert.

„Management einer Einrichtung?"
Ich schüttle den Kopf.
„Patient."
Sie zieht überrascht und fragend die Augenbrauen hoch.
„Ein Unfall. Ist schwer zu erklären. Es war eine harte Sache für alle. Jedenfalls lebt er jetzt in einem Wohnhaus für körperlich beeinträchtigte Menschen und nervt alle."
„Wie meinst du das?"
„Er kann nicht sprechen und nur mit dem elektrischen Rollstuhl fahren. Das Problem ist, dass er ein wenig … hyperaktiv ist. Immer schon war."
„Besuchst du ihn hin und wieder?"
„Nein." Die Antwort scheint sie zu überraschen.
„Warum nicht?"
Ich hole tief Luft und überlege, wie ich es am verständlichsten formuliere.
„Er ist ein Arschloch."
Sie nickt.
„Das leuchtet ein."
Nach kurzem Grübeln meint sie: „Ich dachte, er war ein Freund von dir."
Ich nicke nur. Es war wirklich eine schlimme Geschichte.
Ich weiß noch wie verzweifelt er war, als er bemerkte, dass die ganze Welt den Bach runter geht. Er hatte dann die Schuld bei der verkorksten Moral gesucht und sie vermutlich auch gefunden, aber das hatte ihm nicht viel geholfen. Er war in einen Sumpf geraten. Der Sumpf im Sinne der Überzeugung, dass man es als Arschloch einfach leichter hatte. Obwohl er im Grunde ein netter Kerl gewesen war - ein wirklich netter Kerl – hatte dieser

Gedanke ihn mehr und mehr in genau das verwandelt was er nie hatte werden wollen. Er war dann irgendwann von einem Saufgelage betrunken nach Hause gefahren. Immerhin allein. Ein Baum war ihm in den Weg gekommen. Aber es ist bis heute noch ungeklärt, warum er von der Straße abgekommen war. Alkohol lautete die einhellige Meinung, aber irgendwie teile ich diese Ansicht nicht. Wenn man so viel Ahnung vom betrunkenen Autofahren hatte wie er (so traurig diese Tatsache auch ist), dann parkt man sein Auto nicht auf einer kerzengeraden Straße frontal an einem Baum. Sollte man zumindest meinen.

Sie merkt, dass ich an ihn denke und zieht sich ebenfalls in ihre eigenen Gedanken zurück.

Ich nutze den Moment um sie genauer zu betrachten. In ihrem Gesicht liegt eine Art seltsame und seltene Schönheit. Sie ist in optischer Hinsicht nicht so schön wie ich sie in Erinnerung gehabt hatte

(ja, der Alkohol, der beste Freund des Paarungswilligen), aber weit davon entfernt nicht schön zu sein.

Eine Art Seriosität liegt in ihren Augen. Die Erfahrung, die sie in ihrer Arbeit gesammelt hat, ist in ihrem Blick erkennbar. Ich nehme an, dass sie sich bereits Gedanken um Dinge machen musste die andere weit von sich schieben.

Sie bemerkt, dass ich sie mustere und sieht mich ihrerseits fragend an.

„Was ist?“, fragt sie.

Ich weiß nicht, was ich sagen soll, deshalb begebe ich mich zurück auf sicheren Boden. Ich hake dort ein, wo wir vorhin vom Thema abkamen.

Wo ich vom Thema abgelenkt habe.
Es ist egal, ob jetzt oder später, irgendwann werden wir auf dieses Thema zurückkommen, also macht es keinen Unterschied, ob ich jetzt damit anfange, oder darauf warte, dass sie es tut.
„Darf ich eine vielleicht unangenehme Frage stellen?"
Sie nippt an ihrem Tee und lächelt unsicher.
„Ich muss ja nicht antworten, wenn ich nicht will."
Ich nicke. Stimmt.
Die Worte sind bereits klar und deutlich in meinem Kopf und ich will sie nach draußen bringen, aber es geht nicht so einfach, wie ich mir das vorgestellt habe. Also tue ich so, als würde ich überlegen wie ich es formulieren möchte, obwohl ich in Wahrheit nur versuche mich dazu zu überwinden sie auch auszusprechen.
Die Kellnerin befreit mich aus dieser peinlichen Situation.
„Darf ich Ihnen noch was bringen?"
Ein typisches Kellnerlächeln. Alles klar. Ich nicke, bestelle noch einen Kaffee mit einem Glas Wasser. Susi schüttelt den Kopf und deutet auf den Tee in ihrer Hand, und die Kellnerin geht wieder. Ich räuspere mich.
„Wie gesagt, es ist vielleicht eine blöde und peinliche Frage, aber da ich doch ziemlich betrunken war …", beginne ich.
Ich komme aber nicht dazu auszureden, weil Susi sofort verneint.
Ich sehe sie irritiert an.
„Was, nein?"
Sie sieht mich mit einer gewissen Härte im Blick an, so als wolle sie mich dafür bestrafen, dass ich den Gedan-

ken auch nur in Erwägung gezogen habe, und erklärt mir dann, was sie damit sagen wollte.
„Nein, wir hatten nichts miteinander. Ich habe auf der Couch geschlafen."
Sie erinnert sich an etwas und fügt hinzu: „Mein Kreuz hat sich übrigens ziemlich darüber beschwert."
„Schade", sage ich.
Im gleichen Moment beiße ich mir auf die Lippen, aber Susi scheint es entweder nicht gehört zu haben oder sie hat beschlossen nichts dazu zu sagen. Damit wäre die Frage nach meiner Schuld geklärt und wir können den Vorwurf des Vertrauensbruches durchaus an ihren Freund abschieben. Oder Ex-Freund.
Trotzdem stelle ich ungläubig eine andere Frage.
„Warum hast du auf der Couch geschlafen und ich im Bett?"
Susi hebt den Blick von ihrer Tasse und ich kann bereits im Vorfeld mit Sicherheit feststellen, dass mir ihre Antwort nicht gefallen wird.
Ich habe Recht.
„Zuerst habe ich im Bett geschlafen und du auf der Couch, aber wie du bereits festgestellt hast, warst du sehr betrunken."
Sie schüttelt den Kopf bei der Erinnerung an meinen Zustand.
„Eigentlich bewundernswert, dass jemand mit soviel Alkohol im Blut, oder besser – mit so wenig Blut im Alkohol – noch fähig ist, sich von der Couch zu erheben und zu einer wildfremden Person ins Bett zu kriechen."
„Oh", sage ich, ein wenig peinlich berührt.
„Als ich aufgewacht bin dachte ich eine Sekunde lang es

wäre Sebastian."

Sie spricht den Namen aus wie ein Schimpfwort.

Jetzt, da sie weiß was gelaufen ist, wird vermutlich niemand mit dem Namen Sebastian vorurteilsfrei von ihr behandelt werden.

„Als ich bemerkte, dass du es bist, wollte ich dich aus dem Bett werfen, aber du hast bereits wieder geschlafen wie ein Stein."

Ich grinse unschuldig.

Alkohol macht einen Idioten aus mir. Das ist mir bewusst … Wenn ich ehrlich bin, dann muss ich vielleicht gestehen, dass ich ein Idiot bin, diese Tatsache aber üblicherweise verstecke. Der Alkohol bringt nur mein wahres Gesicht zum Vorschein. Es ist eigentlich auch egal, wie oft ich mir nach der Trennung von Uschi einreden wollte, dass ich „allein und glücklich" war, es war immer eine Lüge. Ich war immer auf der Suche nach jemand, der mir Wärme und Geborgenheit schenkt. Wenn auch nur für eine Nacht.

„Also hab ich beschlossen auf der Couch zu schlafen", unterbricht sie meine Gedanken. „Nicht böse sein, aber mit dir in einem Bett zu schlafen … nein, danke."

Jetzt fühle ich mich ernsthaft verletzt.

„Danke."

Ich verziehe verärgert das Gesicht.

„Nicht vergessen, dass *du mich* angerufen hast, ja?"

Sie blickt mich ernsthaft überrascht an und versucht herauszulesen, ob das ein Scherz gewesen sein soll. Dann scheint sie in Gedanken ihre letzten Worte nochmals durchzugehen und erkennt ihren Fehler.

„Tut mir leid, ich meinte damit nur, dass ich in deinem

angetrunkenen und nach Alkohol stinkendem Zustand niemals mit dir in einem Bett geschlafen hätte. Wir hätten verheiratet sein können und ich wäre trotzdem auf die Couch gewandert."

Sie versucht ein Lächeln, das allerdings sofort wieder gefriert.

„Außerdem hatte ich zu diesem Zeitpunkt noch einen Freund."

Sie hält kurz inne als würde sie sich das Wort Freund auf der Zunge zergehen lassen und entscheiden ob sie nicht vielleicht ein anderes hätte verwenden sollen, bleibt dann aber dabei.

„Also, wenn du das nächste Mal bei mir übernachtest, dann können wir darüber reden, ob wir uns ein Bett teilen, aber bis dahin sollten wir einen Mantel des Schweigens darüber breiten."

Ich bin ehrlich beeindruckt.

In meiner gewohnten Umgebung sagen Leute nicht so direkt, was sie denken oder meinen, nein, da wird angedeutet, mystifiziert und verschleiert. Vielleicht sollten mehr Leute wie Susi sein. Offen und ehrlich sagen, was sie sich denken. Die Welt wäre ein viel einfacherer und … wenn ich mir das so recht überlege, wäre die Konsequenz vermutlich eine viel brutalere und aggressivere Welt. Wenn ich jeder Person sagen würde, was ich mir ehrlich denke, hätte ich seit meinem achten Lebensjahr keinen einzigen Zahn mehr im Mund. Dafür aber viele – hoffentlich – verheilte Knochenbrüche.

Trotzdem beeindruckt mich Susis Wesen.

Nur wenige Leute hätten es geschafft etwas so Verfängliches so direkt auszusprechen, ohne dabei auch nur zu

stocken.
Weil es für sie nichts Verfängliches ist. Sie meint damit im Grunde genommen nur: Solltest du wieder mal besoffen einen Schlafplatz suchen, dann werden wir sehen was passiert.
„Was wirst du jetzt machen?“, frage ich, um sie nicht ihrem dumpfen Grübeln zu überlassen. Zuerst reagiert sie nicht, aber nach ein oder zwei Minuten schüttelt sie den Kopf.
Sie weiß es nicht.
Ich versuche das Schweigen auszudehnen, um sie so dazu zu zwingen endlich was zu sagen. Aber es gelingt mir letztlich doch nicht. Vielleicht habe ich auch zu wenig Geduld. Schweigen konnte ich noch nie gut. Also bin es schlussendlich dann doch wieder ich, der das Wort ergreift.
„Ich würde noch immer gern wissen, was du jetzt vorhast.“
Sie sieht hoch und blickt aus dem Fenster. Die Straße ist voller Menschen die ihrem täglichen Trott nachgehen und sich davon durch nichts beirren lassen. Ihr Blick folgt einzelnen Leuten, zum Beispiel der Frau, die mit einem Pelzmantel die Straße entlang geht und nicht bemerkt, dass ihr zwei Jugendliche folgen und ihr permanent missbilligende Blicke zuwerfen. Oder das Pärchen, das auf der anderen Straßenseite, neben einem Schaufenster an der Wand lehnt und sich nicht voneinander trennen kann. Beim Anblick der beiden werden ihre Augen wieder zu Fenstern in die Vergangenheit und sie verschwindet in ihrer Gedankenwelt.
Ich frage mich, warum ich eigentlich hier sitze.

Als hätte ich nicht selbst genug Probleme.
Außerdem kenne ich Susi eigentlich überhaupt nicht.
Keine Ahnung, was ich hier mache, aber ich will sonderbarerweise auch nicht gehen.
Die Kellnerin bringt meinen Kaffee und ich bedanke mich, leere die Milch und den Zucker in die Tasse und rühre um.
Das Geräusch des Löffels, der gegen die Tassenwand schlägt, holt Susi wieder in die Gegenwart zurück.
„Ich werde wohl ein wenig sparen müssen, um meine Wohnung wieder einzurichten. Dann werde ich vermutlich die nächsten paar Jahre jeden Mann der mir zu nahe kommt erschießen."
Ich hebe fragend eine Augenbraue, aber sie geht nicht darauf ein.
„Was soll ich schon tun?", fragt sie dann genervt. „Was kann ich denn überhaupt tun?"
Sie blickt wieder aus dem Fenster.
„Ich hoffe nur, er kommt nicht reumütig zurück gekrochen oder so …"
Ich glaube, mich verhört zu haben.
In ihren Worten habe ich doch tatsächlich so etwas wie Hoffnung gehört.
„Wie bitte?", hake ich ein.
„Na ja, ich hoffe, dass er sich einfach nie wieder meldet und mit seiner Neuen glücklich wird."
Ich nicke bestätigend.
„Klar, auch ich würde meiner Exfreundin alles Glück dieser Welt wünschen. Natürlich nachdem ich herausgefunden hätte, dass sie mich ein halbes Jahr lang betrogen hat."

Sie blickt mich interessiert an.
„Würdest du das tun? Ehrlich?“
Innerlich seufze ich. Sie sucht nach Bestätigung.
„Nein“, füge ich ehrlich hinzu. „Ich würde ihr die Pest an den Hals und einen langen und qualvollen Tod wünschen.“
Ich halte inne und überlege, was ich da eben gesagt habe. Mir fällt wieder ein was mit meiner Exfreundin passiert ist. Dass man ihr das Herz rausgerissen hat.
Ich zittere leicht.
„Aber sollte man nicht jedem Menschen eine zweite Chance gönnen?“
„Doch, das sollte man“, stimme ich zu.
„Das klingt nicht so, als ob du das ernst meinen würdest.“
„Tue ich auch nicht.“
Sie seufzt.
„Du magst Sarkasmus, oder?“
Ich nicke nur stumm.
Ein Bild von Uschi hat sich in meinem Kopf festgesetzt.
Man hat ihr das Herz rausgerissen.
Die Gasse.
Die Mülltonnen.
Das Gefühl der Gefahr.
Das Gefühl, beobachtet zu werden.
Der Tod, der auf der Lauer liegt.
Aber das stimmt doch überhaupt nicht. Es war ein Autounfall. Du hast es selbst gelesen. Du hast die Zeitung gesehen, die Frank dir gezeigt hat.
Ja, das habe ich.
Aber davor habe ich eine andere Zeitung gesehen in

welcher stand, dass man ihr das Herz rausgerissen hat. Und …

… mein Herz überspringt ein paar Schläge.

Die Gasse!

Die Gasse, in welcher der Mord angeblich passiert ist. Ich war dort! Da waren keine Absperrbänder der Polizei gewesen! Nichts! Gar nichts!. Nicht mal eine kleine Spur davon, dass dort ein Mord geschehen sein könnte.

„Was ist mit deiner Exfreundin passiert?“, will sie wissen und unterbricht meine Gedanken.

„Schwer zu sagen“, meine ich dann. Innerhalb des Bruchteils einer Sekunde entscheide ich mich dafür, die bessere, harmlosere Version zu glauben. „Soweit ich weiß, ein Autounfall.“

Susi legt die Stirn in Falten.

Sie wirkt verunsichert.

„Die scheinen in deinem Bekanntenkreis immer wieder einmal vorzukommen.“

Ich schüttle den Kopf und winke ab.

„Das waren die einzigen beiden. Mehr waren da nicht.“

„Warum hat sie dich verlassen?“

Wieso kommt sie auf die Idee, dass *Uschi mich* verlassen hat? Ich stelle eine entsprechende Frage.

„Hast du nicht gesagt, dass du deiner Exfreundin die Pest und einen langen und qualvollen Tod wünschst?“

Ich nicke.

In Anbetracht der Tatsache, dass es ziemlich genau das ist, was sie auch bekommen hat, erscheinen mir meine Worte nicht sehr weise gewählt. Aber ausgesprochen ist ausgesprochen. Susi lehnt sich zurück.

„Da steckt noch eine Menge Wut in dir.“

Arbeit mit Menschen. Das ist die Art und Weise wie sie, meiner Erfahrung nach, mit anderen Leuten sprechen. Da steckt noch eine Menge Wut in dir… mehr Klischee geht wohl nicht.

Aber sie hat Recht, oder?

Ja, natürlich hat sie Recht, aber das tut hier nichts zur Sache. Es geht sie nichts an und … ich beruhige mich wieder. Immerhin habe ich mit dem Thema angefangen. Einen Augenblick überlege ich, ob ich ihr sagen soll was damals passiert ist. Bevor ich noch zu Ende denken und mich entscheiden kann, beginne ich bereits zu reden.

„Wir haben uns heftig gestritten“, sage ich.

„Das soll vorkommen in Beziehungen“, entgegnet sie.

„Bei uns ging es um … grundlegende Dinge.“

Ein kurzer Blick in ihr Gesicht sagt mir, dass sie mir nicht ganz folgen kann.

Also hole ich ein wenig weiter aus.

„Ich habe einen Job, der nicht sehr viel von mir verlangt, den ich aber ziemlich gern habe. Den hatte ich auch damals schon. Und als ich ein Angebot bekommen habe, dass mich in eine höhere Position hätte aufsteigen lassen, habe ich abgelehnt. Ich hätte etwas völlig anderes getan, hätte Arbeiten erledigt, dir mir keinen Spaß gemacht hätten. Ich war glücklich, wo ich war. Bin.“

Ich hole Luft. Jetzt kommt der Teil, den viele Leute nicht verstanden haben. An manchen Tagen verstehe ich auch Uschis Standpunkt sehr gut, auch wenn ich ihre Ansicht noch immer nicht teile. Vielleicht hätte ich damals einen Kompromiss eingehen sollen. Aber dafür war es jetzt ohnehin zu spät.

„Uschi, so hieß meine Exfreundin, hat das klarerweise

gewusst. Und sie hat gehofft, dass ich die Stelle anneh- me. Nach meiner Ablehnung hat sie gemeint, ich hätte keine Perspektiven und sie hätte mir schon viel zu lange dabei zugesehen wie ich – und diesen Teil liebe ich besonders – mich in meiner Weiterentwicklung selbst blockiere."

Ich zucke mit den Schultern und seufze, greife nach meiner Tasse und nehme einen großen Schluck.

„Aber da ist noch was anderes, oder?", fragt sie.

Ich sehe sie an und bin für einen Moment versucht, ihr auch das zu erzählen, aber ich kann mich zurückhalten.

„Merkt man es so sehr?", will ich wissen.

Sie zuckt wieder mit den Schultern.

„Ich weiß nicht, ob man es so sehr merkt, aber … keine Ahnung, vielleicht ist es einfach nur die Art und Weise wie ich Menschen betrachte. Ich habe eine Art Gespür für so etwas", erklärt sie dann. Und fügt ein wenig leiser, fast zu sich selbst sprechend hinzu: „Könnte auch an meiner Lebensgeschichte liegen."

Ich gehe nicht näher darauf ein. Die letzten Worte waren nicht für mich bestimmt.

„Kennst du dich mit Wahnsinnigen aus?", frage ich stattdessen.

Sie lächelt müde.

„Ich denke, das kann ich absolut bejahen."

Mein Blick trifft den ihren und in ihren Augen erkenne ich, dass sie nicht mehr mit mir spricht, sondern mit sich.

„Was tust du?", frage ich.

„Was?", sie tut als hätte sie meine Frage nicht verstanden. Sie fährt sich nervös durchs Haar und plötzlich sehe ich es.

Vielleicht wollte sie, dass ich es sehe.

Es gibt da eine Theorie, dass Leute, die sich selbst verletzen das anderen mit diversen Zeichen mitteilen wollen, sei es nun bewusst oder unbewusst. Zumindest habe ich das irgendwann irgendwo gelesen. Auch wenn ich an dieses Psychologie-Geschwätz nicht glaube, ist vielleicht doch etwas dran.

„Ein Unfall oder Absicht?“, will ich wissen.

Ich bemerke, dass meine Stimme kalt geworden ist. Leute, die sich nicht im Griff haben, kann ich nicht leiden.

Und was ist mir dir selbst? Würdest du sagen, dass du dich selbst im Griff hast?

Das ist was anderes, verdammt noch mal. Ich würge die verräterische Stimme in meinem Kopf ab und betrachte stattdessen Susi, die aus Reflex ihre andere Hand über die Wunde gelegt hat, damit ich sie nicht mehr sehen kann.

„Das ist schon eine alte Wunde.“

Sie versucht ein Lächeln, aber ich schüttle den Kopf.

„Nein, ist es nicht.“

Ich nehme ihre Hand und ziehe sie weg, betrachte den Schnitt und schüttle ein weiteres Mal den Kopf.

Die Blutkruste ist noch da.

Die Wunde kann nicht allzu alt sein.

„War das gleich nachdem er weg war, oder erst Stunden später?“

Susi starrt mich an.

„Oder“, fahre ich fort. „War das der Grund weshalb er gegangen ist?“

In ihren Augen liegen Wut und Zorn, aber sie schweigt. Ihre Lippen sind zu dünnen Strichen zusammengepresst

und haben eine weiße Färbung angenommen.
Es berührt mich nicht sonderlich.
„Wenn ich so darüber nachdenke, glaube ich, du hast das getan nachdem er dich verlassen hat. Ich kann ihm nicht weh tun, also verletzte ich mich und dann halte ich ihm vor, dass ‚er' mich so weit gebracht hat", stochere ich noch tiefer in die bereits offen gelegte Wunde.
Ich lehne mich zurück und versetze ihr den letzten Schlag.
„Ich hoffe, dass er nicht reumütig angekrochen kommt", äffe ich sie nach. „Was für ein Haufen Blödsinn."
Ich kann sehen, dass sie innerlich kocht.
Vermutlich hasst sie mich jetzt.
Niemand hört gern die Wahrheit.
Es kann nur noch Sekunden dauern, bis sie reagiert. Entweder bricht sie in Tränen aus, oder sie fällt wie ein Sturmwind über mich her. Es gibt keine anderen Möglichkeiten für sie. Sie schnappt nach Luft.
„Du gemeines, blödes Arschloch", sagt sie dann.
Ich sage nichts, halte ihrem Blick stand.
„Du vorurteilsbehafteter Drecksack."
Ich schweige immer noch, aber der Damm ist gebrochen. Sie wirft mir Schimpfworte an den Kopf, beleidigt mich und nennt mich Dinge, die ich nicht einmal kenne, sagt aber im Grunde nichts um sich zu verteidigen oder mir zu widersprechen.
Im Gegenteil – jede weitere Welle von Schimpfkanonaden gibt mir Recht. Nach etwa zehn Minuten ist sie fertig.
„Geht es dir jetzt besser?", frage ich gelangweilt.
Sie nickt nur, ihr Blick wandert zwischen der Aussicht

aus dem Fenster und dem Tisch hin und her. Das Spiel wiederholt sich ein paar Mal. Sie sucht nach Worten, das ist mir klar.

Schließlich atmet sie tief durch und wendet sie sich wieder an mich.

„Nein, ich habe nicht gleich damit aufgehört", sagt sie dann.

Was mich überrascht.

Ich habe mit Erklärungen oder Ausflüchten gerechnet. Oder mit Beteuerungen, dass es nur das eine Mal vorgekommen ist. Oder auch, dass ich das alles falsch verstehen würde. Nur nicht mit den Worten die folgen: „Ich habe mir gedacht, dass ich mir vielleicht nicht gleich die Pulsadern aufschneiden sollte, sondern mit ein wenig mehr Planung wäre es vielleicht besser sich nur die Haut auf den Unterarmen aufzuschneiden, damit ich nicht sterbe. Wenn der Schmerz nach draußen geht, dann wird der im Inneren weniger."

Sie sieht mir in die Augen und fügt hinzu: „Und ich habe schon lange genug damit Erfahrung, dass ich weiß, was ich tue. Das war kein Selbstmordversuch."

Sie lügt nicht.

Es ist die Wahrheit.

Ich kann es in ihren Augen sehen. Klar und deutlich.

Ich nicke, als Zeichen, dass ich ihr glaube.

Plötzlich löst sie den Blickkontakt und zieht ihren Pullover aus. Darunter kommt ein langärmeliges T-Shirt zum Vorschein. Sie zieht den linken Ärmel bis zu ihrer Schulter hoch.

Ich fahre erschrocken vom Tisch zurück und ich muss wohl einen Überraschungsschrei ausgestoßen haben,

denn plötzlich ist es ruhig im Lokal und alle starren mich an.
Ich grinse breit und sage dann – gerade so laut, dass alle es noch hören können – zu Susi: „Aber alle haben gesagt sie könne gar nicht schwanger werden!“
Dann grinse ich freudestrahlend in die Runde.
Die Meute wendet sich wieder ab und mein Lächeln verschwindet ebenfalls wieder. Vielleicht hätte ich das Wort Meute nicht mal gedanklich verwenden sollen, denn mein Kopf macht mir einen Strich durch die Rechnung.
Knurren. Krallen. Schreie. Zerfetzte Kleidung und seltsames Licht. Seltsame Farben.
Ich schließe die Augen, hebe die Hand vors Gesicht, stütze mich auf dem Tisch ab und atme drei Mal tief ein und aus. Dann hebe ich den Kopf wieder.
Die Gedanken sind verschwunden.
Aber dieses Mal ist es nicht so schnell vorbei.
Susi sieht mich interessiert an und runzelt die Stirn. Sie hat ihren Ärmel wieder über die Hand gezogen und seltsamerweise fällt mir in diesem Moment erneut auf, dass sie unter ihrem – ziemlich eng anliegenden T-Shirt - einen wundervollen Körper hat. Aber das bemerke ich nur am Rande, denn was mir wirklich zu schaffen macht, ist die Tatsache, dass eine der Frauen am Nebentisch ihren Kopf in den Nacken wirft und zu schnüffeln beginnt. Sie sieht sich gehetzt um, steht auf und stützt sich mit den Händen am Tisch ab. Sie knurrt ihr gegenüber an, aber diese Person – ebenfalls eine Frau, ich schätze sie auf gute vierzig – bemerkt es nicht, sondern redet weiter über irgendetwas Belangloses, das ich nicht hören kann. Dann beginnen sich die Hände der ersten Frau zu

verändern.
Sie verkrüppeln sich.
Die Finger werden länger. Die Fingernägel wachsen und bohren sich in die Tischplatte. An allen sichtbaren Hautstellen quellen Haare und es werden immer mehr. Sie wachsen so schnell, dass ich dabei zusehen kann. Es sieht eklig aus. Mir wird übel. Ich wende meinen Blick ab und schaue Susi Hilfe suchend an, aber ihr Blick ist stur auf mich gerichtet. Ich kann nicht sagen, was in ihrem Kopf vorgeht, aber sie wirkt nicht sehr überrascht. Sie wirkt, als würde sie auf etwas warten.
„Die Frau am Nebentisch“, murmle ich.
Susi wendet den Kopf und betrachtet sie.
„Was ist mit ihr?“
Ich hole tief Luft, setze mich wieder gerade hin und bemühe mich normal zu wirken.
Ich ignoriere, was am Nebentisch passiert, auch wenn ich mir sicher bin, dass meine ganze Körperhaltung seltsam wirken muss. Ich bin angespannt, alle Muskeln in meinem Körper sind in Bereitschaft, jederzeit aufzuspringen und so schnell wie möglich das Weite zu suchen.
Als am Nebentisch Geschirr klirrend zu Boden fällt kann ich nicht anders, als den Blick wieder zu wenden und ich starre einem großen Wolf direkt ins Maul. Ich lehne mich langsam zurück, mein Blick wandert Reihen von scharfen Zähnen entlang. Speichel tropft aus dem Maul. Das Tier knurrt. Schließlich finde ich die Augen und erschrecke erst recht.
Es sind die Augen eines Menschen.
Die Frau hat sich in einen Wolf verwandelt.
Die Wolf-Frau brüllt. Speichel sprüht mir ins Gesicht

und der Geruch nach totem Fleisch umhüllt mich. Ich kämpfe mit aller Macht gegen den Brechreiz in meinem Magen an und –

dann ist es vorbei.

Anstatt des Wolfs steht wieder die Frau vor mir, lächelt mich an und hält mir einen Stift und einen Block vor die Nase.

Ich blinzle und versuche mich wieder in den Griff zu bekommen.

Susi räuspert sich, mein Blick wandert zu ihr und ich hebe fragend und nervlich am Ende die Augenbrauen.

„Würdest du der Frau bitte ihr Autogramm geben?“, fordert sich mich auf.

Ich lächle erleichtert, nehme der Frau den Stift und die Serviette, die sie mir vor die Nase hält, ab und frage sie nach ihrem Namen.

„Friedrun“, antwortet sie.

Ich bemerke, dass Susi ein Kichern unterdrücken muss, aber mir ist überhaupt nicht nach lachen. Ich schreibe „Für Friedrun“ auf die Serviette und darunter meinen Namen.

„Ich danke Ihnen, danke“, sagt die Frau dann. „Mein Mann – Gott hab ihn selig – und ich sind große Fans ihrer Firma.“

Ich nicke, bedanke mich lächelnd für die Fantreue und wende mich wieder Susi zu. Aus dem Augenwinkel bemerke ich, wie die Frau Susi einen verächtlichen Blick zuwirft. Du hast so viel Glück überhaupt nicht verdient, du Schlampe, scheint er zu sagen. Dann dreht sie sich wieder um und geht.

„Fan?“, fragt Susi überrascht, nachdem sie weg ist.

„Später“, winke ich ab.
Susi betrachtet mich.
Aber dieses Mal anders.
Es ist so, als würde sie mich das erste Mal wirklich sehen.
„Wer im Glashaus sitzt sollte nicht mit Steinen werfen“, sagt sie dann.
Ich sehe sie an und werfe dann sicherheitshalber einen Blick in die Runde, aber alles ist wieder normal. Keine durchgedrehten Wolf-Frauen, die Autogramme wollen. Kein Knurren. Nichts dergleichen.
Susis Blick hat sich verändert, verhärtet, aber es schwingt auch wieder mehr Sympathie mit als zuvor.
„Einer von uns beiden hat Liebeskummer“, sagt sie. „Und der andere hat echte Probleme.“

Es dauert nicht länger als fünfzehn Minuten und mir ist klar, dass ich Susi geholfen habe. Aber nicht mit dem Gespräch, nicht mit irgendetwas von dem was ich ihr gesagt habe, sondern schlicht und einfach damit, dass ich ein größeres Problem habe als sie.
Ich kann nicht mal genau sagen, was mich dann doch dazu gebracht ihr zu erzählen was mit mir los ist.
Sie hat mich kein einziges Mal unterbrochen, danach aber ein paar Fragen gestellt, deren Sinn mir leider entgangen ist, aber ich zweifle nicht daran, dass die Fragen für sie wichtig waren. Um eine Ahnung von dem zu bekommen, was in mir vorgeht, sofern das überhaupt möglich ist.
Wir haben das Café verlassen und sind durch die Straßen gewandert, bis Susi plötzlich vor einem großen Haus an-

gehalten und gemeint hat, dass wir angekommen wären. Ich betrachte das Gebäude, vor dem wir stehen.
Es sieht aus wie ein gewöhnlicher Wohnblock. Zwei Stockwerke. Eine Menge Autos parken davor. Es hat viele Fenster, ein sehr helles Haus.
Susi raucht schweigend ihre Zigarette aus – ich war zu beschäftigt um eine Zigarette zu rauchen, da ich mit Händen und Füssen gleichermaßen gesprochen habe wie mit dem Mund – und gibt mir die Zeit, die ich brauche um zu bemerken wohin wir gegangen sind.
Ich frage sie, ob ich mich irre, aber sie schüttelt den Kopf.
„Wenn du irgendwo offen reden willst ohne dumm angestarrt oder gestört zu werden, dann hier“, meint sie. Ich nicke nur und folge ihr.
Sie holt einen Schlüssel aus der Tasche und beginnt zu lächeln, ein Zeichen dafür, dass sie sich gerne hier aufhält. Ich lächle ebenfalls.
Es gibt also doch noch Menschen außer mir, die ihre Arbeit gerne tun.

Wir betreten einen großen Raum. Ich vermute es ist der Aufenthaltsraum (wenn das hier so heißt), aber es ist niemand außer uns anwesend. Ich sehe auf die Uhr: Es ist kurz vor Drei. Ich hätte schwören können, dass es schon viel später ist. Scheinbar ist mittlerweile alles – selbst Zeit – relativ geworden. Meine Wahrnehmung lässt mittlerweile wirklich stark nach.
Ich ertappe mich bei der Frage, wie sehr ich mir selbst noch trauen kann. Wenn ich meinen eigenen Gedanken nicht trauen kann, wie kann ich dann irgendetwas von

dem glauben, was ich in meinem Kopf finde?
Oder zu sehen, zu hören, zu riechen glaube?
Schwere Frage.
Angenommen ich kann mir selbst nicht mehr trauen, dann kann ich auch dieser Frage nicht trauen, oder?
Ich seufze, schiebe das Thema beiseite und blicke mich um.
„Nett", sage ich und Susi nickt. Sie blickt sichtlich zufrieden um sich.
„Hat auch eine Weile gedauert um diesen typischen Heimcharakter wegzubekommen."
Ich weiß nicht genau, was sie mit typischem Heimcharakter meint, aber ich habe mir diese Wohngruppen immer anders vorgestellt.
Der Raum ist groß und hell. Es gibt viel Licht im Raum. Die Wände sind bunt, es wirkt gemütlich. In der Mitte steht ein großer Holztisch an dem ungefähr zwanzig Leute Platz haben und dahinter ist eine Anrichte. Gleich hinter dieser ist eine Küche, von beiden Seiten zugänglich. Gegenüber, auf der anderen Seite des Tisches, befindet sich eine Couchecke, die frei im Raum steht und Richtung Wand zeigt. Zwischen Wand und Couch steht ein Tischchen und an der Wand ist ein großes Regal montiert. Im Regal stehen allerlei Dinge, Staubfänger, die mich aber wenig kümmern. Auffällig ist der Fernseher und der darunter stehende DVD-Player, der alle Stücke spielt, die man sich nur denken kann. Eine Sekunde lang bin ich neidisch.
„Wie viele Leute wohnen hier?", will ich wissen.
„In diesem Stockwerk wohnen zehn", meint Susi.
Ich nicke.

Man kann wohl davon ausgehen, dass sich zehn Leute, wenn sie zusammenzahlen einen derartigen DVD-Player leisten können, ob behindert oder nicht. Der Fernseher sieht auch ziemlich groß aus, aber bevor ich mir darüber Gedanken machen kann fällt mein Blick auf eine Pinnwand mit Fotos der Menschen, die hier wohnen.
Nach zwei, drei Sekunden fällt mir auf, dass von zehn Leuten fünf eine Brille haben. Und wenn ich von der Größe der Augen (Brillen haben ja diesen „große Augen/kleine Augen"-Effekt) richtig rückschließe, dann sind ein paar davon sehr, sehr kurzsichtig.
Je größer der Fernseher, desto besser.
„Wie oft wird hier ferngesehen?"
Susi zuckt mit den Schultern und drückt bei der Espressomaschine auf Cappuccino. Ich kann mir ein erfreutes Grinsen nicht verkneifen.
„Das ist ja ein Spitzengerät", entkommt es mir.
„Meine Kollegen und ich haben es gekauft. Wir dachten, wir sollten auch unseren Teil beitragen. Die Firma wollte uns so eine Billigmaschine andrehen, aber wir haben gesagt, dass sollen sie mal lassen, wenn, dann richtig."
Und nach einer Pause: „Die Bewohner, die ebenfalls gern Kaffee trinken haben auch mitgezahlt, allerdings natürlich ihrem Einkommen entsprechend. Ich find es gut so. Hin und wieder dreht einer von unseren Leuten hier durch – wie man das im Volksmund so schön nennt. Bei uns heißt das Aggressionsausbruch – und wütet durch den Raum, aber die Maschine hat er bis jetzt immer schön in Ruhe gelassen. Und das ist mit Sicherheit kein Zufall."
Sie grinst.

„Und was den Fernseher betrifft: Ich bin nicht auf dem neuesten Stand, aber soweit ich mitbekommen habe, sind alle immer um den Fernseher versammelt gewesen als Starmania noch aktuell war“, sagt sie, während sie den einen Cappuccino zur Seite stellt und einen zweiten macht.

Ich kann nicht anders, als noch breiter zu grinsen.

„Starmania?“, hake ich nach.

Sie nickt.

Ich schüttle den Kopf. Tja. Womit eines meiner Vorurteile bestätigt wäre. Ich nehme den Cappuccino, den sie mir hinhält und trete näher an die Pinnwand, auf der die Bilder der Bewohner mit Stecknadeln befestigt sind. Sie sehen ziemlich fröhlich aus, aber mir ist vollkommen klar, dass niemand ein Foto aufhängen würde, auf dem die betreffende Person nicht fröhlich ist. Die Namen der Leute stehen darunter. In zweifacher Ausfertigung. Einmal schön in Blockschrift. Und darunter nochmals in verschiedenen Handschriften.

„Einmal habt ihr ihnen ihre Namen vorgeschrieben und dann haben sie versucht sie so gut es geht abzuschreiben, oder?“

Susi ist neben mich getreten und nickt.

Ein paar der Schriftbilder sehen ziemlich gut aus. Ich deute auf eins, das Henriette sagt.

„Ich wünschte, ich hätte so eine schöne Schrift.“

Susi grinst breit.

„Aber hoffentlich nicht ihre Grammatik.“

Ich sehe sie fragend an.

„Na ja, Henriette kann wirklich schön schreiben, aber wenn sie einen ganzen Satz selbst schreiben würde, dann

würde ich auf ‚Hallo. Mein Name Henriette bin' tippen." Ich nicke, wenn der Satz auch verkehrt ist, so ist er zumindest verständlich. Mehr als ich von manchen Leuten in meinem Alter gewohnt bin. So traurig das auch klingen mag.
„Was ist mit denen allen?", will ich wissen.
Susi seufzt, und beginnt mir zu erklären, warum die ganzen Leute hier wohnen. Ich höre aufmerksam zu. Nachdem sie fertig ist bin ich voll gestopft mit Information … und dann macht es Klick: Sie hat bei keinem einzigen erwähnt, welche Behinderung er oder sie hat. Die meisten Begründungen liefen darauf hinaus, dass die Eltern verstorben waren, oder nicht mehr die Zeit bzw. die Kraft hatten die Kinder zu pflegen. Bei einen oder zweien sah es so aus, dass die Kinder – also die hier wohnenden – ihren Eltern gesagt haben, dass sie endlich von daheim ausziehen wollen. Das ist ein Gedanke, auf den ich von selbst nicht einmal gekommen wäre: Dass ein Behinderter von Zuhause ausziehen will. Aber jetzt, wo ich es höre kommt es mir gar nicht mehr so abwegig vor. Würde ich ewig zu Hause wohnen wollen? Nein, sicher nicht. Warum sollte es hier anders sein? Eine Glucke als Mutter ist eine Glucke als Mutter. Und sich dessen bewusst zu sein braucht es weniger Intelligenz als eines gewissen Gefühls. Aber auf die Idee zu kommen und zu sagen: „Du, Mutter, ich würde gerne ausziehen, du erdrückst mich sonst", das erfordert sehr wohl Intelligenz und … Mut. Sogar ziemlich viel Mut.
Ich bin beeindruckt. Ich hatte Menschen mit Behinderungen immer automatisch für dumm gehalten, aber irgendwie scheint der Gedankengang nicht ganz korrekt

zu sein. Dann wende ich mich doch an Susi:
„Du hast mir bei keinem verraten welche Behinderung er hat."
Sie sieht mich mitleidig an und ich frage mich, ob ich etwas falsch gemacht habe.
„Ist das wichtig?", will sie wissen.
„Ich sollte doch wohl wissen, was mich erwartet, oder?"
Sie schüttelt den Kopf und denkt kurz nach. Dann sagt sie: „Stell dir folgendes vor: Du besuchst einen Freund und betrittst das Wohnzimmer. Dort sitzt seine Mutter und die Worte mit denen er dich ihr vorstellt lauten: Hallo, Mama, das ist ein Freund von mir, er hat Wahrnehmungsstörungen. Und das war es mit der Vorstellung. Er würde nichts mehr hinzufügen."
Ich starre sie an.
Eine unangenehme Vorstellung.
Ich verstehe was sie mir sagen will.
„Okay, ich denke, ich habe es begriffen", versuche ich das Thema nach einer kurzen Nachdenkpause zu beenden.
Susi grinst. Sie wirkt zufrieden.
„Abgesehen davon erwartet dich gar nichts. Alle, die hier wohnen sind noch in der Arbeit und kommen erst in einer bis eineinhalb Stunden nach Hause."
Dann dreht sie sich um und öffnet links von uns eine Tür. Sie führt auf einen Balkon, der auf drei Seiten von einer Mauer umschlossen wird. Er ist ein paar Quadratmeter groß. Gerade so, dass vier Sessel und ein kleiner Tisch darauf Platz haben. Er war von unten nicht zu sehen, ich hatte ihn für einen Dachvorsprung gehalten. Auf dem Tisch steht ein Aschenbecher.

Sie nimmt Platz und deutet mir, mich ebenfalls zu setzen.
Ich tue wie geheißen und ein paar Minuten lang schweigt sie.
Mir wird ein wenig unbehaglich zumute. Es wirkt so, als würde Susi etwas sagen wollen, aber davor zurückschrecken, es auszusprechen.
„Moment", sagt sie schließlich, steht wieder auf und verschwindet im Haus.
Mein Unbehagen steigt.
Etwas stimmt hier nicht.
Susi weiß irgendetwas und ist sich scheinbar nicht sicher, ob und wie sie es mir sagen soll.
Vermutlich weniger wie, als ob.
Ein paar Minuten später – die mir wie Stunden erscheinen – betritt sie mit einer Zeitung in der Hand erneut den Balkon. Ich erkenne das Titelblatt. Es ist die Zeitung, in welcher der Bericht von Uschis Unfall zu finden ist.
Susi bemerkt meinen Blick, sagt aber nichts dazu.
Sie setzt sich hin, nimmt einen Schluck von ihrem Kaffee und blättert in der Zeitung, bis sie gefunden hat, was sie sucht. Dann liest sie kurz nach, nickt bestätigt und dreht sie so herum, dass ich darin lesen kann.
Ich schüttle den Kopf.
Danke, aber nein.
Ich will nicht nochmals bemerken, dass ich verrückt bin, aber sie sieht mich auf eine Art und Weise an, die mich verunsichert. Sie sieht mir tief in die Augen und sagt dann klar und deutlich – und ihre Stimme lässt keinen Widerspruch zu – zu mir: „Du solltest das hier dringend

lesen."
Ich seufze ergeben und beuge mich widerwillig über die Seite, um so zu tun, als würde ich den Bericht lesen. Ich schnappe drei oder vier Worte auf und werde neugierig, beginne dann tatsächlich ihn zu lesen und nach fünf oder sechs Zeilen kann ich kaum glauben, was dort steht. Ich verschlinge den Artikel fast.
Schließlich schiebe ich die Zeitung zur Seite, grinse, und frage: „Woher hast du die?"
Susi blickt mich mitleidig an.
„Dein Problem ist damit nicht kleiner geworden", sagt sie.
„Nein?", frage ich.
Für mich sieht es viel eher so aus, als wäre damit alles gelöst.
„Nein", wiederholt sie. „Eher im Gegenteil."
Ich schüttle den Kopf.
„Egal jetzt, wo hast du sie her?"
Susi seufzt.
„Es ist die Zeitung, die wirklich gedruckt wurde. Das reale Exemplar."
Ich starre sie an.
Einen Augenblick lang weigert sich mein Kopf, das, was sie sagt, zu glauben. Denn, wenn es stimmt, dann ist dies die Rettung: Ich bin nicht verrückt.
Laut dieser Zeitung wurde Uschi wirklich ermordet und in eine Mülltonne gesteckt. Ohne Herz.
Ich grinse breit.
Dann begreife ich *wirklich* und reiße entsetzt die Augen auf.
Einerseits: Ich habe mir eingebildet, dass das nicht pas-

siert ist. Das bedeutet, ich habe trotzdem halluziniert. Wenn auch anders als ich zuerst dachte.

Andererseits: Uschi wurde ermordet.

Ich habe mir die andere Version – die weniger grausame, weniger entsetzliche Version

(*ein Autounfall, nur ein Autounfall*)

eingebildet, nicht die grausame.

Die grausame Version ist real.

Und aus einem Problem - ich werde verrückt und bilde mir Ding ein - werden zwei Probleme:

Ich werde immer noch verrückt und bilde mir Dinge ein, aber - und das ist Problem zwei - die schrecklichen Dinge sind jene, die ich mir *nicht* einbilde.

Von Erleichterung keine Spur.

Mein Grinsen verblasst.

Ich glaube, ich habe noch nie zuvor in meinen Leben so viel Angst gehabt.

Die Tasse fällt mir aus der Hand und zerschellt am Boden.

Der Kaffee macht einen großen Fleck, die Scherben der Tasse sehen aus wie die zerfetzten Ränder einer Wunde.

Ich muss wieder an Blut denken.

Und an etwas Anderes.

Ich blicke Susi misstrauisch an: „Warum betonst du so, dass dieses Exemplar real ist?“

Für einen Augenblick sieht es so aus, als hätte ich Susi bei etwas ertappt. Einen Moment lang, denke ich, dass dies hier das Ende von etwas sein könnte, noch bevor es richtig begonnen hat.

Aber dann macht Susi das einzig richtige.

Sie steht auf, klopft mir auf die Schulter und sagt:

„Ich hole dir neuen Kaffee. Und dann haben wir einiges zu bereden."

KAPITEL 8
Mit meinen Augen (II)

"To let you fly away from the trouble of today
to my different kind of reality"
(Aquarian Age "With My Eyes")

Und dann war ich am Boden. Genau wie du.

Aber ich glaube nicht, dass mich mein Sturz, mein Fall, mein Aufprall, so sehr verletzt haben, wie mich der deine verletzt hat. Hatte ich doch keinen Grund. Sagen sie doch, dass ich keinen Grund dazu hatte.
Wer weiß, ob die Wahrheit irgendwann ans Licht kommt.

Du bist gefallen.

Der Engel fällt vom Himmel, weil ihn die Last seiner Sorgen seiner Flügel beraubt hat. Ich muss an Ikarus denken. Er hatte Flügel aus Wachs. Aber sie trugen ihn. Hoch und höher. Immer höher. Er glaubte daran und er flog.

Die Sonne hat ihn vernichtet.

War er zu neugierig? Hat die Sonne ihn bestraft, weil er wissen wollte, was sie ist? Ist Ikarus der verkannte Freund, weil er die Sonne sehen will, sie kennenlernen will?

Oh, Ikarus, wie du getanzt hast.
Ich habe dir zugesehen. Du, eine junge Frau. Ich, noch ein Kind.

Ich habe so viel nicht verstanden.

Aber ich verstand, was du mir bedeutet hast. Du warst die Sonne in meinem Leben. Hast du meine Flügel gestutzt, weil mein Leben hier auf mich gewartet hat? Hattest du Angst, dass andere meine Flügel stutzen könnten? Oder hast du es vielleicht nicht einmal bemerkt? Verloren in deiner eigenen Angst und deiner eigenen Verletzlichkeit?

Ich glaube du hast es nicht gewusst.

Aber dieser Tag hat alles verändert.

Niemand kann immer stark sein. Jeder Mensch hat Momente der Schwäche. Die wenigsten geben dies zu, weil sie glauben jemanden zu haben, für den sie stark sein müssen. Und wenn die vermeintlich starke Person vor den Augen jener, die sie schützen wollte, zerbricht, ist dieser Schmerz dann größer als andere Arten von Schmerz?

Mutter ist das Wort für Gott in den Ohren eines Kindes.
Warum sagt niemand so etwas über Väter?
Warum nicht über meinen Vater?
Weil er nicht da war.

Er hat das Messer gehoben. Er hat es dir in den Rücken getrieben. Er hat dich der Illusion beraubt. Ich kann die Worte noch hören. Ich kann sie hören, obwohl ich sie niemals wirklich gehört habe, obwohl ich zu dieser Zeit noch nicht einmal ein Gedanke im Universum war: „Ich liebe dich. Ich bleibe ewig bei dir."

Wie einfältig. Wie leicht diese Worte doch gesprochen werden. Wie naiv. Wie prophetisch. Wer kennt schon die Ewigkeit?

Ewigkeit bedeutet, an einem Baum zu sitzen und darauf zu warten, dass deine Mutter zu weinen aufhört, die Tränen erstickt, wieder lächelt und behauptet sie habe sich nur einen Spaß gemacht, das wären keine echten Tränen gewesen.

Ewigkeit bedeutet, an einem Baum zu lehnen und zu begreifen dass Gott und Mutter nicht zwei verschiedene Worte für die gleiche Person sind.

Ewigkeit bedeutet, die Mutter weinend am Boden liegen zu sehen und sich zu fragen, wann man endlich aufwacht, weil das dort gar nicht Mutter sein kann, weil Mutter stark ist. Immer.

Ewigkeit bedeutet, an einem Baum zu lehnen und darauf zu warten, dass Mutter zu Besuch kommt, sie hatte es versprochen.

Die Ewigkeit dauert drei Stunden, fünf Minuten und zehn Sekunden, genau die Zeit, die deine Mutter mit ihrem neuen Freund, der einen teuren Sportwagen fährt, zu spät zu eurem Treffen kommt, obwohl sie dir gestern versprochen hat, dass sie pünktlich sein wird.

Die Ewigkeit ist genau fünf Minuten und vier Sekunden lang, denn so lange spricht sie mit dir. Diese Zeit brauchen wir, um von unserem Treffpunkt zum Büro der Heimleitung zu gehen, wo über mich gesprochen wird. Ich darf nicht dabei sein.

Ewigkeit bedeutet, zwei Stunden, eine Minute und vierundfünfzig Sekunden lang darauf zu warten, dass Mutter wieder aus dem

Büro kommt, um endlich mit mir zu sprechen, für mich da zu sein, anstatt für die Heimleitung.

Ewigkeit bedeutet die Schritte zu zählen, die sie braucht, bis sie vom Gang des Hauses wieder vor mir steht. Ich sehe sie an, wie sie auf mich zukommt, will ihr tausend Dinge sagen, will ihr mein Herz ausschütten, alles sagen, alles tun, versprechen auch artig zu sein, versprechen ihr immer zu gehorchen, wenn sie nur sagen und zeigen könnte, dass sie mich lieb hat.
Ewigkeit dauert genau so lange, wie sie braucht um diesen Satz auszusprechen, während sie an mir vorübergeht: „Schatz, ich muss wieder, wir haben noch einen wichtigen Termin."

Die Ewigkeit dauert so lange, wie das Auto braucht um zu wenden und aus der gepflasterten Einfahrt nach draußen zu fahren. Und außer Sicht zu verschwinden.

Die Ewigkeit ist Scheiße.

Aber sie ist ewig.

Und manchmal, nur manchmal hat man genug Mut um aus der Ewigkeit zurück ins Leben zu kommen. Manchmal findet man die Erlösung.

Der Erlöser sieht aus wie ein Messer.
Wie eine Glasscherbe.
Wie ein Stück Metall mit rauen Kanten.
Einmal habe ich ihn gesehen, da sah er aus wie eine Schere.
Und die Erlösung ist rot.
Die Priester täuschen sich.

Man kann die Erlösung spüren.
Sie sickert aus unseren Adern in diese Welt. Sie lässt die Leere verblassen. Die Ewigkeit zieht sich zurück, die Taubheit schwindet aus den Gliedern und das Leben macht einen neuen Atemzug.
Die Erlösung tropft zu Boden.
Sie ist Rot.
Aber in einem haben die Priester Recht.
Die Erlösung steckt in uns.

Verstehen sie nicht, dass ich nicht sterben will?
Nach dem Tod folgt die Ewigkeit.
Warum also sollte ich sterben wollen?
Wo es doch genau die Ewigkeit ist, der ich entkommen will.

KAPITEL 9
Spiegel, Spiegel (II)

"Am I running in vain, shouting like I'm insane? Will I calm down and walk, taking time for a talk? Hey you! Hey you!" (Aquarian Age "Mirror, Mirror")

I

Ich weiß nicht wirklich wie lange ich dort saß, mit den Kopf in Händen und tausenden Gedanken, die meine Nervenbahnen entlang flogen, aber ich könnte keinen einzigen davon wiederholen.

Ich kann nicht sagen wie lange mir die Worte „Wahnsinn", „Schizophrenie" oder „multiple Persönlichkeiten" im Kopf herumwirbelten, immer mit dem Gedanken „aber das passiert mir doch nicht" gleichgeschaltet.

Irgendwann hebe ich dann doch wieder den Kopf und sehe mich um.

Lange kann es nicht gewesen sein, denn Susi sitzt wieder vor mir und blickt mich ernst an. Sie scheint nicht verunsichert zu sein, was mich, wie ich gestehen muss, ein wenig irritiert. Vielleicht ist sie so etwas von der Arbeit mit den Behinderten gewohnt, weiß der Teufel.

Ich seufze resignierend und lehne mich in den Sessel zurück.

„Na gut", sage ich dann. „Ich werde also verrückt."

Susi blickt mich schweigend an.

„Wenn ich mich einfach erschieße, ist es immerhin schnell vorbei. Was meinst du? Das wäre doch die

einfachste Lösung. Peng und aus. Keine Probleme für irgendjemanden."
Ich lehne mich wieder nach vor, versuche meine unruhigen Hände unter Kontrolle zu bekommen und gebe dann auf.
Man bekommt nicht jeden Tag eröffnet, dass man wahnsinnig ist.
Susi sagt noch immer nichts, sondern schüttelt nur den Kopf.
Ich sehe sie fragend an, froh, etwas, oder jemand, zu haben, auf den sich meine Unsicherheit und Wut entladen können.
„Und du sitzt blöd herum und starrst Löcher in die Luft. Du arbeitest doch mit Behinderten?", fahre ich sie an. „Wie sieht es aus? Habt ihr noch ein Zimmer frei in eurem Heim hier? Hast du mich deshalb hierher gebracht? Hast du dir vielleicht gedacht, der sieht interessant aus, der könnte doch hierher passen? Warum passiert das? Warum passiert es mir? Ausgerechnet mir."
Mir versagt die Stimme und ich verstumme.
Meine Worte scheinen Susi in keiner Weise berührt zu haben. Auf eine Art und Weise die mir nicht gefällt macht das alles noch schlimmer.
Ich werde noch wütender.
Als ich gerade Luft hole, um ihr richtig die Meinung zu sagen, legt sie den Kopf schief und fragt mich: „Warum solltest du wahnsinnig sein?"
Ich bin so irritiert, dass ich vergesse, dass ich eigentlich wütend auf sie bin. Ich muss mich verhört haben.
„Wie bitte?"
Sie richtet ihren Kopf gerade und lächelt freundlich, was

mich noch mehr irritiert.

„Ich habe dich gefragt, weshalb du glaubst, verrückt zu sein."

Vielleicht möchte sie mich zum Narren halten, aber Sinn für Humor ist das letzte, was in diesem Moment als Beschreibung auf mich zutreffen würde.

„Weil ich Dinge sehe, die nicht da sind? Weil meiner Exfreundin das Herz aus dem Körper gerissen wurde? Weil ich gesehen habe, wie eine Frau sich in einem Lokal in einen Wolf verwandelt? Grund genug?"

Meine Stimme ist zuckersüß.

Wenn einer meiner Angestellten diese Stimme hört, suchen sie meist das Weite. Sie wissen, dass es die Ruhe vor dem Sturm ist.

Susi zeigt sich vollkommen unbeeindruckt.

„Nein. Keineswegs Grund genug."

„Was meinst du damit?"

Sie seufzt und wirft einen Blick auf die Uhr. Dann deutet sie mir, ihr zu folgen.

Wir durchqueren das Haus und verlassen es. Sie schlägt eine Richtung ein, die in die Stadt führt.

Ich folge ihr und frage, wohin wir eigentlich gehen und warum wir ihre Arbeitsstelle überhaupt verlassen.

„Weil ich dir das, was ich dir jetzt zeigen will, hier nicht zeigen kann."

Mehr sagt sie nicht.

Ich hänge meinen trüben Gedanken nach und überlege, ob ich mir Susi auch nur einbilde. Dann frage ich mich, wie furchteinflößend Susi ist. Dann, ob sie überhaupt furchteinflößend ist. Was ich verneinen muss. Sie ist eigentlich ziemlich in Ordnung. Daraufhin beschließe ich, dass ich ihr trauen kann. Sofort meldet sich eine Stimme in meinem Kopf, die mir sagt, dass ich mir die nicht Furcht einflößenden Dinge eingebildet habe, worauf die Frage, ob ich mir Susi nur einbilde neu auftaucht und meine Antwort eher in Richtung „Ja, ich bilde sie mir ein" tendiert.

Schlussendlich unterbreche ich diesen absurden Gedankengang damit, dass es mir jetzt im Moment völlig gleichgültig ist, ob ich sie mir einbilde oder nicht, weil ich auf jede Hilfestellung angewiesen bin, die ich kriegen kann.

Auch wenn mein eigener Kopf sie mir ins Weltbild setzt und sie eigentlich nicht existiert.

Wahnsinnig werden ist ziemlich einfach.

Man braucht nur zu beschließen, dass sich alles um einen herum im eigenen Kopf abspielt. Was, im Grunde genommen, ja nicht einmal gelogen ist.

Ich unterbreche meine Gedanken, weil wir vor einer Haustür stehen und Susi in ihrer Jackentasche nach etwas sucht.

„Wo sind wir?", will ich wissen.

„Wo glaubst du denn?" Sie lächelt wieder.

Ich bemerke, dass sie ein sehr schönes Lächeln hat.

Sie deutet auf das Haus: „Kennst du das hier nicht?"

Ich ziehe überrascht die Brauen hoch, als ich bemerke, dass wir vor Susis Wohnung stehen.

Dieses Mal bin ich nüchtern.

II

Eine heiße Tasse Kaffee steht vor mir auf dem Tisch.

Susi hat noch kein Wort über das verloren, was sie mir zeigen will. Stattdessen hat sie Teewasser aufgesetzt und wartet darauf, dass es zu kochen beginnt.
Sie hat auch die Stereoanlage aufgedreht und es läuft eine CD die mir wohlbekannt ist.
Ich lächle breit.
Einen Augenblick lang wundere ich mich darüber, dass ich lächle.
Wenn ich mir die letzten paar Stunden durch den Kopf gehen lasse, habe ich nicht allzu viel Grund dazu. Aber hier … fühlt es sich sicher an. Es fühlt sich ein wenig an, wie … Zuhause.
Die Küche ist aufgeräumt, eine Wohnküche. Ein großer Raum, der von einer Anrichte gedrittelt wird. Zwei Drittel Wohnraum oder Essraum und ein Drittel Küche. Nett, sehr nett.
Ich lehne mich zurück, lasse die Musik auf mich wirken und entspanne ein wenig.
„Gute Band", stelle ich nach kurzer Zeit fest. „Du magst Funkmusik, oder?"
Sie steht nur ein paar Schritte von mir entfernt. Allein die Anrichte, auf welcher der Teekocher das Wasser erhitzt, befindet sich zwischen uns.
„Nicht generell, aber diese Band … ich weiß nicht, die sind abwechslungsreich. Die gefallen mir."
Das Teewasser kocht, sie schenkt sich eine Tasse ein und setzt sich zu mir an den Tisch.
„Rockig, ruhig, kuschelig. Richtig hart sind sie nie, aber sonst …"
Ich grinse noch breiter.
„Ja, ich denke abwechslungsreich trifft es ganz gut. Sonst

hätten wir ihr Album kaum veröffentlicht."
Sie hebt den Blick von ihrer Tasse und sieht mich fragend an.
„Wie meinst du das?"
Ich zucke mit den Schultern.
„So, wie ich es sage."
Sie legt ihre Stirn in Falten. Skeptisch.
„Willst du mir sagen, dass du der Boss einer Plattenfirma bist?"
Sie lacht. Sie hat ein wundervolles Lachen.
„Nicht direkt der Boss. Das würde ich so nicht sagen, nennen wir es … Geschäftsführung."
Sie macht große Augen.
„Und was Aquarian Age betrifft, die haben mir von Anfang an gefallen." Ich mustere sie amüsiert. „Du wirkst überrascht."
Sie nickt mit großen Augen.
„Bin ich auch."
Könnte ich noch breiter grinsen, ich würde es tun.
„Ich hoffe, du hast dir die CD gekauft, und nicht aus dem Internet geladen."
Sie kichert. Frauen die kichern sind peinlich. Normalerweise. Jetzt, hier und heute, stört es mich nicht im Geringsten.
„Ich habe mir das Album auf einem Konzert gekauft."
Sie blickt zur Anlage, seufzt dann und meint: „Leider spielen die nur sehr selten live."
Dann legt sie ihren Kopf zurück und blickt an die Decke. Nach ein oder zwei Sekunden fragt sie: „Hast du viel Freizeit?"
Die Frage höre ich oft. Meist aufgrund von zwei Ver-

mutungen. Die erste lautet, dass ich keine Freizeit habe, weil ich ständig Musik hören, Verträge verhandeln und Konzerte organisieren muss. Die andere ist das genaue Gegenteil davon: Eigentlich braucht man ja überhaupt nichts tun, außer Platten, die es bereits gibt, an Kaufhäuser und Zeitschriften zu senden.

Beides ist völliger Irrsinn. Die Wahrheit liegt wie immer in der Mitte. Außerdem habe ich ein gutes Team. Der Gedanke, dass sie sich langsam Sorgen um mich machen könnten, kommt mir in den Kopf. Ich sollte sie später anrufen, um … um was zu tun? Die Sorgen vertreiben? Wenn ich es mir recht überlege, hat sich wohl noch nie jemand so berechtigt Sorgen um mich gemacht wie im Moment.

Meine Gedanken führen mich wieder ins Jetzt.

„Ich verdiene halb so viel wie du vermutlich denkst und habe doppelt so viel Arbeit wie du vermutest. Aber es macht Spaß. Und die wenigsten Leute können behaupten, dass ihnen ihr Job Spaß macht, oder?“

Sie nickt zustimmend.

„Ja. Und hier sitzen zwei von dieser Sorte.“

„Ich weiß“, antworte ich.

Sie scheint überrascht.

„Wie meinst du das?“, fragt sie.

„Ich habe es an der Art gemerkt, wie du über die Bewohner in eurem Wohnhaus gesprochen hast. Ich würde es mal sehr … respektvoll nennen. Und wertschätzend.“

Es ist nicht einfach, so zu sprechen, wie es diese Sozialarbeiter immer tun. Ich nehme an, jemandem aus dieser Branche würden diese Worte sofort einfallen und ohne gröbere Probleme über die Lippen kommen. Für mich ist es Schwerarbeit. Schließlich gebe ich auf und verfalle wieder in *meine* Sprache.

„Ich glaube, du hast diese Leute gern. Du fühlst dich wohl dort."

Einen kurzen Augenblick lang leuchten ihre Augen freudig auf.

Ich füge ein „Oder täusche ich mich da?" hinzu.

Sie schüttelt den Kopf. „Nein, du irrst dich nicht."

Schweigen breitet sich zwischen uns aus.

Einen Augenblick lang ist es schön.

Einen kurzen, wundervollen Augenblick lang ist das Leben schön. Hier sitzen zwei Leute, die sich sympathisch finden, die eine gemeinsame Erfahrung gemacht haben und sich einen Moment lang einfach wohl fühlen … und vielleicht auch auf eine wunderbare Art und Weise miteinander verbunden sind.

Aquarian Age singen im Hintergrund darüber, dass prüde und alte Moralvorstellungen eigentlich völlig aus der Mode sind und als ich in Susis Augen sehe, denke ich zu wissen, was ihr durch den Kopf geht. Ihre Gedanken sind vermutlich ebenfalls bei dieser Nacht vor ein paar Tagen. Was wäre wohl passiert, wenn diese Nacht anders verlaufen wäre?

Schwer zu sagen.

Eigentlich überhaupt nicht zu sagen.

Susi schließt kurz die Augen.

Es kommt mir vor, als würde sie sich innerlich von dem Frieden, der eben noch geherrscht hat, verabschieden.

Die Zeit der Erholung ist vorbei. Für kurze Zeit haben wir zu träumen gewagt, dass wir zwei normale Menschen sind, die hier sitzen und sich bei einer Tasse Tee oder

Kaffee über Musik unterhalten. Und vielleicht noch darüber, was wir am Wochenende gemeinsam unternehmen könnten.
Aber die Realität sieht anders aus.
Und ihr können wir nicht entkommen.
Zeit zu handeln.
„Was weißt du?", frage ich schließlich.
Sie öffnet ihre Augen wieder und starrt auf ihre Tasse.
Kein Wort, kein Ton kommt über ihre Lippen.
Ich warte geduldig, lasse die Musik auf mich wirken und seltsamerweise singt der Sänger in diesem Moment gerade darüber, dass es keine Ort gibt, an den man flüchten kann, wenn man sich seine Ketten selbst anlegt.
Für eine Sekunde habe ich das Bild einer Kellnerin vor meinem inneren Auge. Ein Kaffeehaus. Menschen. Ein alter Mann. Ein Polizist.
Dann ist es vorbei. Vielleicht hat mich das Lied an etwas erinnert, einen Film oder ein Buch. Es ist nicht weiter wichtig.
Susi beginnt zu sprechen.

1

Die Mutter. Es war die Mutter, die alles auslöste.
Oder der Vater. Wie man es betrachtete. Es hing vom Standpunkt der Betrachtung ab.
Vielleicht war es auch einfach nur die Schuld von Susi selbst gewesen. Zumindest sagten ihr das am Anfang viele Leute.
Vater … dieses Wort.
Es war nicht mit Hass verbunden. Wie konnte sie je-

manden hassen, den sie niemals gesehen hatte? Und da sie ohne Vater aufwuchs, wusste sie auch nicht, ob sie deswegen etwas versäumte. Es schien logisch zu sein, dass etwas fehlte, zumindest behaupteten auch das viele Leute. Ein Kind brauche Mutter und Vater, ein Elternteil allein könne niemals eine komplette Erziehung übernehmen. Wie auch? Scheiterten doch sogar teilweise zwei gemeinsame Elternteile daran. Susi wusste nichts von solchen Diskussionen.

Wäre ihr Vater gestorben, dann wäre die Sache vielleicht ganz anders verlaufen. Aber er war nicht gestorben, so viel wusste sie. Sie hatte allerdings nie viel über ihn erfahren, nur immer die gleichen Geschichten, die ihre Mutter ihr erzählte.

Ihr Vater sei noch in der Arbeit. Ihr Vater komme aufgrund seiner Arbeitszeiten immer dann nach Hause, wenn sie nicht da sei. Er leide zwar sehr darunter, aber er müsse doch arbeiten um Geld zu verdienen, und so weiter und so weiter.

Erzählungen und Geschichten, die jedem halbwegs erwachsenen Menschen vermutlich vor lauter Lachen Tränen in die Augen getrieben hätten. Lügen für Kinder. Susi war noch ein junges Mädchen gewesen. Ein Baby fast. Und sie hatte immer darauf gehofft ihren Vater zu treffen, hatte oft versucht länger wach zu bleiben, um ihn zu sehen, sich von ihm umarmen zu lassen. Es gefiel ihr nicht, nur Fotos von ihm zu kennen und ihn noch nie wirklich gesehen zu haben.

Als sie alt genug geworden war, um zu begreifen, dass die Erklärungen, die ihre Mutter ihr lieferte, nicht wahr sein konnten, fragte sie genauer nach. Letztlich wurde ihre Mutter unsicher, gestand aber dennoch nicht die Wahrheit, sondern erzählte ihr, dass Susis Vater vor zwei Monaten für ein oder zwei Jahre ins Ausland gegangen war. Seine Firma hatte ihn dorthin geschickt um zu arbeiten. Er würde viel Geld verdienen und dann wieder nach Hause kommen. Sie hatte sich das Susi nur nie zu erzählen getraut, weil sie ihr nicht die Hoffnung nehmen wollte, ihren Vater in den nächsten Monaten oder Wochen kennen zu lernen. Manchmal kamen aus seltsamen Gegenden Briefe von ihrem Vater. Hätte sie genauer hingesehen, dann wäre Susi vielleicht aufgefallen, dass die Handschrift darin, der ihrer Mutter sehr ähnlich war. Aber Susi sah nicht näher hin. Sie las die Briefe, freute sich, dass er sich immerhin auf diese Weise um sie kümmerte und ließ es dabei bewenden.

Auf gewisse Weise mochte sie ihren Vater nicht.

Es war schwierig einen Menschen nicht zu mögen, den man nur aus Briefen kannte, aber Susi bemühte sich.

Ihr Vater im Ausland.

Ihre Mutter hier.

Näher kam sie an die Wahrheit damals nicht heran.

Die Zeit verging und irgendwann begann Susi ihn im stillen Kämmerchen ihres Herzens zu hassen.

Sie hasste ihren Vater dafür, dass er sie als Baby allein gelassen hatte.

Sie hasste ihn dafür, dass sie ihn noch nie zu Gesicht bekommen hatte.

Sie hasste ihn dafür, dass er für zwei Jahre ins Ausland ging ohne ihr etwas davon zu sagen oder sich von ihr zu verabschieden (und das obwohl er sich noch nicht mal vorgestellt hatte … ein seltsamer Gedanke).

Vor allem hasste sie ihn dafür, dass er ins Ausland ging um mehr Geld zu verdienen und ihre Mutter trotzdem noch arbeiten gehen musste, damit sie sich ihre kleine Wohnung und etwas zu Essen leisten konnten.
Was für ein Vater sollte das sein? Auf jeden Fall kein guter.
Hin und wieder wünschte sie sich, dass sie gar keinen Vater hätte, dass er abgehauen war, dass er tot war, was auch immer.
Alles wäre besser gewesen als diese Art der Vernachlässigung durch ihren Vater, der – in Mutters Erzählungen – durchaus präsent war, aber eben nicht in Susis Leben.
Manchmal ertappte Susi sich dabei, wie sie Schulkollegen belauschte, wenn sie über ihre Familien sprachen. Über gemeinsame Ausflüge, gemeinsame Abenteuer, gemeinsame Sonntagsaktivitäten. Besonders interessierten sie jene Geschichten, die andere Kinder mit ihren Vätern erlebt hatten. Es waren eben zwei verschiedene Arten von Abenteuer mit Mutter alleine unterwegs zu sein, oder mit Vater.
Susi begann nicht nur ihren Vater zu hassen, sondern auch die anderen Kinder. Jene, die Väter hatten. Jene, die ihre Väter kannten. Deren Väter für sie da waren.
Warum erlebten alle so tolle Sachen und sie nicht? Das schien nicht fair. Überhaupt nicht fair. Sie erzählte niemanden, dass sie ihren Vater noch nie gesehen hatte, stattdessen begann sie, sich Geschichten auszudenken, was sie mit ihrem Vater alles erlebt hatte. Aber wie Kinder nun mal sind, übertrieb sie maßlos und alle Kinder in der Klasse hielten sie für eine Lügnerin.
Also begann sie damit, ihnen Streiche zu spielen. Es dau-

erte natürlich nicht lange, bis Susi alleine war und keine Freunde mehr hatte. Sie hatte niemanden mehr. Keine Freunde, keinen Vater.
Nur Mutter.
Mutter würde für sie sorgen. Und Mutter würde tanzen. Für sich allein.
Das hatte sie immer getan.

2

Ich habe einen Platz gefunden. Einen Baum. Wenn ich hinter ihm stehe, dann kann ich Mutter beim Tanzen zusehen. Sie meint immer, ich dürfe ihr nicht zusehen, denn sie würde nicht gut genug tanzen, aber das stimmt nicht. Sie tanzt wundervoll. Ich bewundere sie dafür. Ich liebe Mutter so sehr wie ich Vater hasse. Ich weiß nicht, wie er ihr das antun kann … immer so weit weg zu sein. Ich wünschte, ich könnte so gut damit umgehen wie Mutter.
(…)
Ich habe Mutter heute wieder beim Tanzen zugesehen. Ich weiß nicht, warum sie denkt sie würde nicht gut tanzen. Sie ist ein Engel. Mein Engel. Sie wacht über mich. Sie ist so rein wie jemand nur sein kann. Vielleicht habe ich gar keinen Vater. Vielleicht ist Mutter ein Engel. Vielleicht hat Mutter mich gemacht, damit sie nicht mehr so allein ist.
(…)
Der Baum ist wundervoll. Ich liebe es, in seinem Schatten zu sitzen. Er erinnert mich an Mutter. Er ist stark, kräftig und nichts auf der Welt kann ihn besiegen. Mut-

ter ist ein Baum. Sie trägt mich auf ihren Ästen durch das Leben. Nichts kann mir etwas anhaben.

(…)

Die anderen Kinder in der Schule mag ich nicht. Sie geben immer so an. Sie erzählen immer von den Ausflügen, die sie mit ihren Eltern machen. Ich hasse sie. Ich hasse sie alle. Vielleicht fast so viel wie Vater.

Vermisse ich ihn? Nein. Ich hasse ihn. Ich will ihn nie sehen und nie kennen lernen. Ich denke auch nie an ihn, außer wenn die Kinder in der Schule über ihre Eltern reden, dann muss ich an ihn denken. Dafür hasse ich ihn. Und ich hasse die anderen Kinder. Weil sie so reden können. Und ich kann das nicht.

(…)

Mutter ist meine einzige Freundin.

(…)

Ich habe die Schule gewechselt. Meine Lehrerin wollte mit meinen Eltern sprechen. Mutter ist in die Schule gekommen und hat mit der Lehrerin gesprochen. Sie meinte, ich wäre in der Schule aggressiv. Sie meinte, ich würde die anderen Kinder schlagen, ihnen gemeine Streiche spielen. Ich will doch nur, dass sie aufhören über ihre Eltern zu reden. Aber das will ich der Lehrerin nicht sagen. Mutter hat mit ihr gesprochen und als sie aus dem Lehrerzimmer kam war sie richtig wütend. Ich habe Mutter schon oft wütend gesehen, aber noch nie so wütend. Sie kam mit hochrotem Kopf aus dem Klassenzimmer, nahm mich bei der Hand und sagte: „Komm wir gehen. Hier will man uns nicht verstehen."

Mutter ist meine einzige Freundin.

(…)

Sie hat mit mir eine neue Schule gesucht. Sie hat gesagt in der neuen Schule wären sie nicht alle so dumm.

3

Frau Liefner legte das Tagebuch zur Seite und betrachtete Susi eine Weile. Diese erwiderte den Blick nicht. Sie kannte Ärzte mittlerweile nur zu gut. Man hatte ihr zwar gesagt, dass eine Psychologin keine Ärztin war, aber für sie machte das keinen Unterschied.

Psychologe, Psychiater, Neurologe, was auch immer. Alles Klugscheißer, die nicht den kleinsten Schimmer hatten, was mit ihr los war. Sie versuchten auch gar nicht sie zu verstehen. Niemand wollte sie verstehen. Für Susi waren sie alle Idioten, die glaubten, ein abgeschlossenes Studium würde ihnen die Zauberkraft geben, in andere hinein zu blicken. Aber das konnten sie nicht. Egal, was sie glaubten. Und schon gar nicht in sie. Sie war nicht wie andere.

Sie war … krank.

Das sagten zumindest die Ärzte.

Eigentlich wartete Susi nur darauf, dass die Frau, die ihr gegenüber saß, diese Psychologin, ihr das Gleiche sagte. Anschließend würde sie ihr ein paar neue Medikamente verschreiben, Susi wegschicken und sich die nächste Patientin kommen lassen.

So lief es immer.

Nimm deine Dosis, halte den Mund, tu, als wäre alles in Ordnung, und du hast ein paar Monate Ruhe.

Aber Frau Liefner sagte nichts.

Susi blickte sich im Zimmer um.

Nichts war wirklich auffällig anders als bei allen anderen Ärzten. Sie seufzte innerlich und wartete weiter.
Frau Liefner sagte noch immer nichts.
Susis Blick fiel auf die Akte die am Tisch lag.
Sie war ein wenig verwirrt, als sie ihren Namen darauf las. Üblicherweise versteckten die Ärzte ihre Akte, wenn sie im Raum war. Vermutlich damit Susi nicht merkte, dass sie sich bereits über Susis Leiden und Leben informiert hatten. Damit sie nicht merkte, dass sie sich bereits eine Meinung gebildet hatten, ohne Susi je zu Gesicht bekommen zu haben.
Für wie dumm hielten diese Leute sie eigentlich?
Als ob es ein Geheimnis wäre, dass vor den Gesprächen Akten gelesen wurden. Als ob es ein Geheimnis wäre, dass diese Treffen eine reine Formsache waren. Irgendwie mussten alle Psychologen der Welt schließlich zu ihren Klienten kommen, um Geld zu verdienen. Es schien noch nie jemand hinterfragt zu haben, ob hinter all dem auch der Sinn stand, den Patienten zu helfen.
Susi schmunzelte.
Sie konnte sich daran erinnern, einem der Psychologen … oder war es ein Psychiater gewesen? … gefragt zu haben, welchen Sinn diese Gespräche haben sollten. Die Antwort darauf war ein zwanzig Minuten langer Monolog gewesen, der – soweit Susi folgen konnte – viele Fragen der Neurologie und Entwicklungspsychologie beantwortet, die Antwort auf ihre Frage allerdings außen vor gelassen hatte.
Sie fragte sich immer noch, ob die Worte „dir dabei zu helfen wieder Freude am Leben zu haben“ so schwer zu finden waren, dass es nötig war, zwanzig Minuten lang

mit Fachbegriffen um sich zu werfen.
Ihre Akte lag offen am Tisch.
Frau Liefner folgte Susis Blick und lächelte.
„Es scheint dich zu überraschen, dass deine Akte offen auf dem Tisch liegt."
Susi nickte.
„Normalerweise wird sie versteckt", antwortete sie.
Frau Liefner nickte ebenfalls. Sie sah Susi interessiert an.
„Weißt du, was drin steht?", wollte sie wissen.
Susi nickte.
„Hast du sie gelesen?"
„Nein", meinte sie.
„Aber?"
Susis Blick wurde skeptisch. Ihre Augen verengten sich zu schmalen Schlitzen.
„Aber ich bin nicht dumm", sagte sie dann.
„Das hat auch niemand behauptet", entgegnete Frau Liefner.
„Nein, aber ich weiß, was sie denken", warf Susi ihr vor.
Frau Liefner wirkte nicht überrascht. Sie legte den Kopf ein wenig schief und betrachtete – so schien es – Susi noch ein wenig interessierter als zuvor. Wie einen Tiger im Käfig, dachte sie. Nach ein oder zwei Sekunden sagte Frau Liefner: „Du meinst, du weißt, was ich denke?"
Susi nickte.
„Was denke ich denn?"
Susi verzog verächtlich das Gesicht.
„Sie denken, dass ich mir den Tod wünsche. Dass ich an Depressionen leide, weil meine Mutter mich vernachlässigt hat. Und nachdem Mama einen neuen Freund hatte, habe ich eine Persönlichkeitsstörung entwickelt. Histo-

risch oder so ähnlich. Schließlich habe ich zu der Zeit als Mama ihren neuen Freund hatte … damit begonnen."
Frau Liefner blickte traurig.
„Das haben sie dir alles erzählt?", hakte sie vorsichtig nach.
Susi nickte, worauf Frau Liefner eine Weile zu Boden blickte.
Sie schien in Gedanken versunken.
Susi wartete.
Nichts passierte.
Nach einer Weile sagte sie: „Saroten."
Das waren die üblichen Medikamente, die sie verschrieben bekam.
Frau Liefner hob fragend den Blick.
„Wie bitte?"
Susi wiederholte: „Saroten."
Zwei oder drei Sekunden lang passierte gar nichts, dann erhob sich Frau Liefner von ihrem Stuhl und trat hinter ihren Schreibtisch.
Entspannt lehnte Susi sich zurück.
Jetzt würde sie das Rezept schreiben und ihr geben. Und dann konnte sie gehen.
Aber Frau Liefner schrieb nicht.
Sie blickte die Akte nochmals durch, überprüfte ein paar Befunde, blätterte nach vor, dann wieder zurück, schüttelte ein paar Mal den Kopf und legte die Akte nach einiger Zeit wieder geschlossen auf ihren Platz.
Sie setzte sich wieder.
Ohne Rezept.
„Es tut mir leid", sagte sie schließlich. „Aber so leicht kommst du mir nicht davon."

Vielleicht hatte Susi sich verhört, aber ihr war es vorgekommen, als hätte Frau Liefner etwas von „leicht davon kommen" gesagt.

Sie fragte nach.

„Genau das habe ich gesagt: ‚So leicht kommst du mir nicht davon.'"

Was passierte hier?

Susi war verwirrt. Sie fühlte sich unwohl. Hatte sie vor zehn Minuten noch den Eindruck gehabt, dass sie die Lage unter Kontrolle hatte und alles wie immer laufen würde, so schien sich in diesem Moment etwas zu verändern. Sie war allerdings noch nicht so weit, dass sie hätte sagen können, was genau jetzt anders war.

Frau Liefner seufzte.

„Willst du etwas sagen?", fragte sie.

Susi schluckte.

Viele Gedanken flogen auf Achterbahnen durch ihren Kopf, es fiel ihr schwer sich auf einen davon zu konzentrieren.

„Was wollen Sie von mir?", brachte sie mit einiger Mühe hervor.

Frau Liefner beugte sich nach vor und sah ihr in die Augen.

„Ich will dir helfen, wieder Freude am Leben zu haben."

Später wusste Susi nicht mehr, was genau geschehen war, aber die nächste klare Erinnerung war, dass sie mit dem Kopf auf Frau Liefners Schoß lag und sich mit einem Taschentuch Tränen aus den Augen wischte.

Viel später hatte sie Frau Liefner einmal auf diesen Moment angesprochen und die Frage gestellt, weshalb sie gerade diesen Satz gesagt hatte.

Frau Liefner hatte darauf geantwortet, dass es der erste Satz gewesen war, der ihr als Antwort in den Sinn gekommen war. Also hatte sie ihn ausgesprochen.
„Habe ich Ihnen schon einmal erzählt, dass kein anderer Satz mich dazu gebracht hätte, ihnen mehr zu erzählen?", hatte Susi nachgefragt.
Ein Kopfschütteln.
„Ich schätze, da habe ich einfach Glück gehabt", hatte Frau Liefner geantwortet.
„Gibt es da keinen Trick oder so? Herauszufinden, was die Leute hören wollen?"
Frau Liefner schüttelte den Kopf.
„Nein. Nur Ehrlichkeit und Glück."
„Hat man dieses Glück oft?"
Ein ehrlicher und trauriger Seufzer.
„Viel zu selten, Susi. Viel zu selten."

III

Ein leichtes Stechen beginnt in meiner Schulter. Ich bewege mich ein wenig, verändere meine Sitzposition, aber es hilft nicht viel.
Susi scheint es nicht zu bemerken.
Es ist heiß in der Wohnung. Wirklich heiß.
Ein kurzer Kontrollgriff auf meine Stirn: Ich schwitze.
Mir ist nicht gut.
Aber ich bleibe sitzen, höre weiter zu.

4

„Wie meinen Sie das?", hakte Susi nach. Es war eine der

Sitzungen bei Frau Liefner, die jetzt regelmäßig stattfanden.
Keine Medikamente.
Viele Worte.
„So wie ich es sage. Die Frage ist auch weniger was ich will."
„Sondern?"
„Die Frage ist: Was willst du?"
Susi lachte auf.
Das hatte sie schon öfter gehört. Immer hatten alle betont, dass es nur darum ging, dass es ihr – Susi – endlich besser gehe. Alle hatten ihr doch nur helfen wollen. Es war immer nur darum gegangen etwas für Susi zu tun. Aber Frau Liefner … konnte Susi glauben.
Sie hatte es geschafft, irgendetwas in Susi zu berühren, etwas angestoßen. Und wie eine Stimmgabel hatte Susi auf diese Berührung reagiert. Sie hallte wieder. Sie teilte sich mit. Wider Erwarten war es ein gutes Gefühl.
„Ich will, dass es aufhört."
Frau Liefner nickte leicht.
„Aber ich will es auch wieder nicht. Es hilft. Es hilft mir immer wieder. Es ist wie eine Sucht. Es ist wie … ich kann es nicht beschreiben …"
Susi schlug wütend, weil sie keine Worte fand, mit der Faust auf die Kommode.
„Ich bin krank, sagen alle. Ja, das weiß ich. Ich bin krank, aber ich bin nicht auf die Art krank wie alle es glauben. Das, was sie krank nennen, ist das, was mir hilft! Aber niemand will das verstehen."
Sie blickte hilfesuchend zu Frau Liefner, unfähig, besser auszudrücken, was sie tatsächlich sagen wollte.

Frau Liefner versuchte nicht so zu tun als würde sie vollkommen verstehen. Sie schien nachzudenken und suchte eine Weile nach den richtigen Worten.
Susi war mit ihren Gedanken bereits wieder bei ihrer … Krankheit. Alles schien immer so schwierig. Lange Zeit schien ihr niemand wirklich helfen zu wollen, und jetzt, wo sie Hilfe gefunden hatte, musste sie feststellen, dass ihr die Worte fehlten, um zu beschreiben, was in ihr vorging.
Die Leere.
Wer ahnte schon etwas von der Leere in ihr?
Sie war ihr Feind.
Sie war ihre Krankheit.
Die Leere, und das was mit der Leere kam.
Und nichts konnte es vertreiben.
Nichts außer …
Außer …
Sie verscheuchte den Gedanken.
„Was steht in deiner Akte?“, fragte Frau Liefner.
Ohne wirklich nachdenken zu müssen zählte Susi die einzelnen Punkte auf:
„Geringes Selbstwertgefühl, unfähig zwischenmenschliche Beziehungen aufrecht zu erhalten. Neigt zu Fressanfällen, Zustände der Dissoziation und Selbstverletzendem Verhalten. Außerdem sind die Angst- und Panikattacken nicht zu vergessen.“
Frau Liefner nickte.
„So ungefähr. Wenn man es kurz fasst.“
Frau Liefner grinste ein wenig.
„Ärzte haben meiner Erfahrung nach die Angewohnheit alles etwas komplizierter zu formulieren.“

Auch Susi lächelte gegen ihren Willen.
„Was - medizinisch betrachtet - klarerweise auch weitaus treffender ist, als deine Kurzfassung, wie dir hoffentlich klar ist."
Susi nickte.
Das war ihr klar. Aber ihrer Meinung nach, wäre es eine nette Geste, auf Befunden zwei oder drei Zeilen für Laien zu verfassen. Sie hatte es immer ein wenig befremdend gefunden, sich von jemand ihre eigenen Befunde übersetzen lassen zu müssen.
„Im Grunde genommen ist das eher eine Situationsbeschreibung … oder besser: eine Symptombeschreibung."
Susi hob überrascht und aus ihren Gedanken gerissen den Kopf.
„Eine was?"
Frau Liefner zuckte mit den Schultern, ließ ihren Blick über Susis Kleidung streifen und nickte, als ob sie sich selbst einen Gedankengang bestätigte. Susi trug immer einen langärmligen Pullover und lange Hosen.
Keine Kleidung, welche Teile der Hände oder Füße für fremde Blicke freigab. Vermutlich hatte sie auch noch nie ein bauchfreies Top getragen. Frau Liefner konnte es ihr nicht verübeln.
„Die Frage, die mich gerade beschäftigt ist, warum es so ist, wie es ist."
Susi lächelte schwach.
Wieder eine Hoffnung enttäuscht.
Diese Antwort hatte ihr bereits ein anderer Arzt gegeben.
„Oh, das", sagte sie. „Fehlfunktionen des Gehirns."
Frau Liefner lehnte sich nach vor und sah Susi offen ins

Gesicht. Susi spürte wie sie ein wenig unsicher wurde.
„Und glaubst du das selbst auch?"
„Warum sollte ich das nicht glauben?"
Frau Liefner ließ sich wieder zurück in den Sessel sinken.
„Ich möchte meine Kolleginnen und Kollegen nicht korrigieren, aber vielleicht gibt es etwas, das sie übersehen haben?"
Susi zuckte zusammen. Angst stahl sich in ihre Augen.
„Nicht noch mehr Tests."
Frau Liefner schüttelte stumm den Kopf, dann lächelte sie beruhigend.
„Das Problem ist nicht das Zerschneiden des eigenen Fleisches. Das ist ‚nur' deine Lösung. Das Blut macht es einfacher weiterzuleben, nicht? Das wirkliche Problem ist etwas ganz anderes."
Sie lehnte sich wieder nach vorn.
Lehnte sich Susi entgegen. Diese starrte Frau Liefner mit ungläubigen Augen an.
„Wie nennst du es?", fragte Frau Liefner. „Das Dunkle? Das Böse? Den Zwang? Hat es einen Namen?"
„Die Leere", murmelte Susi.
Frau Liefner nickte.
„Und diese Leere … bringt sie dich dazu, dich selbst zu verletzen? Ist sie der Grund, weshalb du dir selbst Wunden zufügst, oder ist da noch etwas?"
Susis Lippen bebten.
Frau Liefner nickte ihr aufmunternd zu, legte ihr eine Hand auf die Schulter und sah ihr in die Augen.
„Das, was mit der Leere kommt", presste Susi zwischen ihren Lippen hervor.
Dann begann sie zu weinen.

Frau Liefner nahm sie in den Arm, strich ihr tröstend übers Haar und ließ das Mädchen weinen, die Tränen mussten nach draußen.
Sie versuchte nicht, Susi zu beruhigen, das war ohnehin schon viel zu oft versucht worden.
„Das geht vorbei“ oder „Hör auf zu weinen, es wird alles wieder gut“ waren Sätze, die Susi vermutlich zu oft gehört hatte, als dass sie noch Wirkung zeigen würden. Und Frau Liefner gehörte nicht zu jenen Leuten, die anderen Lügen erzählten. Sie wusste nicht, ob alles wieder gut werden würde. Sie war sich nicht sicher, ob es vorbei gehen würde.
Susi hatte die ersten Schritte hinter sich.
Sie stand jetzt am Rand des richtigen Abgrunds und vor ihr war ein langes Seil über die Tiefe gespannt. Jetzt mussten sie „nur“ noch einen Weg finden, ohne Absturz auf die andere Seite zu kommen.
Frau Liefner war optimistisch.
Susi war ein tapferes Mädchen.

III

Ob Susi ihre Erzählung an diesem Punkt beenden wollte, kann ich nicht beurteilen. Es ist auch nicht weiter wichtig. Selbst, wenn ich noch mehr hören möchte – es ist mir nicht möglich.
In meinem Kopf entstehen Bilder von einem jungen Mädchen, einem unschuldigen kleinen Mädchen mit einer Rasierklinge in der Hand, das sich im Badezimmer einschließt und lächelnd den Unterarm aufschneidet.
Das Bild ekelt mich an.

Es stößt mich ab.
Und Susi hier vor mir sitzen zu sehen, hier und heute, auch das macht mich krank.
Ich zittere.
Mein Körper muss vor Schweiß glänzen, zumindest fühlt es sich so an.
Ich brenne innerlich.
Mein Magen verkrampft sich und mein Kopf beginnt heftiger zu Schmerzen.
Es ist ein Pochen, als ob jemand in meinem Gehirn sitzen und mit einem Presslufthammer nach draußen bohren würde.
Ich ächze und kippe mit dem Oberkörper nach vor, halte mich mit einer Hand am Tisch fest.
Jemand legt eine Hand auf meine Schulter, streicht mir über die Stirn und sagt: „Du glühst. Was ist los mit dir?“
Ehrlich, ich wünschte, ich wüsste es.
Ich hatte bereits Fieberschübe in meinem Leben, Schüttelfrost, Grippe, alles Mögliche, aber das hier ist mit nichts vergleichbar.
Ich schließe meine Augen. Hoffe seltsamerweise, dass der Schmerz aufhört. Atme tief ein und aus.
Und wirklich.
Es hilft.
Ich lehne mich entspannt zurück und atme erleichtert auf.
„Alles in Ordnung?“
Ich nicke nur.
Dann öffne ich die Augen erneut.
Susi sitzt mir nicht mehr gegenüber.
Sie steht neben mir, mustert mich besorgt und hat ihre

Hand auf meine Schulter gelegt.
Die Hand, mit welcher sie sich selbst verstümmelt, jagt ein Gedanke durch meinen Kopf und mich ekelt vor ihrer Berührung.
Im gleichen Augenblick zuckt ein weiterer Schub Schmerz durch meinen Körper und ich schließe die Augen erneut, zucke zurück und fühle wie Susis Hand von meiner Schulter gleitet.
Sie ächzt, tritt ein paar Schritte zurück und scheint an irgendetwas zu stoßen.
Dann höre ich sie ächzen.
Ich höre ihre Worte deutlich: „Nein! Bitte – nicht! Nicht er auch noch!"
Ich öffne die Augen, sehe sie an und –
- verstehe nicht, was ich je an ihr hübsch finden konnte.
Sie ist hässlich.
Ihr Inneres ist hässlich.
Sie ist schwach,
Sie schändet ihren Körper.
Sie verdient es nicht zu Leben.
Sie will doch überhaupt nicht leben. –
Meine Gedanken sind mir fremd.
Ich schüttle den Kopf, um diese seltsamen Ideen zu vertreiben.
Sie hat es verdient. Sie will Schmerzen. Sie soll Schmerzen bekommen. Sie soll leiden, nicht ich.
Ich schließe die Augen, presse sie zusammen und als ich sie wieder öffne fällt mein Blick auf meine Hand.
Aber es ist keine Hand mehr.
Es ist eine Pfote.
Mit Krallen.

Der Unterarm ist mit Fell bewachsen.
Wölfisch.

Teil 2
Mittagssonne

KAPITEL 10
ein anderer perfekter Tag

"The way the hours seem to stay, but somehow time's ticking away"
(Aquarian Age "Perfect Day")

I

Und jetzt sitze ich hier, mit dem Rücken zur Wand.
Ich bin allein.
Draußen scheint die Sonne. Ich kann sie sehen. Sie steht hoch am Himmel und scheint sich nicht darum zu kümmern, dass ich hier sitze und in fünf Minuten sterben werde. Wenn ich überhaupt noch so lange Zeit habe.
Habe ich mir etwas vorzuwerfen?
Nein, ich glaube nicht.
Ich habe mich nicht öfter selbst belogen als alle anderen das auch tun. Aber erlöst mich das von meiner Schuld?
Bringt mich das der Erlösung näher?
Nein.
Dabei ist das das Einzige, was noch wichtig für mich wäre.
Erlösung, du widerliches Wort.
Würde es dich nicht geben, dann wäre das Leben um vieles leichter. Dann würde so etwas wie Gut oder Böse nicht existieren. Man würde einfach nur leben ohne sich Sorgen um die Moral dahinter machen zu müssen.
Und jetzt, wo ich hier sitze, durch einen Spalt dieses verrammelten Fensters die Sonne draußen sehe und mich frage, ob dies wirklich das Ende ist das ich verdient

habe, bleibt dieses Wort in meinen Gedanken hängen.

Erlösung?

Nur Schweigen hallt mir entgegen.

Aber das ist nicht die Wahrheit.

Ich kann etwas hören. Ich höre zum Beispiel den Lärm der Kinder, die ein paar hundert Meter weiter die Straße runter auf dem Spielplatz spielen. Ich kann sogar eine oder zwei Stimmen von eindeutig Erwachsenen hören, welche die Kinder zur Ordnung rufen, aber sie werden mich nicht hören.

Ich bekomme gerade noch Luft zum Atmen.

Ich kann nicht schreien.

Und ich kann nicht gehen.

Meine Beine sind beide gebrochen. Aus dem rechten steht außerdem ein Stück Holz hervor. Ich blute ziemlich stark.

Sie wittern das Blut.

Sie werden mich finden und ich kann nicht fliehen, kann nicht weiter fliehen.

Und alles nur wegen des Lichtstrahls von dem du dachest er würde dich retten.

Ja. Das ist wohl richtig.

Man klammert sich im Angesicht des Todes an jeden Strohhalm. Selbst jetzt ertappe ich mich bei dem Gedanken, dass sie mich vielleicht einfach am Leben lassen, weiter ziehen, mich hier liegen lassen, damit ich verblute und vielleicht jemand an dem Haus vorbei geht den ich rufen könnte. Jemand der mir helfen könnte.

Was helfen all diese Gedanken?

Tief in mir, nicht mal so tief, wenn ich ganz ehrlich sein darf - und das sollte ich -, sagt mir eine innere Stimme,

dass dies mein Ende ist. Ich sollte lieber mit der Welt meinen Frieden schließen, anstatt mich sinnlosen Vorstellungen von Rettung hinzugeben.
Und eines weiß ich genau: Diese Stimme hat recht.
Ich sehe meinem Blut zu, wie es aus der Wunde sickert.
Es ist bei weiten nicht die einzige Wunde, die ich auf der Flucht aus diesem Haus nun an meinem Körper trage.
Es nicht mal die tödlichste, aber es ist die, die mich letztendlich töten wird.
Weil die Flucht hier endet.
Ich höre das Tapsen von Schritten.
Von langsamen, gemächlichen Schritten.
Sie kommen.
Sie lassen sich Zeit.
Warum sollten sie sich auch beeilen? Ich gehe nirgends mehr hin. Nie wieder.
Es stimmt.
Knapp vor dem Ende zieht das Leben an einem vorbei.
Susi … verhasste Susi.
Mein Tod ist auch deine Schuld.
Und von diesem anderen Kerl.
Und auch von Uschi … auch dich verdamme ich, auch wenn du schon tot bist, denn auch du bist nicht ohne Schuld von uns gegangen.
Hast du Erlösung erlangt?
Ich weiß es nicht. Aber ich hoffe, dass du das nicht hast.
Brenn in der Hölle, Schlampe.
Brenn. In. Der. Hölle.
Vielleicht sehe ich dich dort wieder.
Ich liebe dich.
Ich vermisse dich.

1

Normalerweise jogge ich jeden Morgen durch die Stadt. Immer abseits der großen Verkehrswege, abseits der Routen auf denen man tausenden Menschen begegnet. Ich habe kein Problem damit joggen zu gehen wenn alle anderen bereits zur Arbeit fahren. Ich kann mir meine Zeit relativ frei einteilen. Meine Arbeit ermöglicht es mir zu Zeiten, die für andere vielleicht stressig sind, noch zu schlafen und an Zeiten, an denen andere vor ihrem Fernseher versauern, zu arbeiten, weil das die Zeit ist zu welcher ich am kreativsten bin. Und das hat so seine gewissen Vorteile. Mal ganz abgesehen davon, dass dieser Umstand auch der Grund dafür ist, dass ich nicht ganz so oft allein aufwache wie es ansonsten der Fall wäre.
Ich sorge gut für mich.
In jedweder Hinsicht.
Ich halte mich fit, rauche nicht, trinke nur hin und wieder und ich versuche immer up to date zu bleiben. Man weiß ja nie, wenn mal jemand daherkommt, der in seinem Job besser ist als man selbst.
Soweit sollte man es nicht kommen lassen.
Deshalb bin ich jeden Tag schon um 8 Uhr aus den Federn und auf der Straße unterwegs. Aber ich mag es nicht, wie die Leute mich anblicken, wenn sie in ihren Autos im Stau stecken und mich vorbeijoggen sehen. In ihren Blicken kann man viel lesen. Die meisten sehen einfach nur müde und gestresst in die Richtung in die sie gerne fahren würden, ein paar sind ärgerlich, ein paar grinsen ohne erkennbaren Grund und wieder andere

bohren in der Nase und glauben niemand würde das bemerken.
Ich bemerke es.
Aber es könnte mir nicht egaler sein als es das bereits ist.
Am ekligsten fand ich einen Kerl, so um die einhundertzwanzig Kilo, grob geschätzt, kurzes, fettiges Haar. Der saß in seinem Auto und ich konnte schon von weiter Ferne sehen, wie er mit dem Zeigefinger in der Nase herumstocherte. Als ich etwa auf gleicher Höhe mit ihm war, da zog er was aus seiner Nase, das dermaßen grün und klebrig und groß war, dass man es fast schon für einen Klumpen Tiefkühlspinat hätte halten können. Und der Kerl sah das Teil an, rollte es zwischen den Fingern zu einer Kugel, stellte die Finger so als würde er den Klumpen wegschnipsen wollen, nur um es sich dann anders zu überlegen und es sich in den Mund zu stecken.
Es war zwar ziemlich eklig, aber im Grunde genommen nimmt er sich doch nur die Umweltproblematik zu Herzen. Ich habe noch nie ein besseres Beispiel für direktes und konkretes Recycling gesehen als das.
Was mich aber viel mehr betrifft, und ich meine wirklich betrifft, das sind die Blicke von den frustrierten Geschäftsmännern, die in ihren Autos sitzen, mich beglotzen und in deren Augen kann man klipp und klar lesen kann, was sie von mir halten.
Studenten, scheinen sie zu sagen, *wie ich diese Typen hasse. Sozialschmarotzer. Alle.*
Und dann fällt mir immer dieser Film mit Michael Douglas ein, wo Michael im Auto sitzt, im Stau. Es ist glühend heiß, hinter ihm hupen alle und diese Fliege in seinem Auto bringt ihn dazu einfach auszusteigen und

sein Amoklauf durch die halbe Stadt beginnt.
Ich krieg dann immer ein wenig Angst.
Irgendwo tief in mir steigt dann ein Bild auf, das ich lieber vermeiden möchte. Ich sehe einen dieser Kerle in ihren Geschäftsanzügen aus dem Auto steigen, mich fixieren, die Knarre in seiner Hand heben und auf mich zielen. Und während ich noch entsetzt bremsen und mich zur Seite werfen will schreit der Typ ganz durchgeknallte Sachen, wie *Such dir einen Job, du Wixer!* oder *Wenn du mich provozieren willst, weil ich einen geregelten Job habe … das kannst du haben … und DAS und DAS und DAS!* während er immer wieder abdrückt und mir eine Kugel nach der anderen in den Körper jagt. Und paradoxerweise geht mir in dieser Vision immer nur ein Gedanke durch den Kopf: Ich bin doch nicht mal Student.
Wie dem auch sei, seitdem ich diese Vorstellung zum ersten Mal hatte halte ich mich bei meinen morgendlichen Joggingausflügen von den Straßen fern.

2

An diesem speziellen Morgen war aber alles anders.
Ich sprang aus dem Bett, ziemlich fit muss ich sagen
(*ich bin immer wieder verblüfft wie fit ich bin*),
und gehe ins Bad, putze mir die Zähne, schlüpfe in meine Joggingsachen, trinke ein Glas Wasser und gehe aus der Tür, runter zum Fluß, der die Stadt entzweit, und dort jogge ich dann. Die Zeit variiert zwischen einer halben Stunde und einer Stunde. Je nachdem wie viel Zeit ich mir nehmen will oder auch nicht.
Aber an diesem Tag war dann doch alles anders.

Ich war – wie selten, aber doch – allein aufgewacht und hatte den Kopf voller Ideen und Pläne für den kommenden Vormittag. Ich musste noch ein paar Aufnahmen durchsehen und dann ein paar Variationen im Schnitt probieren, aber mir war klar, dass dies kein größeres Problem darstellen sollte. Es war zwar ein Zeitaufwand, aber keiner bei dem man wirklich viel denken musste. Zeitarbeit, nicht Kopfarbeit, ich weiß noch, wie ich das gedacht habe.

Mein morgendlicher Joggingausflug war auch okay. Zumindest bis zu einem bestimmten Punkt. Ich joggte also den Fluss entlang, Richtung Museum und zerbrach mir über dieses und jenes den Kopf, als ich im Wasser etwas bemerkte. Etwas Dunkles, fast wie ein menschlicher Körper.

Die Stimmung an diesem Tag war seltsam. Es lag Nebel über der Stadt, es war alles ein wenig düsterer als sonst. Es schien, als hätte das Licht absichtlich weniger hell geleuchtet, als es der Fall hätte sein müssen, oder vielleicht baue ich dieses Bild in meiner Erinnerung auch so zusammen, vielleicht war es hell, oder vielleicht war es dunkel, wie dem auch sei, ich sah also diesen Körper im Wasser.

Mein erster Gedanke war *Lauf weiter!*, aber irgendetwas hielt mich zurück.

Ich blieb stehen und betrachtete den Schatten.

Es war niemand außer mir unterwegs, was ziemlich seltsam war, war dieser Weg doch ein bekannter Joggingpfad. Vielleicht war auch vielen der Tag zu frisch, keine Ahnung, aber da war niemand außer mir. Selbst die Autos, welche die Straße in einigen Metern Entfernung

entlang fuhren waren nicht zu sehen.
Nebel, dachte ich, *und wie er alles verschwinden lässt.*
Langsam näherte ich mich der Stelle an der ich etwas im Wasser zu sehen glaubte. Und tatsächlich: Da war etwas.
Es war wirklich ein Körper.
Der Körper einer jungen Frau.
Ich kletterte die Lände hinunter und beugte mich darüber. Schwer zu sagen wie lange die Person schon hier gelegen hatte, ich war schließlich kein Arzt und mehr als aus Filmen wusste ich auch nicht darüber.
Es war eine junge Frau.
Sie war blass, die Lippen bläulich, sie blutete aus mehreren kleinen Wunden. Offensichtlich war sie überfallen worden. Mein erster Gedanke war, dass sie vermutlich gestern Abend ausgeraubt worden war und seitdem hier lag. Vielleicht hatte sie auch jemand in den Fluss geworfen und sie war hier angespült worden.
Ich sah mich nach Hilfe um, aber ich konnte niemand entdecken, was auch zu einem großen Teil die Schuld des Nebels war.
(*täusche ich mich, oder ist er noch dichter geworden?*)
Dann bewegten sich die Lippen der jungen Frau.
Ich konnte nicht verstehen, was sie sagte, aber sie bewegten sich und es war nicht nur ein Zittern, sondern sie sagte etwas.
Ihre Augenlider bewegten sich.
Sie lebte also noch.
Oh Gott, wie blass sie war.
Wie blass.
Ich schob diese Tatsache auf Unterkühlung durch das Wasser und kümmerte mich nicht weiter darum. Statt-

dessen nahm ich – nachdem ich viel zu lange dumm in der Gegend herumgestanden hatte – mein Handy und rief die Notfallsnummer an. Ich musste eine halbe Minute warten, dann war die Leitung frei und ich berichtete der Frau am anderen Ende was ich entdeckt hatte.
Nach ein paar Standardfragen über Ort, Zeit und mich schickte die Frau endlich einen Krankenwagen. Nach ein oder zwei Minuten hörte ich die Sirenen näher kommen.
Die junge Frau hatte die Augen geöffnet.
Sie schien mich anzusehen, ein Lächeln lag auf ihren Lippen. Aus einer Seite ihres Mundes lief ein dünnes Blutgerinnsel die Seite ihres Gesichtes hinab, aber sie lächelte mich an.
Ich lächelte zurück und sagte: „Das wird schon wieder."
Was hätte ich sonst sagen sollen?
Ich war nie gut in solchen Dingen.
Ihre Augen schlossen sich langsam und ich hatte panische Angst, dass sie jetzt, hier vor meinen Augen, sterben könnte, jetzt, wo die Rettung doch so nah war, aber sie öffnete sie gleich wieder und blickte ohne den Kopf zu drehen auf das Wasser hinaus.
„Wasser", murmelte sie und ich nickte wieder.
„Bald", antwortete ich, nur um überhaupt etwas zu sagen, „Bald können sie wieder Wasser trinken. Die Rettung ist gleich hier."
Die Sirenen hielten nicht weit von uns entfernt und ich konnte hören, wie die Wagentüren geöffnet wurden. Einer der Sanitäter fluchte über den Nebel und ich rief laut, damit sie wussten, wo genau wir waren.
Als der erste Sanitäter sie sah riss er die Augen auf, wandte sich um und übergab sich an Ort und Stelle.

Ich war verwundert, sah die Frau doch - auch wenn sie verletzt und schwach war - sehr hübsch aus.
Der zweite folgte dem ersten in nur ein paar Schritten Entfernung und er riss ebenfalls ungläubig die Augen auf, aber immerhin übergab er sich nicht.
Ich wandte den Blick wieder ihr zu, wusste aber nicht, was so schlimm hätte sein sollen, dass man sich deshalb übergeben musste.
Und dann sah ich etwas, was ich die ganze Zeit über nicht bemerkt hatte.
In mir stieg Übelkeit auf.
Ich hatte in Filmen schon oft Spezialeffekte gesehen und verwendet, aber das, was ich hier in natura sah, dass bereitete mir ziemliche Übelkeit.
Ihre Weste war rot von Blut. Blutgetränkt. Ich konnte nur hoffen, dass es nicht ihr eigenes war, denn wenn es das war, dann wären alle von mir gesprochenen Worte, von wegen „Es wird alles wieder gut“ völlig umsonst gewesen. Ich glaube nicht, dass sie noch etwas hätte retten können, wenn es wirklich ihr Blut gewesen wäre. Ihre Weste machte eine Beule, aber nach innen, als würde ihr ein Stück Fleisch darunter fehlen und an den Rändern dieser Beule waren Risse in der Weste, beinahe so, als wäre sie perforiert worden. Und durch ein paar dieser Risse, die sich offensichtlich vergrößert hatten, sickerte noch immer Blut nach draußen, und wurde von der Weste aufgesogen. Jetzt bemerkte ich erst, dass die Weste gar nicht rot war. Sie war eigentlich gelb gewesen.
Und das kriegt auch kein Persil mehr hin, ging mir durch den Kopf. Mir graute vor mir selbst und meinen wirren Gedanken.

Der Sanitäter hatte wohl aufgrund von langer Berufserfahrung geahnt wie es unter der Weste aussehen musste und sich deshalb übergeben.
Schließen sich Berufserfahrung und Übelkeit nicht aus?, ging mir wieder einer dieser Gedanken durch den Kopf. Offensichtlich nicht. Ich glaube es gibt Dinge, die kann man noch so oft sehen, man wird sich nie daran gewöhnen.
Ich setzte mich hin.
Meine Haut muss so weiß gewesen sein wie der Nebel. Mir war übel, ich fühlte mich schwindelig und ich konnte nicht einmal mehr sitzen bleiben, ich legte mich ins Gras, betrachtete den Himmel.
Das letzte was ich hörte war, wie der zweite Sanitäter schrie:
„Scheiße, der Kerl hat einen Schock! Kümmere dich um ihn!“
Dann weiß ich eine Weile lang nichts mehr, außer, dass der Himmel und der Nebel mir so rein und unschuldig erschienen waren.
So weiß.
So klar.
Wenn nur nicht diese Blutflecken in der Luft gehangen hätten.

II

Die Schritte sind näher.
Ich kann beinahe schon den Boden vibrieren spüren. Vielleicht spielen mir meine Nerven auch nur einen Streich. Ich kann es nicht sagen, nicht genau. Ich bilde mir sogar ein, den Atem der Bestien zu hören, den Atem

derer, die mir folgen, die mich jagen. Aus Gründen, die ich nicht verstehe, aber da ist noch etwas … etwas Anderes.

Es legt sich auf meine Seele und breitet meine dunkelsten Stunden vor mir aus. Und die schönsten. Etwas fegt durch meine Erinnerung und zerrt alles an die Oberfläche.

Ist es das wovon alle sprechen?

Das Leben, das vor meinen Augen an mir vorbeizieht?

Dann wird alles hell.

Und ich bin dort, wo ich zuvor war.

Sehe alles durch die Augen, durch die ich es schon einmal gesehen habe. Aber dieses Mal ist es anders.

Dieses Mal bin ich nur Beobachter.

3

„Guten Morgen, Schatz."

Uschi trat in die Küche und lächelte mich wie immer fröhlich an. Es war gegen halb zehn am Morgen und ich trank gerade meinen üblichen „Nach-Joggen-Duschen-Kaffee" und las die Morgenzeitung.

Sie war die ganze Nacht nicht da gewesen. In den letzten Wochen war sie immer öfter nachts unterwegs und stellte Forschungen an. Sie war auch bereits mit einem Verlag in Kontakt getreten, der ihre Forschungen veröffentlichen wollte.

Ich weiß nicht, was sie diesem Verlag erzählt hat, denn soweit ich weiß gibt es so etwas wie Vorschüsse auf einen ersten Forschungsbericht in Buchform – noch dazu von einer Person, von der man noch nie vorher was gehört

hat und die noch nicht mal alle Beweise für die Richtigkeit ihrer Forschungen gesammelt hatte – nicht.
Aber sie hatte es irgendwie hinbekommen.
Ich konnte zu diesem Zeitpunkt auch nur vermuten was es mit diesen Forschungen auf sich hatte, aber sie meinte immer, es ging nur um so etwas wie „Nachtschwärmer“. Ich war nie gut in Biologie und Naturkunde, für mich klang es allerdings nach Schmetterlingen und das fand ich nicht sonderlich interessant.
Also habe ich nie weiter nachgefragt.
„Wie war deine Nacht?“, wollte ich wissen.
Meine Gedanken waren allerdings nur halb bei ihr, denn ich las gerade einen Artikel, der einen meiner Filme behandelte. In den letzten paar Monaten hatte mein Geschäft einen ziemlichen Aufschwung erfahren. Ich weiß noch, dass ich an dem Tag, an dem ich Uschi im Wasser gefunden hatte, an einem Film gearbeitet hatte.
Nun, nicht direkt.
Mein Job war es gewesen Studenten an der Filmuniversität Nachhilfe zu geben. Es war keine Anstellung an der Uni, aber ich hatte zumindest permanent einen Aushang dort gehabt, in welchem ich Studenten, die Hilfe brauchten, darum bat mich einfach anzurufen und man würde sehen, wie sich das mit der Bezahlung regeln ließe.
Ich bekam viele Anrufe, denn die meisten Filme die ich mit den Studenten und Studentinnen machte wurden auch tatsächlich in kleineren Kinos aufgeführt und hatten trotz allem doch einen ziemlich großen Fan-Kreis …
... wenn auch nur in Insiderkreisen.
Aber es war genug, dass ich davon leben konnte. Eigentlich konnte ich sogar ziemlich gut davon leben.

Während ihrer Zeit im Krankenhaus habe ich Uschi immer wieder besucht. Ich weiß nicht, warum, denn eigentlich mag ich keinen engen langfristigen Kontakt mit Menschen, aber mit Uschi … das war anders. Ich bin lange Nächte bei ihr am Krankenbett gesessen und wir haben geredet, gescherzt, ich habe versucht sie aufzubauen und sie hat versucht so zu tun, als würde ich Erfolg damit haben. Uschi hatte mich im Laufe unserer Bekanntschaft, die zu diesem Zeitpunkt bereits mehr geworden war als nur das, dazu gebracht mich doch von dem sinnlosen und pseudointellektuellen Filmkunstzeug zu verabschieden und endlich etwas zu machen, dass die Leute auch sehen wollten.

Sie nannte es „den Leuten mit Kommerzmitteln eine Moralohrfeige" verpassen.

Und so unglaublich es klingen mag, aber die Leute verstanden eine Message, die man in einen modernen Horrorfilm einbaute mehr als jede künstlerische Auseinandersetzung mit dem Thema. Ich konnte nie verstehen warum dem so war, aber ich habe zig Filme, die das bestätigen und mit finanziellem Erfolg streite ich nicht. Wenn es wirkt, dann wirkt es.

Und Uschi schien das aus mir unbekannten Gründen gewusst zu haben. Sie war es auch, die Geldgeber für meine erste Eigenproduktion aufgetrieben hatte, oh Gott, ich war ihr - verdammt noch mal - viel schuldig. Nicht nur im materiellem Sinn, auch in jedem anderen. Sie war der Dynamo, der auf meinem Reifen des Lebens für Licht sorgte. Und ihr Licht schien heller als jede Lampe, die ich jemals gesehen habe.

Sie sprach nicht viel über ihre Vergangenheit und wir

unterhielten uns niemals darüber, was an dem Abend geschehen war bevor ich sie gefunden hatte. Ich hatte ein oder zwei Mal versucht sie darauf anzusprechen, aber sie gab nie eine Antwort, starrte ins Leere oder schien nicht zu wissen, wovon ich sprach. Die Möglichkeit, dass sie diese Stilmittel benutzte um meinen Fragen zu entkommen liegt zwar nahe, aber ich habe auch mal wo gelesen, dass es vorkommen soll, dass man traumatische Ereignisse verdrängt und ich wollte diese Erinnerungen – sollten sie wirklich in ihrem Kopf verschüttet und vergraben sein – nicht wirklich ausgraben.
Es ging ihr gut.
Und ich wollte, dass es auch so blieb.
Das einzige was sie mir immer und immer wieder erzählte - es schien sie fürchterlich aufzuregen - war von ihrem Exfreund, von dem sie sich eine Woche oder so vor unserem … nun, nennen wir es kennenlernen, getrennt hatte.
Der Kerl, wenn ich mich nur an seinen Namen erinnern könnte, arbeitete in einer Art Musikverlag. Er gehörte ihm sogar zu einem gewissen Anteil. Er schrieb Kritiken für ein Musikmagazin und veröffentlichte selbst Musik bei einem von ihm gegründetem Label, das er aber nicht führte, sondern einem Freund und Bekannten von ihm zur Leitung überlassen hatte.
Dieser Freund war zwar – laut Uschi – ein netter Kerl gewesen, aber alles andere als ein fähiger Geschäftsmann. Das Label warf dank … wie hieß er doch gleich … einen beträchtlichen Gewinn ab, die Musik war gut ausgewählt, traf zwar nicht den Geschmack des Mainstream, so dass der Name des Labels nicht unbedingt

bekannt war, aber es gab immer wieder Musikliebhaber, gerade in der Funk, Blues und Jazzecke, die sich immer öfter auf dieses Label beriefen, wenn es um gute Musik ging.
Und auch das Magazin lief gut.
Es war halbwegs bekannt, die Kritiker die schrieben waren in erster Linie Fans und deshalb auch ziemlich ehrlich bei den Reviews und die Leute wussten das zu schätzen. Das Magazin zeichnete sich vor allem in den Sparten Rock und Pop aus, also in gänzlich anderen Bereichen wie das Label.
Um es kurz zu fassen:
Es waren so ziemlich alle Sparten abgedeckt, die es gab, abgesehen von den wirklich populären Richtungen, wie Techno, Dancefloor, Hip-Hop und Volksmusik und Crossover.
Wie gesagt: Er war kein guter Geschäftsmann.
Uschi hatte ihm immer wieder erklärt, dass er schon längst das Geschäft zurück in seine Hände hätte nehmen sollen und sich im Bereich des Magazins viel mehr auf die populäre Musik, wie die eben erwähnten, bemühen solle, was er aber konsequent ablehnte. Er meinte, er wäre glücklich dort wo er sei, er tue seinen Job gerne und er könne davon leben und das sei mehr, als die meisten anderen behaupten könnten. Womit er wohl oder übel Recht hatte.
Aber Uschi konnte diese Art von Zufriedenheit nicht ertragen. Sie war eine Frau, die immer hoch hinaus wollte und das einzige Ziel, das wirklich die Bezeichnung Ziel verdiente war der Sieg über alle anderen. Der totale Triumph. Schon allein diese Eigenschaft an ihr machte das

Feld ihrer Forschungen umso interessanter. Wie konnte jemand, der so von Sieg und Erfolg beseelt war wie sie, sich nur an ein Projekt wie „Nachtschwärmer“ heranwagen? Das passte nicht zu ihr. Nicht richtig.
Meine Vermutung war natürlich, dass dieses Projekt diesen Titel nur deshalb trug, weil es ein Ablenkungsmanöver gegenüber ihren – seien sie nun eingebildet oder nicht – Verfolgern sein musste, aber als ich sie eines Tages nach dem Inhalt dieses Projektes fragte meinte sie nur: „Es geht um eine neue Art von Tieren.“ und ließ es dann dabei bleiben.
Ich habe nicht weiter nachgefragt.
Ich werde nie vergessen wie hübsch sie war, wenn sie gelächelt hat.
Ich werde nie vergessen, wie ungeheuer sexy sie sein konnte.
Ihre Stimme, die liebliche Worte in mein Ohr flüsterte, wenn wir nachts im Bett lagen und unsere Körper sich berührten. Wie ihre Hand auf meiner Haut ein Gefühl der Freiheit, des Feuers entfachte. Nie werde ich vergessen, wie sie nur mit einem Slip und einem meiner T-Shirts bekleidet in der Küche sitzt und einen Kaffee trinkt, wie ihre Beine sich anfühlten, wenn ich mit meinen Händen über ihre Schenkel strich, wie sehr sie es genoss sich aufreizend anzuziehen und dann vor meinen Augen alle anderen abzuweisen.
Und die anderen waren viele, sehr viele.
Ich glaubte damals, dass eine Art Zauber sie umgab und wie hätte ich auch nur ahnen können wie Recht ich doch hatte.
Wie hätte ich es ahnen können?

Gar nicht.
Weil es nicht real sein konnte.
Aber trotzdem war es so.

III

Ein Zauber?, fragt eine Stimme in meinem Kopf, aber ich muss ihr keine Antwort geben.
Ich denke an den Tag an dem sie starb.
Meine Gedanken sind ausgefüllt mit den Erinnerungen an die Tage und Ereignisse, die sich vor ihrem Tod abgespielt haben, die Antworten, die ich fand, die mir zum großen Teil erklärten was passiert war.
Michael, du weißt was passieren wird?, fragt die Stimme mich.
Ich kann nicht einmal mehr nicken.
Ich kann nur dasitzen und das Licht durch den Spalt betrachten. Das Licht, dass mich nicht retten konnte, nicht dazu gedacht war mich zu retten. Ich kann nur da sitzen und mich selbst beschuldigen, weil ich so dumm war.
Ich hätte es wissen müssen, aber ich hatte es als Hirngespinste abgetan.
Und nun … werde ich sterben.
Nein, sagt die Stimme, *noch nicht. Noch wirst du nicht sterben.*
Mir fällt wieder etwas ein.
Ein neues Bild: Der Tag in der Bar.
Dieser Tag in der Bar.
Der Tag an welchem ich nach Hause gegangen bin und ihre Unterlagen gelesen habe, der Tag an dem der Schmerz aufhörte ein Schmerz zu sein und sich in Entsetzen verwandelte.
Dann die Reise hierher.

Gestern.
War das erst gestern gewesen?
Es kommt mir alles durcheinander.
Ich kann nicht mehr sagen was wann war.
Ich bin verwirrt.
Stimmen.
Die Kinder spielen immer noch draußen.
Aber nicht an dem Tag, an dem sie so … seltsam nach Hause kam. Da haben wir nicht gespielt.
Wir haben nie gespielt.

4

Man kann die Augen so lange vor Fakten verschließen bis man sie schließlich nicht mehr glaubt. Man kann sich sogar alles Mögliche und Unmögliche einreden.
Ich kann mit Stolz behaupten, dass ich ein Mensch bin, der so etwas nie tut. Ich stelle mich den Tatsachen und ich glaube, was ich sehe.
Da ich von Menschen gehört habe, die in ihrem Hirn die Wirklichkeit und Fiktion vermischen bis sie eins nicht mehr vom anderen unterscheiden können, muss ich klarstellen, dass *ich* niemals so war.
Drei Tage vor Uschis Tod ist sie am Morgen ganz aufgewühlt nach Hause gekommen. Ich kann mich noch genau daran erinnern. Die ganze Szene erinnerte mich stark an den Tag an dem ich sie gefunden hatte. Nebel lag über der Stadt. Die Geräusche der Welt traten in den Hintergrund und das Lauteste das man hören konnte war der eigene Atem.
Die Kaffeemaschine gab komische Geräusche von sich,

zischte und spuckte. Ich klopfte ein paar Mal auf den Deckel und dann lief sie wieder normal. Das Ticken der Uhr klang wie höhnisches Krächzen und ich war fast wahnsinnig.

All die Geräusche, die man normalerweise nur am Rande - wenn überhaupt – wahrnahm, klangen an diesem Morgen lauter als sonst. Ich hatte die Nacht schlecht geschlafen, war ein wenig mürrisch und noch nicht mal richtig wach.

Seltsame Bilder sprangen und spukten in meinem Kopf herum, seltsame Geräusche, die ich im Traum, im Schlaf, zu hören geglaubt hatte. Ich erinnerte mich an das Entgegenfiebern meines Körpers als Uschi ihre ersten Küsse an meinen Hals drückte und ich weiß noch wie jede Berührung ihrer Haut an meiner Haut mich beinahe dazu brachte zu explodieren. Die innige Hitze, als sie mich am Hals küsste und die wundervolle Erleichterung, die meinen Körper in tausend Stücke zu sprengen schien, waren das Tollste was ich seit langem erlebt hatte.

Als sie ging um ihre Forschung fortzusetzen fühlte ich mich, als hätte ich ein neues Leben begonnen. Eine Wiedergeburt.

Aber am Morgen fühlte ich mich eher tot als neugeboren.

Das Knallen der Tür riss mich aus einer seltsamen Melancholie und schien die Lebensgeister in mir zu wecken.

Und plötzlich war alles anders.

Sie stand vor mir.

Der Geist in der Maschine.

Sofern es möglich war, so schien sie mir noch bleicher als dem Tag, an dem sie halbtot im Wasser gelegen hatte.

Vielleicht kam es mir aber auch nur so vor, weil das Blau ihrer Lippen fehlte. Auch ihnen schien die Farbe abhandengekommen zu sein und ihre Augen blickten starr geradeaus.
Sie setzte sich.
Setzte sich ohne ein Wort auf den erstbesten Sessel und starrte in die Dunkelheit, die ihre Augen ihr zeigen mussten. Sie hatte kein Blut am Körper, auch wenn ich das gewissermaßen erwartet hatte. Sie saß nur da und schwieg. Mit ihrem Kopf und ihren Augen in einer Welt, in die ich nicht vordringen konnte.
„He, Baby. Was ist los? Was hast du?"
Ich ging um den Tisch herum, um mich ihr zu nähern. Ich trat an sie heran und legte ihr meine Hand auf die Schulter.
Sie blieb starr sitzen.
Selbst durch ihre Kleidung hindurch fühlte ich, wie kalt ihre Haut war. Sie bewegte sich als wäre sie vor Stunden gestorben und bereits steif geworden. Und um ehrlich zu sein … so fühlte sie sich auch an.
Ich kniete mich vor sie hin und blickte sie eine Weile an, sprach beruhigende Worte und versuchte irgendwie zu ihr vorzudringen, aber ich schaffte es nicht. Ich kam nicht durch zu ihr.
Eine Wand war zwischen uns, sie stand zwischen uns und nichts konnte sie einreißen.
Ich seufzte und murmelte irgendetwas.
Ich glaube die Worte waren „Gottverdammt, dann eben nicht." und genau in diesem Moment kehrte das Leben in ihre Augen zurück.
Sie blickte mich an.

Angst stand nun in ihren Augen.
Sie zitterte.
Die Farbe war ein wenig zurückgekehrt und Schweiß stand ihr auf der Stirn.
Fieber, war mein erster Gedanke.
Aber sie hatte kein Fieber.
Sie war schon so lange krank, dass Fieber nicht mehr helfen würde. Sie war bereits viel zu lange krank, aber ich hatte es nicht bemerkt. Vielleicht ist Krankheit auch die falsche Bezeichnung dafür.
Sie starrte mich an.
Ich war erleichtert, dass sie mich zu erkennen schien. Ich lächelte sie an. Aber nur für einen kurzen Moment.
Als sie mich sah begann sie zu schreien.
Und zu schreien.
Und zu schreien.

IV

Vielleicht werde ich auch verrückt, bevor die Bestien mich finden.
Dann spüre ich etwas an meiner Brust.
Zuerst nur ein Kribbeln, zuerst nur so etwas, wie ein leichtes Streicheln, dann wird der Druck ein wenig mehr. Plötzlich ein kurzer Ruck und ich schließe gequält die Augen, aber es tut nicht weh. Es tut nicht weh.
Kein Schmerz.
Es ist nur … es ist seltsam, ich kann es kaum in Worte fassen.
Es fühlt sich an, als würde eine Hand in meinen Oberkörper eindringen, sanft und doch zielstrebig, aber es

tut nicht weh. Ich werde wahnsinnig. Das ist die einzige Erklärung, die ich mir selbst geben kann.
Aber die Furcht ist weg.
Der Schmerz, den mein Bein durch meinen Körper schickte, auch.
Die Angst. Der Hass und die Wut.
Alles ist weg.
Ich fühle nichts mehr, außer einer unendlichen Ruhe.
Bin ich schon tot?, frage ich mich selbst im Stillen.
Ich bin ruhig. Beherrscht.
Mein Herz schlägt in normalem Tempo.
Dann sehe ich das Gesicht eines meiner Jäger um die Ecke vor mir kommen.
Das Biest bleibt stehen, hebt die Schnauze in die Luft und schnuppert, dann fletscht es kurz die Zähne, so als würde es hämisch grinsen.
Langsam kommt es näher und es scheint mich anzustarren.
Ich habe keine Furcht.

5

Es ist nicht viel Zeit vergangen und die Frage stellt sich noch immer. Oder immer wieder.
Was macht uns zu Monstern?
Die Art, wie wir uns verhalten?
Oder die Art, wie andere uns sehen?
Ich kann mich nicht daran erinnern, wer es geschrieben hat, aber ich habe mal gelesen, dass die Tat nicht den Menschen ausmacht (ich glaube, es war Milan Kundera), denn die Tat macht sich immer selbständig und gerät

außer Kontrolle, entzieht sich dem weiteren Einfluss des Menschen.
Für Worte gilt dann wohl das gleiche. Und was bleibt noch übrig außer Worten und Taten?
Ich kann es nicht sagen, ich habe keine Antworten, aber genau diese Gedanken spukten in meinem Kopf herum, während ich die Straße entlang ging.
Ich war verwirrt.
Vollkommen ziel- und planlos.
Und immer und immer wieder fragte ich mich, was nur geschehen war.
Ich hatte die Veränderung in Uschi bemerkt. Ich hatte mitbekommen, dass sie sich immer mehr von dem entfernte, wer sie einst war, aber wie konnte ich sagen, ob sie nicht schon immer so gewesen war, wie sie sich zum Ende hin entwickelt hatte. Vielleicht hatte sie mir davor nur etwas vorgespielt?
Ich weiß, diese Gedanken sind beängstigend. Denn wenn man nicht eine gewisse Portion Vertrauen in seine Mitmenschen mitbringt, dann kann man sich auch gleich die Kugel geben, aber die Tatsache, dass sie in einer Mülltonne gefunden wurde, ohne Herz und übel zugerichtet, erlaubt schon manch seltsame Überlegung.
Diese Tatsache zwingt einem seltsame Gedanken nahezu auf.
Als ich heute Morgen aufwachte fühlte ich mich ein wenig kränklich, lag ein paar Stunden herum und habe dann alle Termine abgesagt.
Gegen Mittag war ich wieder fit und hielt es in den eigenen vier Wänden nicht mehr aus. Es mag grausam und gemein erscheinen, dass mich mein Zustand mehr

beschäftigte, als der Tod von Uschi, aber dem ist so. Ich bin im Grunde genommen vermutlich ein Egoist, vielleicht sogar ein Arschloch, aber ich machte mir wirklich Sorgen um mich.

Sorgen um Uschi waren ohnehin zu spät.

Uschi … ihr Name hatte einen seltsamen Nachklang.

Eine Stimme in meinem Kopf sagte mir, dass ich mich glücklich schätzen sollte, dass sie weg war, denn wäre sie noch hier, dann würde es mir noch viel schlechter gehen. Ich konnte diese Stimme nicht abstellen, gab ihr sogar teilweise recht, aber dennoch … es war nicht fair.

Ich verdrängte den Gedanken, ging wieder nachhause und stellte fest, dass bereits ein paar Leute vor meiner Wohnung auf mich warteten.

Es waren Rafaella, Beatrice, Miko, Fabian und Josef.

Eigentlich war ich nicht wirklich in der Stimmung irgendwen zu sehen, aber ich konnte schlecht meine Kollegen einfach wegschicken.

Ich seufzte und steuerte auf sie zu.

Beatrice sah mich zuerst.

„Hey, da ist er ja!“

Miko legte mir kameradschaftlich eine Hand auf die Schulter und nickte mir auf eine Art und Weise zu, die mir sagte, dass er mit mir fühlte und es ihm leid tat, was passiert war. Ich konnte diese Mitfühlnummern üblicherweise zwar nicht gut leiden, aber im Moment war es mir ziemlich egal. Die anderen standen nur herum und schwiegen, bis es schließlich wieder Beatrice war, die nach ein paar Sekunden das Schweigen brach.

„Hey, Mann, tut uns echt leid.“

Ich nickte nur.

„Ja.", stimmte auch Fabian zu. „Wir trauern mit dir, Mann."
Ich nickte nur wieder und versuchte keinem von ihnen in die Augen zu sehen.
„Wie geht's dir?", wollte Josef wissen.
Ich zuckte nur mit den Schultern und räusperte mich verlegen.
„Keine Ahnung, kann ich nicht sagen."
Die anderen nickten, so als wüssten sie was ich durchmachte. Aber eigentlich hatten sie doch alle keine Ahnung.
Ich schloss die Tür auf und bat sie einzutreten.
Wir machten es uns im Wohnzimmer so gut es ging gemütlich. Ich bot ihnen allen was zu trinken an und keiner lehnte ab.
Kurz darauf saßen wir alle mit einem Whiskey beisammen und tranken langsam schlürfend unsere Gläser leer, füllten sie erneut und tranken sie wieder leer.
Irgendwann begann jemand von Uschis Exfreund zu reden, ich kann aber nicht mehr sagen wer es gewesen ist
(*Raffaella war es, dass weißt du doch genau*)
und nach ein paar Diskussionen darüber wie kaputt der Typ doch sei begannen wir über ihn herzuziehen und nach ein oder zwei Whiskey mehr war allen klar, dass nur er es hatte sein können, der Uschi so zugerichtet hatte.
Je mehr ich trank, desto logischer wurde alles.
(*Die Frage, wie er ihr Herz herausreißen und sie so hatte zurichten können, wurde allerdings höflich, wenn auch bestimmt, übergangen*)
Irgendwann war dann plötzlich die Flasche leer.
Raffaella schlug vor in die Stadt zu gehen, eine Bar zu

suchen und uns einfach zu besaufen.
Niemand hatte etwas einzuwenden und soweit es mich betraf, so half der Alkohol. Wenn er die Dinge schon nicht wirklich besser machte, so konnte ich mir zumindest einreden, das die seltsamen Gefühle die in mir hochkamen nicht die meinen waren, sondern nur vom Alkohol ausgelöst wurden.
Als wir ein wenig später bei der Bar ankamen traute ich meinen Augen kaum: Da stand der Kerl, der meine Freundin in den Tod getrieben hatte.
Ich konnte zwar noch immer nicht sagen, wie er das hätte tun sollen, aber diese Frage tauchte zu diesem Zeitpunkt in meinen Gedanken schon nicht mehr auf.
Ich stand vor der Tür und blickte hinein, meine erste Intention war es einfach umzukehren und wieder zu gehen. Nach Hause zu gehen, am Weg einzukaufen und mich zu besaufen. Sinnlos. Ohne Maß. Ohne Ziel.
Aber die anderen sahen ihn auch und schienen von ihrer Idee, dass er es war, der unsere kostbare und unbezahlbare Uschi getötet hatte, geradezu besessen zu sein.
Wir wankten in die Bar und der Kerl bemerkte es nicht einmal, er schien sich ebenfalls gerade vollaufen zu lassen. Das konnte mir nur recht sein.
Angefeuert von den Sticheleien meiner Freunde und Kollegen hielt ich geradewegs auf ihn zu und lege ihm die Hand auf die Schulter, drehte ihn herum und fauchte ihn an. Die anderen bauten sich rund um ihn auf, nur die beiden Mädchen blieben hinter mir zurück, so als hätten sie Angst vor dem was passieren könnte.
Ich riss ihn herum und schrie dabei fast, sagte aber zumindest mit ziemlich lauter Stimme: „Wie kannst du es

wagen?“
Er sah mich an, schien mich aber nicht zu erkennen, vielleicht war er auch zu betrunken dazu, aber er wagte es dann auch noch zu fragen:
„Wie kann ich was wagen?“
Ich konnte es einfach nicht glauben, der Typ hatte keine Ahnung wovon ich sprach. Ein Meister der Verdrängung könnte man fast sagen, aber in diesem Moment, in diesem Zustand, und mit den wegweisenden Gesprächen bei mir in der Wohnung war mir vollkommen klar, dass er nur hier war, weil er sich seine Schuldgefühle von der Seele trinken wollte.
(Und was hast du getan, hm?)
„Wie kannst du es wagen hierher zu kommen? Jetzt! Heute! Du hast sie doch auf dem Gewissen!“, fuhr ich ihn wieder an.
Dann schien er endlich zu verstehen, er blinzelte verwirrt und sah mich dann, mit deutlicher weniger glasigem Blick, genauer an.
„Du sprichst … du sprichst von Uschi?“, bringt er hervor und noch bevor ich mich unter Kontrolle habe, verpasse ich ihm eine Ohrfeige.
Ich konnte nicht anders. Ich musste einfach. Er hatte ihren Namen ausgesprochen, einfach so. Er hatte einfach so ihren Namen ausgesprochen. Ich war so wütend, ich hätte ihn am liebsten umgebracht.
„Du hast Schuld daran, dass sie sich so gehen hat lassen!“, schnaubte ich, noch immer vor Wut kochend.
Miko und Fabian stimmten in meine Beschuldigungen mit ein, unterstützten mich lautstark und ich fühlte, dass, wenn der Typ sich jetzt gewehrt hätte - sie hätten in zu

Brei geschlagen.
Und – wenn ich ehrlich sein soll – habe ich nur darauf gewartet. Mein Blut hat gekocht. Meine Wut hat in mir gebrannt wie Feuer.
„Ja, deinetwegen!“, fauchte nun auch Beatrice.
„Genau!“, stimmte Raffaella zu.
Die Mädchen kreischten noch immer, ich glaubte sogar mir einzubilden, dass sie lauter und irgendwie … anstachelnder kreischten als zuvor.
Ein Teil von mir hörte auf dieses Kreischen, mein Hals begann zu brennen und es fehlte nicht mehr viel und ich würde dieses Kerl einfach in zwei Teile reißen, er musste nur eine falsche Bewegung machen und ich würde ihn eiskalt abservieren, egal, was dann mit mir geschehen würde, egal was passieren würde, ich würde ihn kalt machen, scheiß doch auf Konsequenzen.
Und er wandte den Kopf um einen nach Hilfe suchenden Blick in Richtung Frank, dem Barmann, zu werfen, aber ich war schneller und ich verpasste ihm einen Fausthieb, der ihn ein paar Schritte den Tresen entlang taumeln ließ.
Das Feuer in mir brannte noch heller, loderte hoch, ließ mich nach Blut gieren. Ich wollte töten – ihn! Hier und jetzt.
Die Mädchen kreischten noch immer, jetzt triumphierend, und ihre Stimmen ließen mich in meinem Höhenflug euphorisch werden. Sollte er sich doch herumdrehen, sollte er mich doch böse anblicken, sollte er doch nur versuchen an uns vorbeizukommen, zu fliehen.
Aber er tat nichts dergleichen.
Stattdessen stieß er ein lautes Brüllen aus, fuhr herum,

griff sich ein Glas vom Tresen, schlug es an einer Kante ab, schlitzte mir die Hand ein Stück weit auf und trat mir gleichzeitig ans Schienbein. Ich ging zu Boden. Wenn auch mehr aus Überraschung und aufgrund der Wucht des Angriffs, als aufgrund der Härte des Trittes.

Das brach den Bann.

Ich war auf einen Schlag

(*im wahrsten Sinn des Wortes*)

wieder stocknüchtern und bei Sinnen.

Einen Moment lang glaubte ich, geträumt zu haben.

Ich hätte diesen Kerl wirklich umgebracht, das hätte ich, ich schwöre. Und das, obwohl ich üblicherweise kein gewalttätiger Mensch war.

Was war nur los mit mir?

Machten der Schmerz und die Trauer um meine tote Freundin mich verrückt? War es das? Oder war es mehr? Mit Sicherheit sagen konnte ich, dass die kreischenden Mädchen nicht mehr anstachelnd wirkten, sondern nur noch nervig. Ich warf ihnen einen bösen Blick zu und die beiden verstummten. Einen Augenblick lang dachte ich, ich hätte in Raffaellas Blick auch so etwas wie Zorn gesehen, aber es war nur ein kurzes Aufblitzen und ich tat mir schwer den Grund dafür zu sehen. War sie zornig, weil er mich geschlagen hatte?

Nein, das konnte nicht der Grund sein.

Ich konnte den Gedanken aber nicht weiter verfolgen, weil der Kerl plötzlich ein Glas voll Whiskey oder so in die Hand nahm und über meine Wunde leerte. Ich schrie auf und fuhr hoch.

Nachdem ich ihm einen bösen Blick zugeworfen hatte, deutete ich meinen Begleiterinnen, mir hoch zu helfen.

Ich wollte meine kaputte Hand nicht weiter belasten. Nach ein paar Sekunden stand ich ihm wieder gegenüber.

„Du bist schnell", sagte ich.

Er zuckte mit den Schultern und warf einen verunsicherten Blick auf das Glas, das er auf den Tresen gestellt hatte. Es schien fast so, als ob er die blutigen Ränder zum ersten Mal bemerkte.

„Tut mir leid", sagte er.

Er entschuldigte sich. Ich fühlte mich beschämt. Ich dachte an all die Dinge, die wir noch vor gar nicht allzu langer Zeit über ihn gesagt hatten. Von all den Dingen, die wir ihm hatten antun wollen ganz zu schweigen. Ich blickte mich im Lokal um und mir wurde klar, dass so ziemlich alle uns beobachteten. Das war nicht gerade angenehm, aber wie man weiß, ist es sehr einfach eine Meute von seiner Fährte wegzulocken. Und außerdem waren wir hier in Österreich. Bleiben wir also am Teppich. Ich bestellte eine Runde Bier für alle im Lokal und die Sache war im Grunde genommen so gut wie geklärt. Das war eine der schönen Seiten hier im Land, denn das war eigentlich überall gleich. Es gab wenige Sachen, die man nicht wieder mit einem Bier ausbügeln konnte. Ich überlegte kurz, ob ich René – das war sein Name, richtig - erzählen sollte, was los war, aber stattdessen sagte ich nur: „Nein, mir tut es leid."

Frank stellte die ersten beiden auf den Tresen.

Ich griff nach dem ersten und reichte es dem Typen, das zweite nahm ich für mich, der Rest der Welt bediente sich wie üblich, wenn es etwas umsonst gab, von selbst. Nur eine junge Frau hinten in der Ecke schien sich nicht darum zu kümmern. Nun, eigentlich schien sie sich für die Vorfälle hier sehr zu interessieren, aber die Versöhnungsgeste von mir schien sie nicht sonderlich zu interessieren. Sie beobachtete nur.

Ich wandte mich wieder meinem Gegenüber zu.

„Ich bin … war … Uschis Freund.“, erklärte ich ihm.

Etwas in seinem Gesicht verriet, dass er mich erst jetzt erkannte. Ich wusste nicht, ob ich ihn schon mal gesehen hatte, aber Uschi hat so oft von ihm gesprochen, dass ich glaubte ihn gut zu kennen.

„War ich auch mal“, murmelte er betroffen.

Er war vielleicht doch nicht so ein Arschloch, wie wir alle gedacht hatten.

„Ich weiß“, antwortete ich.

Meine Kumpels und die Mädchen waren auffällig leise geworden, als wären sie im Grunde gar nicht da. Und je länger ich mit ihm sprach, desto unwirklicher kam mir vor, dass ich ihn vor ein paar Minuten noch am liebsten aus den Socken geschlagen hätte. Etwas was ich nicht verstand ging hier vor.

Mein Blick blieb an der Frau in der Ecke haften. Sie hatte sich umgedreht, aber sie beobachtete uns weiterhin durch einen Spiegel an der Wand. Ich tat, als ob ich es nicht bemerkte, trank mein Bier in einem Zug leer und überlegte mir, was ich hier eigentlich machte.

Ein sinnloses Besäufnis würde Uschi nicht wieder ins Leben bringen.

„Was ist eigentlich passiert?“, wollte René plötzlich wissen.

„Wann?“, hake ich nach.

Er deutete auf meine Hand.

„Du warst das.“, war meine Antwort.
Er nickte wieder, als hätte er das erwartet.
Ich sah mich wieder im Lokal um, aber die Leute kümmerten sich bereits wieder um ihre eigenen Angelegenheiten. Abgesehen von Fräulein ‚Ich-versuche-euch-unauffällig-zu-beobachten‘ da hinten in der Ecke.
„Und wie habe ich das gemacht?“, fragt er plötzlich.
„Bierglas – Tresen - Hand. Das war der ungefähre Ablauf.“
Eine kurze und bündige Antwort.
„Nicht zu vergessen, der Tritt gegen mein Schienbein, der mich zu Boden geschickt hat.“
Frank trat wieder zu uns, wenn auch auf der andere Seite des Tresen. René wandte sich an ihn: „Wie viele hatte ich heute schon, Frank?“
Sein Blick wanderte zwischen dem kaputten Glas, René und mir herum. Er schien zu überlegen was er sagen sollte. Als sich unsere Blicke kreuzen schüttelte ich den Kopf. Frank nickt unmerklich.
„Zu viele, wenn du mich fragst.“
Er nickte und ich beobachtete ihn scharf.
Dann passierte etwas sehr Seltsames.
René taumelte, und hielt sich an der Bar fest um seinen Halt nicht zu verlieren. Für eine Sekunde hatte ich den Eindruck einen Wolf vor mir stehen zu sehen.
Was lächerlich war.
Ich meine, ich war ein wenig alkoholisiert, ich war aufgebracht, wütend, trauerte um Uschi und noch vor ein paar Minuten war ich so verzweifelt und wütend auf die Welt gewesen, dass ich einen mir so gut wie unbekannten Mann am liebsten erschlagen hätte. Wen wunderte es,

wenn mein Hirn mir Streiche spielte.

Die Frau in der Ecke hatte die Augen weit aufgerissen und starrte stumm und voller Unglauben in den Spiegel, über den sie uns beobachtete.

Hatte sie es auch gesehen?

Ich schüttelte stumm den Kopf.

Was war hier los? Was war hier los verdammt?

Schließlich hatte René sich wieder gefasst.

„Wie heißt du eigentlich?“, wollte er wissen.

„Michael“, sagte ich.

Er nickte und in seinen Augen glomm endlich ein Erkennen auf. Jetzt wusste er, wer ich war. Vermutlich hatte er mein Bild irgendwann in der Zeitung gesehen und hatte mich nicht zuordnen können.

„Entweder ihr geht, oder ich gehe“, sagte er dann.

Ich sagte nichts dazu, wartete nur ab.

Er wandte sich an Frank und bestellte etwas zum Ausnüchtern.

Ich war nicht mehr in der Stimmung, um zu streiten oder auch nur eine Sekunde länger hier zu bleiben.

Ich wollte nach Hause. Mich irgendwo verkriechen, ein paar Stunden heulen und dann eine Woche lang schlafen. Ich fühlte mich absolut ausgelaugt. Müde.

Als ich mich umdrehte, bemerkte ich, dass Raffaella mit Frank einen kurzen Blick austauschte. Die beiden lächelten sich an. Aber es kümmerte mich nicht. Mir war im Moment nicht danach irgendjemandes Flirten zu kritisieren oder auch nur zur Kenntnis zu nehmen.

Ich hielt kurz inne, wollte einen letzten Blick auf die Frau werfen, die uns die ganze Zeit über mithilfe des Spiegels beobachtet hatte, aber sie saß nicht mehr an ihrem Tisch.

Eine halbvolle Kaffeetasse stand dort, Geld lag daneben.
Sie selbst war verschwunden.
Draußen blieb ich stehen, atmete tief ein und aus und wandte mich in Richtung Nachhauseweg.
Raffaella hielt mich auf, nahm mich bei der Hand und warf einen Blick auf die Wunde.
„Wir sollten das verbinden", stellte sie fest.
Ich nickte und wir ließen das Lokal und René hinter uns zurück.
Ich war mir damals nicht sicher, aber mittlerweile bin ich es.
Das Funkeln in Raffaellas Augen war bedrohlich gewesen.
Und es bezog sich auf mich.
Ich glaube, sie hatte beschlossen mich zu verachten, weil René unseren kleinen Disput unverletzt überstanden hatte.
Mich fröstelte.

6

Nachdem sie alle wieder verschwunden waren und ich meine Ruhe hatte, begann ich den mühsamen und absolut nicht erfolgreichen Versuch mich auszunüchtern.
Ich trank literweise Wasser, versuchte zu kotzen und schüttete anschließend noch mehr Kaffee in mich hinein, verbunden mit dem seltsamen Gedanken, dass er mich vielleicht dazu bringen würde endlich all den Alkohol zu erbrechen und ihn damit aus meinem Körper zu bekommen.
Ich hatte ziemlich starke Bauchschmerzen. Mein ganzes

Innenleben schien sich umzukrempeln und ich hatte das Gefühl, als würden mein Magen und alle meine Eingeweide versuchen sich neu in meinem Körper zu gruppieren

Gott, war mir übel.

Aber es half alles nichts, also gab ich auf und warf mich aufs Bett und mein Leiden wenigsten auf einer bequemen Matratze ertragen zu müssen.

Nach gut fünf Minuten auf dem Bett musste ich dann doch aufs WC hasten und ich erbrach mich eine halbe Stunde lang unter größten Qualen.

Aber danach fühlte ich mich besser.

Mit einem erleichterten Seufzen ließ ich mich auf der Couch im Wohnzimmer nieder.

In meinen Kopf hämmerten tausende Dinge herum, aber ich konnte keinen der Gedanken klar artikulieren, konnte nichts davon richtig fassen.

Alles war in Bewegung. Nichts davon schien zusammenzupassen.

Dann kam mir ein Gedanke, der mir vorher noch gar nicht gekommen war.

Uschis Untersuchungen.

Hatten sie etwas damit zu tun? Waren sie der Grund für ihren Tod?

Sie hatte doch an diesem Projekt gearbeitet.

Sie hatte an den „Nachtschwärmern“ gearbeitet.

Und der Verlag, den sie gefunden hatte, hatte zugestimmt, dass sie das Buch veröffentlichen konnte. Sie musste etwas Großes gefunden haben. Etwas sehr Großes.

Mühsam erhob ich mich und schlenderte – mit etwas

mulmigem Gefühl – ins Schlafzimmer.
Ich hatte vermieden daran zu denken, aber irgendwann musste ich mich wohl mit dem Gedanken auseinandersetzen, dass sie nie mehr hier in diesem Bett neben mir einschlafen würde.
Nach gut einer Stunde Suche fand ich schließlich ihre Aufzeichnungen.
Sie hatte sie einem Kästchen versteckt, das sie abgeschlossen hatte und ich erst aufbrechen musste.
Einen Moment lang fragte ich mich, warum – sollten diese Forschungen wirklich der Grund dafür sein, dass sie getötet worden war – noch niemand gekommen war um sie zu suchen, zu vernichten, oder was auch immer damit zu tun.
Ich war versucht das Zeug einfach zu verbrennen, aber ich entschied mich dagegen.
Ich las.

Am nächsten Tag machte ich mich auf den Weg, das in Uschis Aufzeichnungen beschriebene Haus zu finden, was sich als nicht allzu schwer herausstellte.
Es war zwar ein altes Haus, schien aber noch in gutem Zustand zu sein.
Niemals hätte man vermutet, darin zu finden, was Uschi darin gefunden hatte.
Und wäre ich nicht dabei gewesen, wie sie an diesem Tag nach Hause gekommen war, hätte ich nicht gesehen und gehört wie sie geschrien hatte, wüsste ich nicht, wie lange ich gebraucht hatte um sie zu beruhigen und hätte ich nicht erlebt, dass sie danach nicht mehr dieselbe gewesen war … wenn das alles nicht geschehen wäre, dann hätte

ich ihre Aufzeichnungen verlacht und verbrannt.
Ich wäre der sicheren Überzeugung gewesen, dass sie wahnsinnig geworden war.
Aber so ich konnte es nicht tun.
Denn auch ich war in Lebensgefahr.
Ob ich diesen Ort hier aufsuchte oder nicht spielte keine Rolle. Ich würde ohnehin nicht mehr lange leben.
Ich hätte davon laufen können, es nicht glauben, oder mich verkriechen. Aber wenn Uschis Aufzeichnungen auch nur einen Hauch Wahrheit enthielten, dann wäre es sinnlos gewesen an Flucht zu denken.
Denn sie wussten von mir.
Und sie würden mich finden.
Auch zur Polizei zu gehen würde keinen Sinn machen.
Sie waren nicht dabei gewesen. Sie hatten Uschi nicht gesehen an diesem Tag.
Ich seufzte.
Es war einfacher hierher zu kommen und alles zu klären.
Wenn ich mich irrte und Uschis Recherchen nur die Ausgeburt ihrer Fantasie waren, dann war alles klar und ich konnte nach Hause gehen: Alles klar, deine Es war eine Irre, sei froh, dass du sie los bist - lebe lang und fröhlich und so weiter.
Warum hätte ich mich furchtsam zuhause verkriechen sollen, nur um vielleicht in ein paar Jahren des Dahinsiechens zu bemerken, dass alles nur Lug und Trug war?
Wie bereits gesagt: Ich war kein Mensch, der sich Illusionen machte.
Ich wollte die Wahrheit.
Und ich wollte sie gleich.
Wahrheit ist relativ, hörte ich Uschis Stimme in meinem

Kopf.
Das mochte wohl stimmen.
Aber leben oder sterben war nicht relativ.
Leben oder sterben war sozusagen essentiell.

V

Und jetzt ist es zu Ende.
Vielleicht ist es besser so.
Vielleicht hätte ich mich nicht in die Sache einmischen sollen.
(*Die Bestie steht vor mir.*)
Ich wollte die Wahrheit.
(*Ich kann in ihre Augen sehen.*)
Ich habe sie bekommen.
(*Sie sind beinahe menschlich.*)
Diese Augen … ich kenne sie … ich …

Kapitel 11
Lauf (I)

"I look around again. I search for eyes that make me smile" (Aquarian Age "Run")

I

Ich wache auf.
Aus einem Traum.
Und obwohl ich keine Ahnung habe, worum es in diesem Traum ging, bin ich dennoch froh, dass ich mich nicht mehr an ihn erinnern kann, denn er war mit Sicherheit schlecht. Ich träume in der letzten Zeit immer schlecht.
Träume, die mich manchmal an diesen langen, unglaublich langweiligen Tagen heimsuchen. Selbst im Wachzustand.
Ich stehe auf und beginne mich zu fragen, was heute für ein Tag ist. Der Kopf schmerzt und ich fühle mich schrecklich. Als hätte ich Tonnen von Gestein im Magen und noch viel schlimmer - der Geschmack in meinem Mund ist genau der gleiche: Dreckig, erdig.
Dann erinnere ich mich, dass ich mich am Vorabend erbrochen habe. Immerhin in die Toilette. Ich schüttle den Kopf, um die Müdigkeit und die Verwirrung abzuschütteln und vielleicht das Bild klarer zu sehen, aber es hilft nicht.
Doch, da ist es.
Ich liege in meinem Bett und fühle mich nicht nur

schlecht, sondern eigentlich ziemlich mies.
Das trifft den Nagel sozusagen auf den Kopf. Es fühlt sich an als hätte ich das alles schon einmal erlebt.
Ich richte mich im Bett auf und mir wird sofort wieder schlecht.
Was war gestern Nacht los? Ich kann mich nicht erinnern.
Vermutlich war ich ziemlich betrunken.
Das passiert mir zwar nicht oft, aber wenn, dann ist es meistens ein totaler Absturz. Ich kämpfe mich aus dem Bett. Kämpfen trifft den Nagel ebenfalls auf den Kopf.
(*Was hab ich heute mit Nägeln, verdammt?*)
Ich denke nicht weiter darüber nach, sondern ziehe mich stattdessen an und will meine Kleidung vom Vortag – von der ich annehme, dass sie ziemlich nach Rauch stinken wird – aufheben und in den Wäschesack werfen, kann sie aber nirgends finden.
Auch das beschäftigt mich nicht weiter und ich schlendere in die Küche.
Ich kann Georg nirgends hören und frage mich wo er sich wohl heute herumtreibt. Normalerweise ist er um diese Zeit Zuhause.
(*Um diese Zeit?*)
Ich sehe auf die Uhr. Es ist mittags.
Also ist Georg wohl schon wieder auf der Uni.
Ich seufze und betrete die Küche.
Da sitzt er.
Er öffnet den Mikrowellenherd und ich setze mich verschlafen an den Tisch. Langsam kehren die Lebensgeister wieder und ich habe mich wieder unter Kontrolle. Das Gefühl der Übelkeit, das ich hatte, ist vorbei. Ich

fühle mich besser.
Noch immer nicht gut, aber immerhin besser.
Georg mustert mich kurz und drückt mir dann einen Kaffee in die Hand.
„Ich mag keinen schwarzen Kaffee. Das weißt du doch“, murmle ich und greife nach der Milch.
Georg zieht sie weg und schüttelt den Kopf.
„Wäre kein Fehler, wenn du ihn schwarz trinken würdest, glaub mir. Du siehst aus, als würdest du jeden Moment umkippen und weiterschlafen.“
Ich schenke ihm einen giftigen Blick, den er ignoriert und trinke die Tasse in einem Zug leer.
Sofort fühle ich Brechreiz in mir aufsteigen, aber er vergeht rasch. Und wieder das Gefühl, als ob das alles hier schon einmal passiert wäre. Als wäre genau dieser Morgen bereits einmal passiert. Aber ich bin noch zu müde, um mir darüber Gedanken zu machen, also verdränge ich das Thema.
Ich schlage, mehr aus Gewohnheit als aus Interesse, die Zeitung auf.
„Nein, lass sie zu“, unterbricht Georg meine Morgenroutine. „Sieh dir das Titelbild an.“
Ich hebe kurz den Blick um ihn zu mustern und meinen stummen Protest kundzutun und schlage dann die Zeitung wieder zu.
Zuerst sehe ich nicht, was er meint, da mein Gehirn noch ohne Hilfe arbeiten muss, aber nach ein paar Sekunden erkenne ich was geschehen ist.
Es ist ein Foto von Michael.
Uschis Freund.
Mein „Nachfolger“.

Die Schlagzeile lautet: „Junger Regisseur vermisst“.
Mit einem Mal fällt mir alles wieder ein.
Susi.
Schneiden.
Uschi.
Herz.
Halluzinationen.
Ich presse die Augen zusammen und ächze unter der Last meiner Erinnerung.
„Was ist?“, fragt Georg.
Ich kann nicht antworten. Etwas drückt mir die Kehle zu, lässt mich erstarrt dasitzen, dumm das Bild anglotzen und darauf hoffen, dass meine Atmung von selbst wieder einsetzt.
Ich fühle mich einfach nur leer.
„Was ist?“, fragt Georg nochmals.
Ich kann aufrichtige Sorge in seiner Stimme hören.
Ich hebe den Kopf wieder.
Ich sehe ihn flehend an.
Vielleicht sagt er mir ja jetzt, dass ich träume. Vielleicht lacht er und meint: Scherz! Vielleicht eröffnet er mir, dass er ein Außerirdischer ist und mich jetzt entführen wird. Vielleicht sitzt auch anstatt Georg eine scharfe Bikini-Braut vor mir und bestätigt damit, dass ich träume und das alles einfach nicht wahr sein kann!
Aber da sitzt nur Georg, der mich besorgt anstarrt.
Ich kann nicht mehr und breche in Tränen aus.
Wie ein Wasserfall bricht alles aus mir heraus.
Die Tränen lösen die Anspannung und ich kann nicht mehr aufhören. Mein ganzer Körper schüttelt sich. Heulkrämpfe durchzucken mich und ich weiß nicht mehr wo

oben oder unten, hinten oder vorne, schwarz oder weiß ist.
Alles löst sich auf in einem Meer von Tränen der Verzweiflung.
Was. Zur. Hölle. Ist. Hier. Los.
Georg kommt um den Tisch herum, nimmt mich in den Arm und murmelt halblaut vor sich hin: „Es ist okay. Es ist okay." Immer und immer wieder. „Es ist okay."
Überhaupt nichts ist okay.
Aber woher soll er das wissen?
Nach einer Weile hört es auf.
Ich fühle mich besser. Rein gewaschen.
Ich hebe den Kopf und sehe ihn an.

Georg kniet neben mir, seine Augen sind vor Schrecken geweitet.
Ich weiß nicht recht, was passiert ist. Ich habe keine Ahnung was los ist, aber er scheint Angst zu haben.
Ich weiß nicht wovor.
Ich setze mich auf, betrachte ihn neugierig.
Er starrt mich nur an, sagt nichts, scheint keinen Ton hervorzubringen.
Ich habe keine Ahnung was hier passiert.
Als ich etwas sagen will bemerke ich, dass auch ich keinen Ton herausbringe.
Ich kann nicht sprechen.
Ich drehe mich zum Fenster und erkenne, dass mein Spiegelbild keinen Mund hat.
Ich will schreien, aber es geht nicht.
Ich werfe mich herum, springe auf und reiße Georg in die Höhe, ich schüttle ihn, er soll mir helfen um Him-

mels Willen, er soll mich retten, soll irgendetwas tun, aber er reißt sich los, stößt mich von sich und ich taumle zurück, ich will um Hilfe schreien, ihn anflehen, dass er mir helfen soll, aber ich stolpere und stürze. Und zwar geradewegs durch das Fenster hinter mir. Ich stürze dem Abgrund entgegen. Für einen kurzen Moment geht mir der Gedanke durch den Kopf, dass ich im Erdgeschoß wohne, aber das ändert nichts an meinem Sturz - und dann sehe ich ihn erst *wirklich*.

Der Schleier dieses alten Albtraums hebt sich von meinen Augen und Georg sitzt vor mir.

Er sieht mich zwar tatsächlich an, aber nicht erschrocken, sondern voll von Mitleid.

„Was ist bloß los mit dir, Mann?"

Er sieht wirklich besorgt aus.

Ich suche nach den richtigen Worten, nach dem richtigen Anfang.

Ich suche nach Dingen, die ich sagen kann.

Dinge, die sich nicht falsch anhören oder ihn an meinem Verstand zweifeln lassen werden.

Und dann finde ich die richtigen Worte: „Die Schatten gingen um heute Nacht."

Georg kneift die Augen zu schmalen Schlitzen zusammen und weicht ein Stück zurück.

„Was willst du damit sagen?"

Ich deute auf die Zeitung.

Ich weiß nicht genau, was ich damit sagen will, aber es erscheint mir richtig.

„Die Schatten gingen um heute Nacht."

Ja, es fühlt sich passend an. Das beschreibt es am besten.

Ich blicke auf die Zeitung und mir fällt unsere Konfron-

tation in der Bar wieder ein:
Die hysterischen Frauen
Die abwartenden Kampfhunde in Menschenform.
Das Zusammentreffen mit Michael war kein Zufall.
Es. War. Kein. Zufall.
Georg folgt meinem Blick und runzelt dann die Stirn.
Er steht auf und geht ein wenig auf und ab.
Er wirkt nervös.
Aber das ist angesichts der Tatsachen nicht schwer zu verstehen. Eher im Gegenteil. Er fährt sich mit der Hand durch die Haare, dann greift er in seine Hemdtasche und zieht Zigaretten daraus hervor. Ich sage nichts. Er zündet sich eine Zigarette an und inhaliert den Rauch. Ich deute ihm, dass ich auch eine haben möchte. Er fragt nicht nach, sondern wirft mir die Packung zu. Ich sehe, dass seine Hand zittert.
Ich nehme mir eine Zigarette. Sie schmeckt mir nicht, aber ich rauche trotzdem weiter. Der Rauch brennt in meinem Hals. Es tut gut. Es klingt vielleicht unglaublich, aber der Schmerz, das Kratzen in meinem Hals, macht mir klar, dass ich am Leben bin.
Das ich noch fühle.
„Michael, Uschi, Susi“, murmle ich. „Michael. Uschi. Susi. Raffaella.“
Mein Blick findet den von Georg.
„Etwas Abartiges geht hier vor.“
Meine Gedanken rasen. Ich übersehe etwas. Ein Detail, ein Muster, irgendwas übersehe ich.
„Du musst verschwinden, untertauchen oder so“, sage ich zu Georg.
Sein Blick wandert zwischen mir und der Zeitung hin

und her.
„Warum ich?", meint er.
Ich sehe ihn traurig an.
Die folgenden Worte tun mir in der Seele weh noch bevor ich sie ausgesprochen habe. Ich weiß, was ich ihm sagen muss, wovor ich ihn warnen muss, aber ich will nicht, halte mich noch zurück.
Ich sehe ihm ein paar Minuten dabei zu, wie er unruhig auf und ab geht und seine Unruhe immer größer wird. Ich kann es ihm nicht verübeln. Wie könnte ich? Hat er doch allen Grund dazu.
„Ich glaube, dass ich Michael getötet habe", sage ich dann. „Du solltest mich fürchten, Georg."
Und dann passiert es.
Die Geste, die mich stutzig macht: Georg wird ruhig.
„Du hast die beiden getötet?", will er wissen. „Warum?"
Ich beobachte ihn genau. Jede Bewegung, jedes Zucken seiner Augen, jedes Zittern seiner Hände.
Ich kann erkennen, dass er sich bemüht.
Er bemüht sich weiterhin zittrig und unruhig zu wirken, aber seine Bewegungen sind zu koordiniert, zu geplant. Er fährt sich nicht mehr durch die Haare weil er Angst hat, sondern er tut es, weil er aussehen möchte, als ob er Angst hat. Auch seine Hand zittert nicht mehr und die Art wie er den Zigarettenrauch inhaliert ist nicht seine Art von nervösem Rauchen. Es ist völlig normales „Wir-haben-eine-Pause" Rauchen.
Er spielt mir etwas vor.
Die Frage, was ich tun soll stellt sich nicht wirklich.
Es gibt keinen Ausweg mehr.
Ich habe begonnen, jetzt muss ich es auch zu Ende füh-

ren.
Auch wenn das Ende, der Schluss zu dem ich gekommen bin, nicht der war, mit dem ich gerechnet, nicht der war den ich für realistisch gehalten hatte, so muss ich es dennoch durchstehen.
„Georg?"
Meine Stimme ist ruhig.
Kein Gedanke mehr an den Zusammenbruch vor ein paar Minuten.
Er nickt abwesend und sieht aus dem Fenster.
Abwesend.
Ich habe ihm soeben einen Mord gestanden und er ist gedanklich abwesend?
Weshalb?
(*Weil er weiß, dass du es nicht warst.*)
„Warum zitterst du nicht mehr?", frage ich.
Er erstarrt.
Was ich nur vermutet habe, ist nun beinahe Gewissheit.
Ich stehe langsam auf, werfe die Zigarette in meine Kaffeetasse und sehe ihn mir genauer an.
Er schwitzt wieder.
Er ist wieder nervös.
Ich trete an ihm vorbei und gehe auf sein Zimmer zu.
Er kommt hinter mir her, aber nicht um mich aufzuhalten - er redet nur auf mich ein.
„Was tust du da?", fragt er. Seine Stimme ist fast hysterisch. „Lass das! Setz dich hin und erzähl mir was passiert ist!"
Nur noch ein paar Schritte und ich stehe vor seiner Zimmertür.
„Du glaubst doch nicht im Ernst, dass ich etwas damit

zu tun habe?“
Zwei Schritte.
„Was ist bloß los mit dir?“
Er appelliert an mein Gewissen.
„Seit ein paar Tagen benimmst du dich richtig seltsam.“
Ich lasse mich nicht ablenken, gehe einfach weiter auf seine Zimmertür zu. Sie ist geschlossen. Georg schließt seine Tür nie, er ist stolz auf das Chaos, das in seinem Zimmer vorherrscht. Ich werde mir meiner Sache immer sicherer.
„Hast du Halluzinationen oder was? Komm schon, Mann, krieg dich wieder ein.“
Vor seiner Tür halte ich an, strecke die Hand aus und halte inne, drehe mich zu ihm um.
Georg sieht mich ernst an.
In seinem Blick liegt Traurigkeit.
Ich ahne was er sagen will, noch bevor er es wirklich tut.
„Wenn du diese Tür öffnest, dann wird unsere Freundschaft der Vergangenheit angehören. Ist dir das klar? Ist dir das wirklich klar?“
Er hält inne, sieht zu Boden und seufzt.
„Wir sind Freunde. Wir vertrauen einander.“
Worte, die ich noch vor einer Stunde selbst so gesagt hätte.
„Was soll das hier werden? Weißt du überhaupt was du dort drin finden willst?“
Auch sein Blick ist traurig.
Ich warte noch eine oder zwei Sekunden.
Ich schließe kurz die Augen.
Dann wende ich mich ab und öffne die Tür.

1

Knurren. Krallen. Schreie.

II

Ich weiß nicht genau, was ich erwartet habe in diesem Zimmer zu finden, aber was ich finde ist … alles, nur nichts was mir weiterhilft.
Georgs Zimmer ist wie üblich ein vollkommenes Chaos. Ein Chaos sondergleichen, aber es sieht nicht anders aus als sonst.
Eine Enttäuschung.
Und eine Freude.
Widersprüchliche Gefühle, ja, ich weiß, aber was kann ich denn dafür?
Ich hatte meinen Freund unter Verdacht etwas mit zwei grausamen Morden zu tun zu haben und bin froh, dass dem nicht so ist. Auf der anderen Seite bin ich enttäuscht und traurig darüber, dass ich nichts gefunden habe was mir Grund zu der Annahme gibt, dass *ich* nichts damit zu tun habe.
Ich drehe mich um und sehe in Georgs Gesicht.
„Es tut mir leid", sage ich.
Er antwortet nicht, senkt nur traurig den Blick, wendet sich ab und geht wieder in die Küche zurück.
Ich kann nicht anders, meine Augen und meine Aufmerksamkeit entwickeln ein Eigenleben und suchen das Zimmer nochmals ab, dann drehe ich mich ebenfalls um und folge ihm.
Er sitzt auf einem Stuhl und raucht noch eine Zigaret-

te. Er wirkt ruhig und gelassen. So, als wäre ihm eine unglaublich große Last von den Schultern genommen worden. Eine Entscheidung, die er zu fällen gehabt hatte, war ihm abgenommen worden.

Von mir.

Diese Freundschaft war Vergangenheit.

Ich setze mich zu ihm an den Tisch und Schweigen breitet sich aus.

Nach einer Weile sagt er: „Ich werde ausziehen."

Ich nicke nur.

„So rasch ich kann."

Ich nicke wieder.

Dann entsteht wieder eine Pause zwischen uns beiden.

Ich sollte ihm vielleicht einfach die Wahrheit sagen.

„Ich leide an Halluzinationen", sage ich.

„Wirklich." Sarkasmus pur.

„Ich meine es ernst, Georg", fahre ich fort.

„Ich sehe Dinge, die nicht wirklich da sind. Dinge, die nicht wirklich passieren. Es ist … so seltsam."

Und wahrhaftig schwer zu erklären, ohne sich dabei wie ein völliger Idiot zu fühlen.

„Ich habe Menschen gesehen, Menschen, die …", ich breche ab.

Was soll ich erklären? Ich weiß doch selbst nicht, was mit mir los ist.

„Menschen, die was?", will er wissen.

Er zeigt wieder Interesse.

Sofort keimt mein Verdacht wieder auf, aber dann rüge ich mich selbst. Es ist das Interesse eines Freundes, der sich Sorgen um mich macht. Und was tue ich? Ich verdächtige ihn sofort wieder.

Ich sollte mich schämen.
Ich sollte mich darüber freuen. Vielleicht gibt es für unsere Freundschaft noch Hoffnung.
(*und ich drehe mich wieder herum.*
Ich suche nach Augen, die mich zum Lächeln bringen)
Ja, so ist es.
Ich suche nach Freundschaft und vielleicht ein wenig Trost.
Aber als ich Georg ins Gesicht sehe, denke ich, dass ich mich getäuscht habe, denn es ist sachliches Interesse an Fakten und Problemen. Er ist am Leid anderer interessiert. Immer schon.
Ich verliere das Vertrauen wieder, rede aber trotzdem weiter.
„Weißt du, ich glaube Susi hatte Recht, sie …"
„Wer?", unterbricht er mich.
„Susi."
Ich sehe ihn an.
„Hab ich dir noch gar nicht …"
Ich halte wieder inne. Er weiß nichts von Susi. Ich hatte in den letzten Tagen wenige Gespräche mit ihm.
„Susi ist … eine Bekannte von mir", erkläre ich.
Im ersten Moment wollte ich Freundin sagen, aber dann ist mir der gestrige Abend wieder eingefallen.
Und ihr Körper.
Dieser wunderschöne Körper. Wenn nur diese Narben nicht wären.
Die Narben an sich sind auch nicht das Problem. Das Problem ist das Wissen, woher sie kommen.
Arme kranke Frau.
Im gleichen Moment wird mir wieder schlecht.

Ich presse die Augen zusammen und unterdrücke den Brechreiz. Ich hebe meine Hand vor die Augen und sehe, dass die Nägel ein wenig länger geworden sind.

Nein, bitte nicht, nein, denke ich. *Verdammt nochmal, Susi, du hast mir das eingebrockt.*

Die Haare auf meiner Hand wachsen. Sie wachsen immer weiter.

Ich schließe die Augen, rede mir ein, dass dies nicht passiert, dass ich wieder halluziniere.

Und plötzlich weiß ich, wie ich mich retten kann.

Gestern bin ich vermutlich nach Hause getorkelt in irgendeinem Wahn, bin ins Bett gefallen und habe gepennt.

(*Oder du hast Michael getötet*)

(*Halt die Klappe*)

Ich muss mich an Georg wenden.

Er wird nichts sehen! Er wird nicht sehen was passiert und dadurch weiß ich, dass ich halluziniere. Das ist meine Rettung.

Ich reiße mich zusammen, blicke in seine Richtung und öffne die Augen.

2

Zerfetzte Kleidung und seltsames Licht.

III

Er ist zurück gewichen, starrt auf meine Hand und in seinen Augen steht alles Mögliche, aber nichts davon bringt mich zum Lächeln.

Eher im Gegenteil.
Er sieht was mit mir geschieht.
Das hier passiert wirklich.
Es passiert wirklich.
Oh, mein Gott, nicht schon wieder!
(*das kommt dir doch bekannt vor*)
„Kämpf dagegen an! Kämpf dagegen an!“ schreit Georg.
„Denk an etwas Schönes! Denk an etwas, was dich zum Lächeln bringt!“
Er sitzt wie gelähmt auf seinem Stuhl, unfähig sich zu rühren. Er ruft nur immer wieder diese Worte: Kämpf dagegen an!
(*Wogegen?*)
Und indem er immer wieder ruft ich soll dagegen ankämpfen werden die Übelkeit und der Schmerz immer größer. Ich kann mir nicht helfen. Ich bin verloren.
(*Was passiert mit mir?*)
Ich verwandle mich.
Mit einem Mal begreife ich, dass ich mich in ein Monster verwandle. Zum zweiten Mal innerhalb weniger Stunden werde ich zu einer Bestie.
Was habe ich gestern Nacht getan?
Habe ich etwas getan?
Habe ich Michael getötet? Oder Uschi? Oder beide?
Mein ganzer Körper verkrampft sich.
Meine Fingernägel sind Krallen geworden. Scharfe Krallen. Ich sehe, wie sie wachsen und ich fühle es.
Ich fühle, wie ich stärker werde. Durch all den Schmerz hindurch fühle ich, wie mein Körper an Kraft gewinnt.
Ich kann die Haare in meinem Körper wachsen spüren.
Ich kann spüren wie sie durch meinen Rücken nach

draußen stoßen.

Habe ich die beiden getötet?

Georg schreit nur noch Dinge, die ich nicht verstehe. Ich kann ihn zwar hören, aber nicht verstehen.

Und dann erkenne ich ihn nicht mehr.

Es ist nicht mehr Georg.

Er ist … etwas Seltsames.

Etwas Abartiges. Und es stinkt.

Es stinkt nach Schweiß, nach Blut, nach … Fleisch.

Lebendigem Fleisch.

Ich kann das Schlagen seines Herzens hören.

Und ich will sein Herz.

Ich will es furchtbar gerne.

Und ich glaube, ich werde es mir holen.

3

Seltsame Farben.

IV

Meine Sicht verschwimmt. Alles verändert sich.

Selbst mein Gesicht.

Ich spüre mich nicht mehr.

Doch - ich spüre mich noch, aber ich bin anders als vorher, ich bin … es fällt mir schwer zu denken.

Der Drang dieses pulsierende Leben mir gegenüber zu zerstören wird größer. Es ist … nein, nicht das Leben mir gegenüber … ich rieche etwas … … es muss weit entfernt sein … keine Ahnung woher ich weiß, wie etwas weit entfernt riechen kann, es ist nicht Wissen in dem

Sinn, es ist … ich …

Mit voller Willenskraft überwinde ich mich und rufe laut „Lauf!“ um Georg zu warnen.

Er soll laufen.

Er soll abhauen.

Und dann rieche ich ihn nicht mehr.

Sein Herz hat aufgehört zu schlagen.

Und ich rieche totes, abkühlendes Fleisch.

Ein männliches Tier.

Ein Jungtier.

Ich sehe keinen Menschen vor mir.

Es ist ein Wolf.

KAPITEL 12
Kraft deiner Liebe

"Life was empty; life was grey `till that bright and sunny day."
(Aquarian Age "Power Of Your Love")

I

Susi stand am Fenster und sah gedankenverloren in die Ferne. So viele Dinge, die ihr durch den Kopf gingen, so viele Erinnerungen.
Sie hatte René alles erzählen wollen, aber sie war nicht einmal dazu gekommen ihm zu sagen, wie alles begonnen hatte. Nicht einmal das hatte sie geschafft.
Aber eigentlich war es nicht sie, die etwas nicht geschafft hatte. Er war es gewesen.
Er.
Nicht sie.
Er war nur wie alle anderen und sie hatte wirklich gedacht, dass er anders sein könnte.
Als sie in dem Café gesessen hatten und er die Frau am Nebentisch bemerkt hatte, die sich in einen Werwolf verwandelte, da war sie sich sicher gewesen, dass er anders war als der Rest. Da war sie sich vollkommen sicher gewesen.
Sie dachte an Uschi.
Sie war anders gewesen.
Aber es stimmte schon, dass ihr eigentlicher Charakter, obwohl sie nett und sympathisch war, durchzogen war von Erfolgsdenken.

Und dann die Nachtschwärmer.
Sie hätte Uschi nie davon erzählen dürfen.
Es war vermutlich Susis Schuld, dass Uschi tot war. Und Michael … nun, er war nur vermisst, aber das änderte nichts an Susis Überzeugung, dass er vermutlich auch bereits tot war.
Die Frage war, wer ihn getötet hatte.
Wer von *ihnen* ihn getötet hatte.
Ob sie bereits auf dem Weg zu Susi waren?
Würde René es sein, der sie umbrachte?
Würde das Schicksal so grausam sein?
Sie wusste es nicht und im Augenblick war es ihr egal.
Vielleicht sogar willkommen. Sie hatte so lange geschwiegen, so lange mit all diesen Dingen leben müssen.
Vielleicht war es an der Zeit, alles zu beenden.
Lange Zeit war alles ruhig gewesen.
So lange Zeit war sie mit der Überzeugung durch ihr Leben gegangen, dass dies alles nun hinter ihr lag.
Aber es hatte sich als Irrtum herausgestellt. Es war nicht vorbei.
Noch nicht.
Sie verdrängte den Gedanken. Andere Dinge waren jetzt wichtiger.
Es war ein langer Prozess gewesen, aber sie hatte gelernt sich auf Dinge zu konzentrieren, die sie lösen konnte anstatt sich von Fragen ablenken zu lassen, deren Antwort sie nicht kannte.
Ob René jemals erfahren hatte, dass Uschi ähnlich gewesen war wie sie?
Und was er wohl dazu gesagt hätte?
Vermutlich nicht viel.

Es war lange her gewesen und Depressionen waren okay. Waren schon immer okay. Susi fand es nach wie vor seltsam, dass es scheinbar anerkannt war sich das Leben nehmen zu wollen. Es schien okay zu sein. Nicht mehr leben zu wollen war offenbar gesellschaftlich okay. Genauso wie Raubbau am eigenen Körper. Burn-Out war okay. Workaholic sein war okay. Sich zu Tode zu schuften war nicht nur okay, es wurde sogar verlangt.
Aber sich selbst zu verletzen, damit man am Leben bleiben konnte, das schien alle abzustoßen.
Vielleicht weil die Gewalt dabei offen sichtbar war. Und Susi hatte es öfter getan als viele andere.
Öfter.
Gegen ihren Willen musste sie lächeln. Es war ein trauriges Lächeln.
Vielleicht zu oft.
Es war wie eine Sucht.
Eine gottverdammte Sucht.
Am Anfang nicht. Am Anfang war es etwas Anderes. Eine Flucht. Ein Weg, um zu überleben. Ein Ausweg aus dem Nicht-Fühlen. Aus der Leere. Aus dem was mit der Leere kam, wie sie es nannte.
Sie strich gedankenverloren über die frische Wunde an ihrem Arm. Sie bemerkte es nicht mal.
Die Wahrheit war, dass sie stolz auf sich sein konnte. Nicht wegen ihm, aber wegen Sebastian.
Sebastian hatte sie verlassen wegen einer anderen Frau. Er hatte sie belogen. Er hatte sie betrogen. Er hatte ihr wehgetan.
(*Er war ihr eine Mutter gewesen.*)
Ja. Das war er. Eine Mutter gewesen. Wie das klang.

Wenn Sebastian das hören würde, dann würde er vermutlich nur den Kopf schütteln und sie krank nennen. Aber sie war nicht krank.

Nein.

Sie war gesund.

Sie war gesund und kämpfte damit, dass alle die Zeichen des Kampfes gegen die Krankheit mit der Krankheit selbst verwechselten.

Und es tat immer wieder weh.

Aber sie hatte sich unter Kontrolle. Manchmal tat es weh. Aber sie hatte sich im Griff. Immer noch. Seit Jahren.

Es gab schwache Momente.

Natürlich gab es die. Es fiel ihr nicht leicht sich das einzugestehen, aber sie tat es. Es gab Momente wie jenen, als sie in diesem Zimmer gesessen hatte und Sebastian mit dieser anderen Frau abgehauen war, abgehauen in einer … versucht in einer Nacht und Nebel Aktion zu verschwinden, diese Nacht, die Scherbe, der Drang aus der Leere auszubrechen.

Die Leere zu zerstören um wieder fühlen zu können.

(*Sonnenglaster*)

Aber sie hatte gewonnen.

Ihr Blick fiel auf ihre Hand.

Ein Zentimeter. Nur ein verdammter Zentimeter.

Eine Träne rollte ihre Wange hinab. Sie war dankbar dafür. Tränen waren ein gutes Zeichen. Sie hatte viel zu lange keine Tränen gehabt.

Und was war das Perverse daran?

Jeder, der den Schnitt sah würde – wenn sie überhaupt so weit dachten – denken, dass sie sich hatte umbringen wollen. War doch das Gegenteil der Fall. Das Gegenteil. Sie hatte nicht viel Hoffnung, dass jemand das begreifen würde.

Ihre Mutter fiel ihr ein.

Sie fragte sich, was ihre Mutter wohl von all dem halten würde. Ob sie es verstehen würde. Nein. Sie brauchte sich diese Fragen nicht zu stellen. Mutter würde es nicht verstehen, weil sie es nicht einmal bemerken würde. Sie hatte es auch damals nicht bemerkt. Eine Lehrerin hatte es bemerkt und dann waren die Dinge ins Rollen gekommen.

All die Ärzte.

All die Diagnosen.

Krank. Psychisch krank. Borderline. Schizophren. Histrionische Persönlichkeitsstörung. Sie schüttelte den Kopf. All die Worte. All die … Demütigungen.

Helfen …

Wir wollen dir helfen …

Wir tun das nur für dich …

Vertrau uns, wir wissen was gut ist …

Du bist schizophren, Susi, es tut uns leid dir mitteilen zu müssen, dass …

Hier, diese Tabletten werden dir helfen …

Ich sage es nicht gerne, aber ihre Tochter leidet an …

Sagt dir das Wort ‚Borderline' etwas, Susi? Das ist eine …

EKT. Etwas anderes wird nicht helfen, wir würden eine EKT empfehlen …

Worte aus der Vergangenheit flogen durch ihre Gedanken und alte, längst vergessene Erinnerungen wurden wieder wach.

All die Stimmen, all die Meinungen.

Und niemand interessierte sich dafür, warum das alles. Sie waren alle davon besessen gewesen ihr die einzige Möglichkeit weiterzuleben zu verbieten, dass sie nicht einmal zu fragen wagten, oder nicht daran dachten, warum sie das eigentlich tat. Das es doch einen Grund geben musste.

Aber das war lange her.

Sie dachte, dass es heutzutage vielleicht anders sein würde.

Dann dachte sie an Frau Liefner. Sie lächelte hinaus in die Dunkelheit.

Ja, sie hatte Glück gehabt. Sie hatte die richtige Person gefunden.

Nicht jeder hatte dieses Glück, das war ihr durchaus bewusst, auch damals schon.

Es war die Tatsache, dass Frau Liefner sie ernst genommen hatte. Sie war ernst genommen worden mit ihrem Problem.

Sie hatte den Eindruck bekommen, dass es ihr nicht darum gegangen war Susi daran zu hindern sich zu verletzen, sondern darum den Grund dafür zu finden und ihn zu eliminieren.

Susi wandte sich vom Fenster ab und starrte auf eine Schublade ihres Wohnzimmerkastens.

Das Paket, das sie darin aufbewahrte, war mit der Post gekommen.

Als Susi den Absender gelesen hatte, war ihr klar geworden, was sich darin befinden musste.

Sie hatte bis heute nicht gewagt hinein zu sehen.

1

„Es geht nicht nur darum, das Problem aus der Welt zu schaffen, Susi. Das Tückische daran ist der eigene Körper. Er passt sich dir an. Ich versuche, es dir einfach und kurz zu erklären. Es ist zwar nicht ganz genau so wie ich es dir erkläre, aber ich denke, du wirst wissen, was ich meine.

Es mag ein ungünstiger Vergleich sein, aber es ist wie mit Rauchen. Nach einer Weile verlangt dein Körper danach und wenn du dann aufhören willst, es nicht mehr tust, dann bekommst du Entzugserscheinungen“, erklärte Frau Liefner,

„Es gibt da etwas in unserem Körper, das sich Opioide nennt. Sagt dir das etwas? Nein? Okay, hör zu: Opioide sind Stoffe, die in unserem Körper ausgeschüttet werden, wenn wir uns zum Beispiel sehr stark fürchten oder wenn wir uns verletzen. Diese Opioide haben in etwa die Wirkung von Opium, im medizinischen Sinne. Opium kennst du, oder? Sehr gut. Opioide verursachen ein angenehmes Gefühl der Ruhe und des Wohlbefindens. Sie verhindern Schmerzempfinden, reduzieren es. Eine vorübergehende Schmerzunempfindlichkeit tritt auf“, erklärte sie weiter. Susi hörte gut zu.

„Diese Schmerzunempfindlichkeit kommt aus grauer Vorzeit und der Sinn davon, war es, die Überlebenschancen zu steigern. Stell dir vor, ein Tiger hätte einen Höhlenmenschen angefallen und ihn verletzt und der wäre schreiend liegen geblieben, anstatt davon zu laufen. Aber auch wenn du dich selbst verletzt, werden diese Opioide ausgeschüttet. Und unter gewissen Umständen gewöhnt sich dein Körper an einen erhöhten Opioiden-Spiegel, der allerdings normalerweise von selbst sinkt, wenn er nicht mehr nötig ist. Es wäre ja schlimm, wenn sich Menschen wehtun würden und es nie merken. Die Leute könnten verbluten und es nicht einmal merken. Das Problem dabei ist: Der Körper kann süchtig nach diesen Opioiden werden. Wie mit dem vorher erwähnten Opium."

Frau Liefner überlegte kurz.

„Nun, nicht genau so, aber als Erklärung müsste es reichen", schloss sie dann.

„Soweit alles klar? Okay", fuhr sie fort. „Dann gibt es noch das so genannte Serotonin, ein Botenstoff – auch im Gehirn – und wenn Menschen unter starkem Stress leiden, dann ist der Spiegel dieses Serotonins sehr niedrig und das führt dazu, dass bei diesen Menschen die Impulsivität zunimmt und gleichzeitig die Impulskontrolle abnimmt. Das bedeutet, dass sie zum Beispiel schneller aggressiv werden und dann auch rascher zuschlagen, als sie es sonst tun würden. Wenn in deinem Fall also Stress auftritt, dann kann es sehr schwer werden dem Drang, dem Impuls, sich selbst zu verletzen, zu widerstehen. Denn danach fühlt man sich besser, weil dann wieder Opioide ausgeschüttet werden."

Susi schüttelte nur den Kopf.

„Heißt das jetzt, dass ich unheilbar krank bin?", wollte sie wissen.

Dr. Liefner lächelte.

„Gibt es Leute, die mit dem Rauchen aufhören?"

Susi nickte langsam.

„Genau. Es ist zwar sehr schwer und verlangt viel Kraft

von dir, aber es ist machbar“, meinte sie.
Ein paar Sekunden lang schwieg Frau Liefner.
„Aber das Hauptproblem würde dann immer noch bestehen“, meinte sie dann.
„Das Hauptproblem?“, hakte Susi nach. Es war das erste Mal, dass jemand von einem Hauptproblem sprach und nicht ihre Narben und den Drang sich zu verletzen meinte.
Frau Liefner nickte.
„Das du dich verletzt, Susi, ist eine Angewohnheit, ein Weg bestimmte Probleme, wie immer die auch aussehen mögen, zu lösen. Aber es muss etwas geben, was dich dazu gebracht hat. Niemand tut das nur aus Spaß. Irgendetwas muss passiert sein, dass dich dazu gebracht hat damit anzufangen. Vielleicht war es beim ersten Mal ein Zufall, etwas, dass dir irgendwie geholfen hat mit etwas fertig zu werden und als du das begriffen hast, als du dir darüber im Klaren warst, dass du mit dem ‚Ritzen‘, so nennen das viele Kolleginnen und Kollegen von mir, Probleme bewältigen kannst, hast du damit weitergemacht und dir dabei ein paar weitere Probleme geschaffen. Aber das wird dir nicht bewusst gewesen sein. Vermute ich einfach mal.“
Frau Liefner seufzte.
Susi nickte langsam. Sie fragte sich gerade, ob Frau Liefner überhaupt noch mit ihr, von ihr sprach, oder ob sie in der eigenen Vergangenheit herumspazierte. Sie fing Susis Blick auf.
„Nein“, sagte Frau Liefner, „ich denke nicht an meine Vergangenheit, ich habe nie geritzt, wenn du das meinst. Ich wollte damit nur sagen, dass dies bis jetzt für viele

Menschen zugetroffen hat, aber das heißt nicht, dass es auch für dich zutreffen muss.“

Susi nickte.

Sie begann zu verstehen worauf das hinauslief.

Sie verstand, dass die Gründe vielfältig sein mussten. Wahrscheinlich gab es Tausende und jeder war ein klein wenig anders. Und viele hatten gleiche oder ähnliche Erfahrungen gemacht. Andere hatten völlig andere Erfahrungen gemacht. Und wieder andere … Susi unterbrach ihre Gedanken. Es ging nicht um andere. Es ging um sie. Das hier, das war ihr Kampf.

Ihre Suche nach einem traumatischen Erlebnis.

Frau Liefner hatte sie beobachtet und begann zu lächeln als sie Susis Entschlossenheit bemerkte.

Auch Susi lächelte.

Frau Liefner hatte ziemlich schnell verstanden, dass Susi ein kluges Mädchen war.

II

Sie saß auf der Couch, als es geschah.

Innerlich hatte sie bereits gespürt, dass es bald so weit sein würde. Sie hatte gefühlt, dass es so kommen musste. Aber sie hatte nicht damit gerechnet, dass es so schnell sein würde.

Es war vollkommen unspektakulär.

In einem Film wäre wahrscheinlich das Fenster zersplittert und es hätte draußen geblitzt und gedonnert. Auf jeden Fall aber mindestens geregnet. Im Moment tat es weder das eine noch das andere. Draußen war blauer Himmel. Die Sonne schien. Es war sogar ziemlich warm.

Die Tür ihrer Wohnung glitt langsam auf.
Sie hatte nicht abgeschlossen. Wozu auch? Ob sie die Tür nun zerstörten oder Susi sie einfach nicht abschloss, es würde nichts an dem ändern was geschehen würde.
Was immer das auch war.
Dies war der Punkt an dem ihre Reise enden konnte.
Für ein paar Sekunden war sie traurig, dass sie so um ihr Leben, so um ein lebenswertes Leben gekämpft hatte, dass sie sogar ihren eigenen Körper teilweise hatte opfern müssen.
Und nun sollte es umsonst gewesen sein?
Es gab so viele Menschen da draußen, die nicht so am Leben hingen wie sie und doch sollten es jene Menschen sein, die länger leben würden, älter werden und mehr und schönere Erfahrungen sammelten als sie.
Es schien ihr nicht fair.
Sie blieb auf der Couch sitzen, lauschte den Klängen der Pfoten auf dem Boden. Sie versuchte zu hören, ob es einer war oder zwei, aber sie vermochte es nicht zu erkennen. Ihr Blick fiel wieder auf das Versteck des Pakets.
Vielleicht hätte sie es doch lesen sollen. Vielleicht stand etwas darin, dass ihr das Leben hätte retten können.
Nein, dachte sie dann, wenn es in seiner jetzigen Form Leben hätte retten können, dann wäre es nicht notwendig gewesen es ihr zu schicken, denn dann würde die Person, die das Paket an sie gesandt hatte selbst daran weiterarbeiten.
Susi schloss die Augen und holte tief Luft.
Ihr Herz klopfte wie wild. Sie fühlte die Nähe der Bestie.
(*BestieN?*)
Ein großes, haariges Maul schob sich in ihr Blickfeld

und obwohl sie sich vorgenommen hatte nicht zu schreien, kam doch ein Laut der Überraschung aus ihrem Mund.
Hatte sie Angst?
Ja, die hatte sie.
Aber jetzt konnte sie nichts mehr tun, außer zu warten, was passieren würde.
Sie konnte nicht mehr davonlaufen.

2

Immer und immer wieder bekam sie erklärt, womit man Mitleid haben musste und womit sie im Gegenteil sagen konnte: „Selbst Schuld.“. Immer wieder und wieder bekam sie die Erlaubnis der Gesellschaft ein paar Außenseiter öffentlich zu verstoßen, während sie mit anderen Personen Mitleid haben musste, um ein Teil der Gesellschaft zu sein.
Die Frage wer in welche Kategorie gehört, schien ihr lebenswichtig.
Die wohl einfachste Kategorie war die Frage nach der Schuld.
Jene, die selbst Schuld an ihrer misslichen Lage hatten, gehörten in die Kategorie der verabscheuungswürdigen Kreaturen, die kein Mitleid verdienten.
Jene, die nichts dafür konnten, sozusagen vom Schicksal getroffen wurden, verdienten ihr Mitleid und ihre Hilfe.
So lauteten die ungeschriebenen Regeln dieses Spiels.
Einfach.
Nachvollziehbar.
Und – was am wichtigsten war – für den Seelenfrieden

am besten.
Aber ein Problem ergab sich dennoch: Es war nur eine Detailfrage, aber sie beinhaltete so ziemlich alles, was wichtig war. Eine kleine, unscheinbare Frage, die auch eine scheinbar einfache Antwort mit sich brachte, aber bei genauerer Betrachtung, ein wenig komplizierter wurde: Wie sollte sie erkennen, ob jemand Schuld hatte?
Die Antwort, die Susi am öftesten erhalten hatte, lautete: „Wenn jemand nicht dazu gezwungen wird, und sich selbst etwas antut, dann ist er selbst schuld."
Punkt.
Susi hatte also selbst Schuld.
Und sie verdiente kein Mitleid.
Das war ihr von Anfang an gesagt und erklärt worden. Vielleicht nicht auf diesem direkten Weg, aber wenn man all die Blumen und netten Formulierungen beiseiteließ, dann blieb am Ende genau diese Bedeutung übrig. Aber stimmte das? Konnte es so einfach sein?
Histrionische Persönlichkeit.
Was für Worte.
Sie bedeuteten eigentlich nichts anderes, als das Susi sich gerne in den Mittelpunkt stellte. Notfalls mit Gewalt. Gewalt gegen sich selbst. Gut für das Ego, weil Selbstverletzung gleichbedeutend mit Aufmerksamkeit war. Und gleichzeitig schlecht für den Körper, weil Wunden Narben hinterließen. Und in Susis Fall waren es viele Narben.
Es war soweit.
Mutter hatte ihr die Wahrheit erzählt.
Endlich, nach so vielen Jahren.
Es war eine Offenbarung gewesen.

Aber eine von Johannes.
Die Apokalypse in Susis eigenem Universum.

III

Susi bemühte sich den Blick nicht zu wenden.

Sie wollte die Bestie nicht ansehen. Sie sah nur die Schnauze, die sich in die Luft hob, schnupperte und sich wieder senkte. Die Barthaare darauf zitterten und Susi konnte aus den Augenwinkeln erkennen, dass Blut an den Zähnen klebte.

Noch nie im Leben hatte sie solche Angst gehabt.

Die Schnauze verschwand aus ihrem Blickfeld.

Sie hörte, dass die Schritte sich wieder von ihr entfernten. Sie erlaubte sich die Hoffnung, dass das Ding verschwinden würde, war sich aber im Klaren, dass das unwahrscheinlich war.

Sie hatte Recht.

Das Ding umrundete sie.

Sie hörte die Gläser in den Kästen klimpern. Das eine oder andere Möbelstück wurde von dem großen, massigen Körper zur Seite gedrängt. Sie bildete sich ein zu hören, wie das Fell über die Polsterungen strich. Dann wieder Stille. Nur das Schnauben durch die Nüstern und ein leises, bedrohliches Knurren erreichten ihr Ohr.

Susi erstarrte und wagte es nicht, sich zu bewegen.

In ihrem Kopf schrie sie laut um Hilfe, aber kein Laut kam über ihre schmalen, blassen, zu einem Schlitz zusammengepressten Lippen. Sie konnte ihren Herzschlag spüren. Ihr ganzer Körper schien vor Aufregung zu Beben. Sie spürte das Leben in sich pulsieren. Pures Leben.

Aber war es nicht gerade dieses Pulsieren des Lebens, das die Bestie anlocken würde, sie zum Sprung animieren würde … zum Fressen?

Das Tapsen ging weiter.

Dann wieder Schnuppern.

Sie konnte riechen, wie der Atem des Tieres die Luft rund um sie verpestete.

Ein Luftzug streifte ihren Hals.

Sie presste die Augen zusammen.

Tränen liefen ihre Wangen hinab und sie begann still zu beten.

Zu Gott.

Zu irgendeinem Gott.

Dann kam das Biest wieder in ihr Blickfeld.

3

Der Tag, der den Fall brachte, war ein sonniger Tag.

Es war warm. Es war Sommer. Ein Sommer in Susis Jugend. Weit entfernt und zu schön um wahr zu sein. Vielleicht in Gedanken glorifiziert, vielleicht wirklich wie aus dem Bilderbuch.

Es war der Tanz, der alles ins Rollen brachte.

Susi hatte ihre Mutter schon über längere Zeit hinweg bei ihrem Tanz beobachtet. Für Susi war er ein Zeichen gewesen. Ein Zeichen, dass ihre Mutter in etwa überirdisch Schönes, Unnahbares, Göttliches verwandelt hatte.

Und dann war ihre Mutter zusammengebrochen.

Susi stürzte zurück ins Haus.

Sie rannte, als ginge es um ihr Leben. Sie rannte und rannte, stieß die Tür auf, fiel beinahe über ein Paar

Schuhe, fing sich wieder, hastete weiter und erreichte die Tür hinter welcher ihre Mutter auf dem Boden lag und weinte.
Sie schlug gegen das Holz, rief immer wieder und immer wieder voller Panik den Namen ihrer Mutter. Wieder und wieder. Ihre Fäuste trommelten gegen die Tür wie in einem Rausch.
Ihre Mutter lag hinter dieser Tür! Ihre Mutter! Und sie weinte! Ihre Mutter weinte! Vielleicht hatte sie sich verletzt? Mutter, oh Mutter, wo bist du? Was ist mit dir?
Ihre Hände wurden blutig, sie kratzte mit den Nägeln an der Tür, schrie und schrie, aber nichts passierte. Gar nichts geschah.
Hinter der Tür lauerte nur Stille.
Susi sank weinend und laut schluchzend auf ihrer Seite der Tür zu Boden und verstand die Welt nicht mehr. War denn niemand da, der ihr helfen konnte? Ihre Mutter lag dort drin, ihre Mutter! Sie reagierte nicht, sagte nichts, tat nichts, vielleicht war sie tot? Vielleicht war sie gestorben, war auf etwas gefallen und hatte sich schwer verletzt?
Vater!
Wo bist du jetzt? Warum bist du jetzt nicht hier? Ist die Arbeit so wichtig, dass du mir und Mutter nicht beistehen kannst? Warum bist du so weit weg? Warum bist du so weit fort von uns?
Oh, ich hasse dich.
Weil du uns verlassen hat.
Weil du jetzt nicht da bist.
Weil …
Die Tür öffnete sich und Mutter stand vor ihr.

Sie trug noch immer ihr Tanzkleid und blickte auf ihre Tochter hinab.
Es waren keine Tränen mehr in ihrem Gesicht zu sehen, auch wenn man die Male, welche das Weinen hinterlassen hatte, noch erkennen konnte. Mutter sah sie streng an.
Susi lächelte, erhob sich und trat auf sie zu. Dankbar, dass es ihr gut ging, dankbar, dass nichts passiert war, dankbar, dass …
In genau diesem Moment verpasste ihre Mutter ihr eine schallende Ohrfeige.
Susi erstarrte.
In ihren Augen stand Unglauben. Sie fühlte den Schmerz nicht einmal wirklich. Die Tränen schossen aus Reflex zurück in ihre Augen. Sie sah ihre Mutter nur an, brachte kein Wort hervor. Sie verstand nicht, sie wusste nicht, was das zu bedeuten hatte. War Mutter nicht verletzt gewesen? Hatte Susi ihr nicht helfen wollen? War es nicht so gewesen, dass Susi ihrer Mutter aus Sorge …
„Du hast mich beobachtet, nicht wahr?“, fragte ihre Mutter. Keine Emotion in der Stimme. Streng, trocken, sachlich.
Susi nickte langsam.
„Wie lange schon?“
Sie sagte nichts, starrte ihre Mutter nur mit Tränen in den Augen an.
Dann knallte eine weitere Ohrfeige durch die ansonsten so stille und leere Wohnung.
Jetzt spürte Susi den Schmerz.
„Ich habe dich gefragt, wie lange du mich schon beobachtet hast, kleines Miststück!“, fauchte ihre Mutter laut.

Mit einer Stimme, die in den Ohren des Kindes wie die einer Hexe klang. Wo war ihre Mutter? Was war da drin geschehen? Konnte das ihre Mutter sein?
Sie griff nach Susis Arm und zog sie zu sich heran. Die andere Hand hob sie erneut um ihrer Tochter eine weitere Ohrfeige zu verpassen.
Susi erkannte die Bewegung und rief unter Tränen: „Seit Wochen! Seit Wochen! Du hast so schön getanzt, Mutter, du hast so schön getanzt!“
Ihre Mutter stieß sie von sich und trat ein paar Schritte zurück.
In ihren Augen loderte ein Feuer, dass Susi schon oft gesehen hatte, aber noch nie gegen sich gerichtet. Es war das Feuer, das gelodert hatte, als ihre Mutter in der Schule die Lehrerin besucht hatte, das Feuer, das böse Leute verbrannte.
„Du bist wie dein verdammter Vater!“, schrie ihre Mutter. „Kein Scheißwort kann man dir glauben! Kein einziges beschissenes Wort! Habe ich dir nicht verboten mir zuzusehen? Habe ich dir das nicht verboten?“
Sie trat wieder einen Schritt auf Susi zu, die ängstlich zurückwich.
„Willst du wissen, wo dein beschissener Vater ist, dieser Hurensohn? Abgehauen! Vor Jahren schon. Hat mich gefickt und dann – als er erfahren hat, dass ich mit dir schwanger war – sitzengelassen. Ist abgehauen. Von heute auf morgen, einfach verschwunden. Scheißkerl. Ich hätte gleich wissen müssen, dass du nach ihm kommst.“
Etwas zerbrach.
Susi konnte laut und deutlich ein Krachen hören. So laut und kreischend, als würden die Stützbalken des Hauses

einbrechen und sie beide unter sich begraben.

Ihre Mutter schien nichts zu hören.

Gar nichts.

Susis Geist entfernte sich.

Sie begriff nur am Rande, was mit ihr geschah.

Mutter schlug sie. Immer und immer wieder. Mutter hatte Tränen in den Augen. Susi weinte nicht. Sie sah auch nichts, sie fühlte nichts, sie sagte nichts. Sie stand nur stumm da und ließ es geschehen.

Es war, als ob sie sich von ihrem Körper getrennt hatte. Sie sah sich selbst dort stehen, ihre Mutter anstarrend, die ihr eine Ohrfeige nach der anderen verpasste, sich immer mehr in Rage steigernd, weil die Tochter nicht weinen, ihren Schmerz nicht in die Welt schreien konnte.

Ein Gedanke herrschte in Susis Denken vor: Ich habe gar keinen Vater.

Und dann ein anderer: Mutter hat mich die ganze Zeit belogen.

Jetzt, da sie die Wahrheit erkannte, verstand sie erst wie banal die Lügen von Mutter gewesen waren. Wie einfach zu durchschauen. Wie simpel. Und sie hatte daran geglaubt. Weshalb? Weil sie es gewollt hatte?

Sie sah noch immer ihre Mutter an, sah den Hass in ihren Augen.

Aber er war nicht gegen Susi gerichtet, nein. Es war, als würde sie Susi überhaupt nicht sehen. Mutter ließ nur ihren ganzen, all die Jahre aufgestauten, Hass an der nächstbesten Person aus.

(Mutter ist das Wort für Gott in den Ohren eines Kindes.)

Aber nicht für dieses Kind.

IV

Das ganze Biest war Furcht erregend.
Es sah aus wie ein zu groß geratener Wolf, seltsam verformt. Es war mindestens doppelt so groß wie ein durchschnittlicher Schäferhund, hatte straffere Muskeln und man konnte die Kraft, die sich in jeder Bewegung widerspiegelte, erahnen. In seinem Maul waren große, blutige Zähne. Spitz und scharf. Die Augen des Biestes waren wild. Aber es lag Intelligenz darin. Versteckt zwar und grausam, aber dennoch Intelligenz. Es schien Susi zu beobachten.
Das Biest blieb ein paar Sekunden vor ihr stehen, gab Susi Zeit ihren Körper zu beobachten, das Ende zu erahnen, das sie erwarten würde. Dann tapste es ein paar Schritte weiter auf den Kasten zu. Es schnüffelte wieder. Ein Knurren rang sich aus seiner Kehle nach draußen.
Susi wusste, was die Bestie gefunden hatte.
Das Paket.
(*Das Paket von Uschi*)
Das Tier heulte auf. Ein langes, jämmerliches und in den Ohren schmerzendes Klagen.
Und draußen …
draußen schienen hunderte Stimmen eine Antwort zu geben.

4

Mutter wachte am Krankenbett.
Sie war Tag und Nacht bei Susi, aber es half nichts. Susi

sprach kein Wort. Sie lag auf dem Bett, starrte an die Decke und hin und wieder bemerkte sie, dass ihre Mutter mit ihr sprach, aber sie konnte die Worte nicht verstehen. Sie hörte den Klang, hörte die Worte, aber sie konnte den Sinn nicht verstehen.

Mutter.

Wer sollte das sein?

War nicht alles was ihr Leben, alles, wovon sie als wahr ausgegangen war, innerhalb der letzten Stunden als Lüge enttarnt worden?

Ihre körperlichen Wunden waren bald verheilt.

Es war unvorstellbar, was ein Sturz über eine Treppe alles anrichten konnte. Und wie oft man dabei mit dem Gesicht aufschlagen konnte. Unglaublich.

Susi hatte Glück gehabt, dass sie keine Kanten erwischt hatte, sonst hätte sie sich das Kiefer brechen können, oder es hätte weiß-Gott-was passieren können.

Das war, was die Ärzte sagten.

Was Susi dachte, war etwas ganz anderes.

Ihre Gedanken weilten fort, weit fort.

Und Mutter?

Sie hielt immer noch Wache am Krankenbett. In den Augen der Ärzten aus Sorge um ihr Kind. In den Gedanken der Tochter aus Sorge darum, dass das Kind vielleicht die Wahrheit sagen würde. Die Wahrheit über die Verletzungen.

Susi fühlte keinen Schmerz.

Dazu war sie zu weit entfernt. Weit weg von sich selbst. Weg von dieser Welt.

5

Lange Zeit danach, Tage, Wochen, Monate oder Jahre? Zeit hatte die Bedeutung für Susi verloren. Sie lebte vor sich hin. Vegetierte dahin. Sie aß, sie atmete und sie tat die Dinge, die sie immer schon getan hatte. Sie ging zur Schule, lebte weiter.
Aber Leben war genau das, von dem Susi in dieser Zeit am weitesten entfernt war. Sie spürte nichts. Keine Demütigung. Keine Kränkung. Ihr Essen schmeckte nicht. Sie machte sich keine Gedanken um irgendetwas. Es war ihr alles egal. Alles in ihr war tot. Sie weinte nicht, lachte nicht, zeigte keine Emotion.
Bis zu diesem einen Tag.
Sie war draußen im Garten, saß unter dem Baum und starrte den Himmel an, betrachtete die Wolken. Wo Mutter war wusste sie nicht und kümmerte sie nicht.
Nach einer Weile stand sie plötzlich auf, machte ein paar Schritte und sah die Straße hinunter. Autos kamen ihr entgegen und passierten sie. Susi sah ihnen nach ohne sie wirklich zu beachten.
Und dann passierte es.
Ein Moment der Unachtsamkeit.
Ein kleiner Augenblick der Unachtsamkeit, etwas, was jeden Tag passieren konnte: sie stolperte.
Susi fiel hin und fing den Sturz mit den Händen ab. Ihre Handflächen rutschten ein Stück den Schotter entlang und sie schrie auf.
Aber nicht aus Schmerz, sondern aus Überraschung.
Sie spürte ihre Hände. Sie fühlte die Steine, die sich in ihre Handflächen gebohrt hatten, fühlte die feinen

Abschürfungen, welche die Steinchen in ihrer Haut hinterlassen hatten und sie konnte spüren, wie mit den winzigen Tropfen Blut auch all die Leere aus ihr nach draußen sickerte.
Langsam stand Susi auf und betrachtete nachdenklich ihre blutenden Hände.
Das Blut sickerte langsam aus der Wunde.
Es war nicht viel Blut, aber es war schön. Das Gefühl war schön. Sie konnte jeden einzelnen Tropfen fühlen, spürte wie er sich durch ihre Haut nach außen schob und das Kribbeln das ihre Haut an den abgeschürften Stellen machte.
Ohne sich dessen bewusst zu sein lächelte Susi.

V

Das Biest wandte sich vom Kasten ab und starrte Susi an. Es war zwar unmöglich, aber sie glaubte, dass sie ein hämisches Grinsen in der Fratze erkennen konnte. Ja, es roch das Paket.
Und es spielte mit Susi.
Mit ihrer Angst.
Susi schüttelte den Kopf.
„Nein. Tu es nicht."
Das Tier legte den Kopf schief. Es schien sie anzusehen und zu fragen: *Was soll ich nicht tun?* Und noch immer dieses … dieses Grinsen.
„Tu mir nicht weh, bitte."
Als würde das Grinsen breiter werden.
Nicht wehtun? Wo du dir doch selbst so gern weh tust?
Susi schüttelte den Kopf, Tränen rannen aus ihren Au-

genwinkeln und suchten sich den Weg über ihre Wangen hinab.
„Das ist nicht wahr. Das ist nicht wahr und das weißt du!“
Das Tier trat zwei Schritte näher und entblößte seine Zähne. Das Blut, das daran klebte, war klar und deutlich zu erkennen.
Das ist nicht wahr? Dann erklär mir deine Narben, mein Kind.
„Das ist lange her.“
Knurren.
Leise. Fast unhörbar.
Aber in seiner Art bedrohlicher als es das laut hätte sein können.
Das Tier warf einen Blick aus dem Fenster.
Helles Tageslicht.
Die Schatten der Nacht waren nur für jene, die in der Nacht lebten. Das Licht des Tages war für alle anderen.
Es gab keinen Schutz, keine Rettung, sie waren überall.
Und das Tier wusste, dass Susi das wusste.
Und dann bemerkte Susi etwas, das ihr zuvor nicht aufgefallen war.

6

Unfälle.
Es war unglaublich, wie oft sie sich verletzen konnte ohne dass es jemand bemerkte. Beim Spielen, beim Turnen, bei allem. Als Kind hatte man es viel leichter diesbezüglich.
Die Lehrer und alle anderen schenkten dem keine Beachtung. Sie waren alle nur froh, dass Susi wieder mehr re-

dete, fröhlicher und wieder „die alte Susi" zu sein schien. Wenn auch nicht ganz. Aber auf jeden Fall besser als das kleine Mädchen, das wie ferngesteuert durch ihr Leben ging ohne wirklich Lust daran zu haben.
Aber irgendwann funktionierte es nicht mehr.
Irgendwann war der Zeitpunkt gekommen, an dem es einfach nicht mehr möglich war, sich beim Spielen tief genug zu verletzen, um etwas zu fühlen. Und die Phasen in denen sie nichts fühlte, in denen sie sich so leer fühlte, kamen wieder öfter und dauerten länger als zuvor. Die Wunden, die sie sich beim Spielen zuzog, waren zu klein und nicht tief genug, als das sie all die Leere in ihr nach draußen pressen konnten.
Dann kam sie auf die Idee mit den Messern.
Anfangs nur ein kleiner Schnitt.
Dann wurden es tiefere, längere und mit der Zeit sogar mehrere Schnitte.
Es war wie ein Ritual. Das Gefühl, die Leere, aufsteigen spüren, sich die Utensilien holen die sie brauchte, um sich die Wunde zuzufügen und das Verbandszeug, um sie danach zu verbinden. Es brauchte alles seine Ordnung. Das Gefühl die Wunde zu verbinden … es kam ihr vor als würde es helfen die Trauer und all das was so tief in ihr vergraben war, die Schmerzen, die unter der Leere lagen, zu besiegen. Als würde sie, indem sie ihr Fleisch verletzte und verband, gleichzeitig die Leere aufschneiden und die Schmerzen, die ihre Seele quälten, dadurch für eine Weile aus ihrem Körper herausschneiden können.
Vielleicht würden es ja eines Tages genug Schnitte sein. Vielleicht würde es eines Tages die letzte Wunde geben,

die sie zu verbinden hatte?
Irgendwann fing es sogar in der Öffentlichkeit an.
War es zuerst ein Ritual gewesen, dass sie in ihrem Zimmer, für sich allein, ausgeführt hatte, so kam die Leere nun schon so oft, dass sie sich heimlich auf Toiletten stehlen musste, um dort mit dem Taschenmesser ihren Körper zu verletzen. Ihre Handtasche war immer mit dem nötigen Verbands- und Desinfektionszeug ausgerüstet.
Diese Party … ja, an diese Party erinnerte sie sich gut. Sie war hingegangen, weil sie gedacht hatte, es wäre wieder Zeit sich unter Leute zu mischen. Außerdem war es der Geburtstag einer Freundin und sie hatte sozusagen eine gewisse „gesellschaftliche" Verpflichtung gehabt hinzugehen. Es war auch wider Erwarten ein wirklich netter Abend gewesen, aber sie spürte wie die Leere an ihr sog, sie hielt sie in Zaum, hatte sich unter Kontrolle, hatte sogar voller Absicht ihre Handtasche mit den Utensilien zuhause gelassen, und dann … dann hatte jemand ein Glas zu Boden geschmissen. Bevor sie noch wirklich gewusst hatte, was sie tat, war sie bei den Scherben gekniet und hatte sie in ihrer Handfläche aufgesammelt. Die Gastgeberin dankte ihr für die Hilfe und Susi fragte, wo denn der Mülleiner sei. Sie wurde in die Küche dirigiert und machte sich auf den Weg dorthin.
Bereits am Weg hoffte sie, dass jemand in der Küche sein sollte, dass doch bitte jemand in der Küche sein müsse, es war doch fast unmöglich, dass auf einer Party niemand in der Küche war. Aber als sie die Küche betrat war sie allein.
Als sie fünf Minuten später zurückkam hatte sie ein

Geschirrtuch um ihren Arm gewickelt und fragte ihre Freundin, ob sie wüsste wo das Bad sei, sie habe sich beim Entfernen der Splitter in die Hand geschnitten.
Und sie lächelte.
Die Leere war wieder weg. Die Hand musste noch richtig verbunden werden und es würde eine wirklich schöne Party werden
Und niemand hatte es bemerkt.

VI

Das Biest blutete.
Susi traute ihren Augen nicht, aber die Bestie blutete. Sie hatte sich so hingestellt, dass Susi ihre wunde Stelle nicht hatte sehen können, aber für einen kurzen Augenblick hatte das Tier sich gedreht und Susi hatte gesehen, dass es blutete.
Deshalb war es um Susi herumgeschlichen. Deshalb war es nicht direkt auf den Kasten mit dem Paket zugegangen, sondern hatte zuerst die Seite gewechselt.
Wer hatte es verwundet?
Sie hatte keine Ahnung und es war im Augenblick auch nicht wichtig. Susi schloss die Augen. Die Bestie knurrte wieder. Vielleicht sah das Biest darin eine Aufforderung über sie herzufallen, aber Susi konnte nicht anders.
Sie rief sich das Bild in Gedanken wieder vor Augen.
Wo war das Blut gewesen? Wo war das Tier verwundet?
Am rechten Hinterlauf.
Susi öffnete die Augen wieder.
Hatte sie eine Chance?

Selbst wenn die Bestie verletzt war, was sollte sie tun?
(über die Anrichte hechten, nach einem Messer greifen und dem Ding in die Seite rammen. Wäre das etwa keine Idee?)
Und was, wenn sie nicht schnell genug war?
(Hier zu sitzen und auf den sicheren Tod warten ist eine bessere Idee?)
Nein. Eigentlich nicht.
Aber wer sagte denn, dass das Biest ihr etwas antun wollte?
Vielleicht war es René? Vielleicht war er nur hier um sich wieder zurück zu verwandeln und dann mit ihr in Ruhe über alles zu reden?
(Wer sagt denn eigentlich, dass es René ist?)
Als Susi in die Augen der Bestie sah wusste sie, dass die Stimme in ihrem Kopf Recht hatte. Es war nicht René.
Es war jemand anders.
Die Augen.
Sie konnte es an den Augen erkennen.
Aber wer war es? Wer saß hier vor ihr und bedrohte sie?
Susi holte tief Luft.
Die Bestie knurrte drohend.
Susi spannte ihren Körper.
Sie hoffte, dass sie sich mit dem Bein des Tieres nicht geirrt hatte.
Sie sah die Bestie an, wandte dann den Blick und sah aus dem Fenster.
Der Blick des Tieres folgte dem ihren.
In diesem Moment sprang sie auf und warf sich nach hinten, kam wieder auf die Beine und hechtete über die Anrichte.
Sie hätte es auch fast geschafft.

7

Es war keine ihrer Freundinnen gewesen, keine ihrer Bekannten. Wirklich Freunde hatte sie keine gehabt und ihrer Mutter war alles andere wichtiger gewesen als sie. Sie hatte nie ein Wort darüber verloren, was an jenem Tag geschehen war. Zu niemandem. Auch Susi hatte geschwiegen. Sie war sich sicher gewesen, dass niemand einem Kind geglaubt hätte.

Es war eine Lehrerin gewesen, die Susi auf der Schultoilette erwischt hatte, als sie gerade dabei war sich zu schneiden.

Sie war unvorsichtig geworden. Vielleicht mit Absicht. Vielleicht hatten ihr all die Narben an ihrem Körper gesagt, dass dies keine Lösung für ihr Problem sein konnte. Und das war der Anfang von vielen und langen Stunden beim Psychiater und anderen Ärzten. Und wieder anderen Ärzten.

Dann wurde sie in eine Anstalt - wie Susi es nannte - eingewiesen.

Die Mutter durfte sie nicht besuchen kommen und sie war mit anderen zusammen, die ähnliche Probleme hatten wie sie. Es ‚ritzte' zwar keine andere, zumindest nicht aus den gleichen Gründen, aber alle dort hatten ihre eigenen, ganz speziellen Probleme.

Anette zum Beispiel litt unter Essanfällen nach denen sie so große Schuldgefühle entwickelte, dass sie aufs WC stürmte und alles wieder erbrach. Sie fand sich zu dick, obwohl sie ungefähr dreizehn Kilo Untergewicht hatte.

Oder Patrick. Der hatte bereits den dritten Selbstmordversuch hinter sich.
Susi kannte Filme über solche Heime, klar, wer nicht? In diesen Filmen waren immer die Insassen die missverstandenen und wahren Helden. Die Insassen waren jene, die eigentlich Heilung erlangen wollten und die Erzieher oder Aufpasser oder wie immer man sie nennen mochte, waren jene, die dieser Heilung im Weg standen.
Susi sah das anders.
Im Heim hatten sie Anette helfen können. Sie war zwar noch nicht gesund, aber es ging ihr immer besser. Sie hatte seitdem sie hier war ihr Gewicht gehalten und war nun sogar dabei wieder - zwar langsam, aber immerhin - zuzunehmen.
Auch den anderen Bewohnern konnten sie helfen.
Nur mit Susi hatten sie Probleme.
Nicht, dass sie es nicht versucht hätten, aber es war einfach zu schwierig an sie heranzukommen. Und was Susi tat, war für ziemlich alle die hier arbeiteten etwas Neues, etwas, womit sie zuvor noch nie zu tun gehabt hatten.
Die Ärzte, ja, die wussten natürlich wie man Susis Krankheit behandeln musste.
EKT.
Elektrokrampf Therapie.
Viele ihrer Betreuer waren dagegen, da man nicht genau wusste, wie diese Therapie wirken würde, oder was genau da überhaupt passierte, aber die Ärzte versprachen sich viel davon.
Letztendlich wurde der Streit so schlimm, dass man Susis Mutter anrief, die noch immer Susis Vormund war, und sie um ihre Einwilligung fragte.

In der Zeit in der Susi nicht Zuhause war, hatte Mutter einen neuen Freund gefunden. Rudolf. Susi hasste den Namen und Mann der sich dahinter verbarg, noch bevor sie ihn das erste Mal gesehen hatte.
Mutter sprach sich für die EKT aus. Sie wollte, wie sie sagte „Nichts unversucht lassen, was meiner Tochter helfen könnte“. Vermutlich hatte sie keine Ahnung was EKT war und wenn, dann wäre es ihr egal gewesen. Sie hatte jetzt Rudolf, einen neuen Sinn im Leben, und ihre Tochter war nur die Erinnerung an einen alten Albtraum, den sie lieber heute als morgen los sein würde.
EKT.
Was war das eigentlich? Susi fand bald heraus, dass es nichts war, was man sich als Patient wünschen würde. Außer man hatte einen wirklich guten Grund dafür. Simpel gesagt sah es so aus, dass Susi unter Vollnarkose ein Stromstoß durch das Gehirn gejagt wurde in der Hoffnung, dass dieser Stromstoß den Defekt, durch den das „Ritzen“ im Gehirn ausgelöst wurde, beheben sollte. Die Theorie ging dahin, dass Informationen in unserem Gehirn durch kleine elektrische Impulse übertragen werden und vermutlich irgendwo in ihrem Gehirn genau dieser Stromstoß fehlte, und die Info, die Susi davon abhalten sollte sich selbst zu verletzen, eben nicht ankam. Es gab auch ein paar Nebenwirkungen, eine davon zum Beispiel zeitweiliger Gedächtnisverlust, der bei Susi aber Gott sei Dank immer nur ein paar Stunden anhielt.
Ihre Mutter kam sie selten bis nie besuchen.
Und wenn, dann meist nur an Tagen an denen sie mit ihren Betreuern sprechen musste, oder mit den Ärzten. Sie kam kurz vor den Besprechungen und fuhr gleich

danach wieder. Ein oder zwei Mail schaffte Susi es, ihre Mutter zu überreden doch ein wenig früher zu kommen, um mit ihr spazieren zu gehen. Sich also ein wenig für Susi zu interessieren. Aber es geschah niemals wirklich. Wenn ihre Mutter doch zusagte früher zu kommen – der früheste Zeitpunkt ihres Erscheinens war eine halbe Stunde vor Beginn der Sitzung gewesen – dann hatte sie Rudolf dabei und ging mit ihm spazieren während Susi ihnen allein in paar Meter Abstand folgte. Von den Blicken, die Rudolf Susi zuwarf einmal abgesehen, konnte sie ihn trotzdem nicht leiden. Er war eklig, ungebildet und ein Vollidiot.

Nach einer Zeit, die ihr endlos schien, traf sie Frau Liefner.

Die Ewigkeit dauert genau so lange, wie man braucht, um jemanden zu finden, der einen versteht.

KAPITEL 13
Ein Haufen Narren (II)

"There's just one thing that is for sure: They're not men enough to stop this war!" (Aquarian Age "Mountain of fools")

I

Und dann wache ich endlich auf.
Alles schmerzt.
Ich sehe Blut und frage mich, was zur Hölle passiert ist.
Ich bin Zuhause.
Immerhin.
Für einen kurzen Moment hatte ich ein Bild von Susi vor meinem inneren Auge. Sie lag tot zu meinen Füssen und es war nur allzu augenscheinlich, dass ich es gewesen war, der sie getötet hatte.
Ich schüttle meinen Kopf um wieder halbwegs klar zu werden und dann verstehe ich, was an dem Bild in meinem Kopf nicht richtig gewesen sein kann: Susi hatte ausgesehen, als wäre sie von einem Tier zerfetzt worden. Krallenspuren, Bisse, alles Mögliche.
Dann ist mein Kopf wieder klar.
Ich setze mich auf und wie ein Bolzen aus glühendem Eisen fährt Schmerz durch meine rechte Hand, mit der ich mich aufstütze. Nach einem kurzen Seitenblick ist mir auch vollkommen klar, weshalb. Meine Hand ist schwer verletzt. Ich habe eine Wunde am Oberarm. Kratzspuren. Als hätte mich ein Tier angefallen.
Was ist geschehen?

Einen Augenblick lang habe ich die Fratze eines Wolfes vor mir und ich zucke zurück, was ein Fehler ist, da sofort eine neue Flamme aus Schmerzen meinen Arm hinaufbrennt.
So gut es geht kämpfe ich dagegen an und habe mich so weit unter Kontrolle, dass es mir möglich ist, mich aufzurichten ohne meine Hand zu stark zu belasten. Ich öffne den Küchenschrank und hole mit der gesunden Hand den Erste-Hilfe-Kasten hervor. Mit geübten Bewegungen ist die Wunde desinfiziert und verbunden. Nicht, dass ich darin Übung hätte, aber die eine oder andere Sache merkt man sich doch und es ist erstaunlich wie schnell und gut man sich im Ernstfall an solche Dinge erinnert.
Mit ein wenig Stolz betrachte ich mein Werk und nicke zufrieden. Dann drehe ich mich um und lehne mich mit geschlossenen Augen an die Anrichte und seufze.
Was zur Hölle ist nur los?
Ich öffne die Augen und habe zum ersten Mal die Küche als Ganzes im Blick.
Und die Frage was hier los war, wird plötzlich noch um einiges wichtiger.
Die Küche ist demoliert.
Zerstört.
Zu Kleinholz verarbeitet.
Alles ist kaputt.
Der Tisch ist zerborsten, die Stühle zerlegt und das Geschirr liegt in tausend Scherben über den ganzen Boden verstreut herum.
Nach einem weiteren Kontrollblick bin ich mir immerhin sicher, dass mir – abgesehen vom Oberarm – nichts

weiter passiert ist.
Eigentlich ein kleines Wunder.
Ich betrachte meine Verletzung nochmals. Als hätten Klauen mein Fleisch zerfetzt. Aber nur gestreift. Der Größe der Kratzer nach zu urteilen hätte mir ein gezielter Treffer die ganze Hand abgerissen.
Ich fühle mich als hätte ich mich eine Woche lang geprügelt. Ausgelaugt. Mir fällt erst jetzt auf wie müde ich bin. Und das, obwohl ich gerade erst wach geworden bin.
Mein Blut hat auf dem Boden eine Lache gebildet. Ich schätze mal, dass ‚Schlaf' nicht das passende Wort für meinen Zustand gewesen ist.
Georg.
Wo ist Georg?
Und der Wolf?
Diese seltsamen Farben. Was … ?
Und dann wird mir alles klar: Georg hat mir etwas in den Kaffee getan. Wenn ich an die ganzen Halluzinationen denke, dann bereits eine ganze Weile lang. Das erklärt alles. Meinen Zustand. Die Wahnvorstellungen. Seine seltsame Reaktion. Alles.
Er hat mich vergiftet, meinen Verstand vernebelt. Aber warum?
Ich begreife das alles nicht.
Mein Kopf wird noch schwerer und die Last der Erkenntnis erdrückt mich förmlich. Wie lange kenne ich Georg schon? Jahre. Und sollte er all die Jahre etwas gegen mich geplant gehabt haben? Wenn ja, warum? Und wenn nein, warum jetzt erst? Was habe ich getan? Hat es etwas mit Susi zu tun? Oder mit Uschi?
Mit großer Überwindung und schweren Schritten gehe

ich wieder auf Georgs Zimmer zu. Vielleicht habe ich ja vorhin etwas übersehen. Und außerdem ist Georg nicht da, keine Spur von ihm.
Abgesehen von der Blutspur, die sich von der Küche in Richtung Georgs Zimmer zieht.
Ich erstarre, betrachte das Rot, dass sich am Boden ausgebreitet hat und mich fröstelt. Ich denke an die Flasche Rotwein. Ich denke an Vorzeichen, Omen und Vorsehung.
Sackgasse.
Keine Umkehr möglich.
Mir läuft es kalt den Rücken hinab.
Die Spur führt zu Georgs Zimmertür. Sie ist geschlossen.
Werde ich Georg da drin finden? Wird er verletzt oder tot sein? Und … ein erschreckender, wahnsinniger Gedanke: habe ich ihn umgebracht? Warum habe ich das getan? Und wie habe ich es getan? Ich habe doch – Halt! Bevor ich mir jetzt allerlei ausdenke sollte ich sichergehen, dass Georg überhaupt in seinem Zimmer liegt und ob er tot ist oder noch lebt. Oder – und das ist eine Wahnvorstellung, die mir seltsamerweise die nächsten Schritte ein wenig leichter macht – vielleicht bilde ich mir all das hier nur ein und Georg sitzt in seinem Zimmer, spielt auf seinem Computer herum, grinst mich an und fragt mich überrascht was denn los sei?
Genau. Das ist es.
Ich bilde mir das alles hier nur ein.
Das ist zwar an sich keine gute Sache, aber immerhin noch besser, als davon auszugehen, dass das alles hier wirklich passiert ist.

Ich schüttle den Kopf, schmunzle ein wenig – vielleicht auch, weil ich knapp davor bin in Hysterie auszubrechen – und frage mich, wie krank mein Hirn eigentlich schon ist und wie man diese Krankheit eigentlich nennt.
Und ich frage mich auch, warum ich davon ausgehe, dass Georg tot sein könnte?
(*wegen dem Wolf*)
Ich weiß doch gar nicht genau was überhaupt geschehen ist.
(*aber von dem Wolf weißt du doch, oder?*)
Was, wenn ich tatsächlich nur halluziniert habe? Was dann?
(*Umso besser*)
Das ist ausnahmsweise richtig. Das ganze Blut hier kann doch gar nicht von einem Menschen stammen. Es ist vermutlich Ketchup.
(*Genau. Ketchup. Du bist wirklich krank*)
Und die zertrümmerte Küche …
Ich stehe vor der Tür die in Georgs Zimmer führt.
Soll ich es wagen und sie einfach öffnen? Was ist, wenn ich die Tür aufstoße und Georg ganz normal in seinem Zimmer liegt? Was ist, wenn mir ein Stein vom Herzen fällt und ich ihm sagen würde, dass ich eigentlich erwartet hatte ihn tot im Bett liegend zu sehen? Wenn ich ihm sagen würde, dass ich mir Sorgen gemacht habe wegen all dem Blut und dem Trümmerhaufen in der Küche und er dann mit mir in die Küche geht, nur um mir zu sagen, dass dort weder ein Trümmerhaufen noch Blut zu finden sind?
Vielleicht zuerst einmal ein aufrichtiges Aufatmen und dann die Erkenntnis, dass ich wirklich einfach verrückt

bin.
Wie es auch kommen mag, ich muss diese Tür öffnen um Gewissheit zu bekommen.
Oder?
Muss ich wirklich?
Was, wenn ich einfach die Küche aufräume? Einfach zu Bett gehe und so tue, als wäre nichts geschehen? Was, wenn ich morgen aufwache und alles wieder in Ordnung ist?
Das wäre toll.
(*und wenn ich aufwache und immer noch alles so ist wie es ist?*)
Ach, verdammt.
Ich öffne die Tür und erstarre.

II

Sie waren nicht zurückgekommen. Die beiden waren nicht wieder zurückgekommen, also hatte sie beschlossen, etwas zu unternehmen. Es hatte ihr widerstrebt, denn eigentlich sollte alles nach Plan laufen, aber es schien, als wären Komplikationen aufgetreten.
Raffaella saß in Michaels Wohnung.
Sie saß auf seinem Bett und lauschte den Worten einer toten Person. Tonbandaufnahmen. Diktiergerät.
Ja, Uschi war gründlich gewesen.
Raffaella lächelte. Aber es lag keine Freude in diesem Lächeln. Es war ein Lächeln aus Gewohnheit.
Sie dachte nach. Über alles, was bis jetzt passiert war. Über all die Zufälle, Unfälle und Unstimmigkeiten, welche Uschi ausgelöst hatte. So lange war alles gut gegangen, so lange hatte alles reibungslos funktioniert. Nie-

mand hatte ihre Position in Frage gestellt und nun das. Uschis Stimme erzählte von ihrer Forschung, von den „Nachtschwärmern". Sie erzählte von Raffaella und ihrer Meute.

Es entlockte ihr ein kurzes, amüsiertes Grinsen, als „Nachtschwärmer" bezeichnet zu werden, denn es traf die Sache nicht einmal annähernd. Aber das Grinsen verblasste so rasch es gekommen war und ihr kaltes, ruhiges Lächeln nahm wieder den gewohnten Platz in ihrem Gesicht ein.

Und jetzt Susi.

Liebe, verletzliche, altbekannte Susi.

Es war lange her, dass sie sich das erste Mal gesehen hatten. Raffaella hatte nicht damit gerechnet, dass sie Susi jemals wiedersehen würde. Die Welt war tatsächlich ein Dorf, wie es schien. Ein Platz, an dem man alle möglichen Leute mehr als nur ein einziges Mal traf. Und die Umstände waren nicht immer die gleichen.

Nur die Machtverhältnisse waren immer noch so wie damals.

Raffaella hatte nie verstanden, weshalb ihr Vater Pfleger in einem Heim für kranke Kinder gewesen war. Krankheit … war etwas für schwache Menschen. Starke Menschen wurden nicht krank. Und wenn schwache Menschen gepflegt wurden, wenn sie geheilt wurden, dann immer nur für kurze Zeit. Sie blieben nie lange gesund. Und Raffaella war damals bereits der Meinung, dass man seine Kraft nicht mit der Hilfe von Schutzbedürftigen vergeuden sollte, sondern sie viel mehr dafür verwenden sollte, die Starken noch mehr zu stärken.

Das war Evolution.

Das war Fortschritt.
Das war die normale, logische Entwicklung.
Und dann hatte sie Susi kennengelernt.
Ein Mädchen, das genauso wie sie, ihre Eltern hasste. Ihren Vater dafür verabscheute, dass er sie verlassen hatte und ihre Mutter verachtete, da diese sich als Opfer der Welt und der verlorenen Liebe sah und nur deshalb ein Kind aufzog, weil sie es nicht schaffte, sich einzugestehen, dass sie es ebenfalls hasste.
Sie hatten sich gut verstanden. Sie hatten sich sogar so gut verstanden und so viele Stunden miteinander geteilt, dass Raffaella entsetzt und enttäuscht gewesen war, als sie herausgefunden hatte, dass Susi in dem Heim *wohnte*, in welchem ihr Vater arbeitete.
Kein Wunder, dass sie sich immer in einem Café außerhalb hatte treffen wollen. Oh, Susi – sie hatte alles so gut versteckt. Eine fast perfekte Illusion aufgebaut. Raffaella hatte so viel von Susi gewusst, von ihrem Leben, der Mutter, den Lügen über den Vater. Sie hatte Susis Hass verstanden. Sie hatte Susi sehr geschätzt.
Gemocht hatte Raffaella sie allerdings nie.
Aber darauf war es nicht angekommen. Raffaella hatte nie Leute in ihrer Nähe gelassen, weil sie sie gemocht hatte. Zuneigung war ein Zeichen von Schwäche. Was halfen ihr Leute weiter, die sie mochte? Wozu sich mit Menschen abgeben, die einem auf der Leiter, dem Weg nach oben, nicht weiterhalfen? Es hatte keinen Sinn.
Aber Susi – sie hatte Potential gehabt.
Die Stunden, die sie gemeinsam damit verbracht hatten, Komplotte zu schmieden, um sich ihrer Eltern zu entledigen. Gewaltphantasien. Schöne, tolle, brutale Gewalt-

phantasien.
Und dann hatte Raffaella bemerkt, dass Susi ihren Vater kannte. Sie hatte sich verplappert. Und dann war es vorbei gewesen. Raffaella hatte sie damit konfrontiert, hatte ihr eines Tages aufgelauert, hatte sich auf sie gestürzt und mit einem Messer immer und immer wieder geschnitten. Hatte ihr die Hände und die Füße aufgeschnitten.
Und dann hatte sie sie blutend liegen gelassen.
Der Erinnerung daran erfüllte Raffaella mit Stolz.
Eine ‚Ritzerin' mit einem Messer zu attackieren, sie zu ‚ritzen' und dann ihrem Vater zu erzählen, dass sie da ein Mädchen kennen gelernt habe, dass ganz seltsame Sachen machte … das war ein genialer Zug gewesen. Und diese Idee, dieser geniale Schachzug, dieser perfekte Plan hatte Raffaella damals schon klar und deutlich gemacht, dass sie zu den Starken gehörte.
Andere hätte die Idee für undurchführbar gehalten, vielleicht moralische Bedenken geäußert, vielleicht auch zu viel Angst davor gehabt, entdeckt zu werden, aber Raffaella war klar gewesen: Sie würde damit durchkommen.
Und sie hatte es geschafft.
EKT. Das war es, was Susi bekommen hatte. EKT. Und als Nebenwirkung immer wieder Gedächtnislücken.
Es war so schön gewesen, in den Akten ihres Vaters zu lesen. Die Versuche von Susi zu entdecken, auf das Unrecht aufmerksam zu machen, die alle als Wahrnehmungsstörung interpretiert wurden. Und dann die Mutter – die Mutter, welche die EKT genehmigen musste.
Es war herrlich gewesen, ein einziger, langer, für Susi qualvoller, und für Raffaella ein erregender, Triumphzug.

III

Das Zimmer ist ebenfalls ein Schlachtfeld. Trümmer. Kampfspuren. Die Zeitung mit dem Bild von Michael auf der Titelseite liegt auf dem Bett. Mir fällt wieder ein, dass er vermisst wird. Eine unangenehme Ahnung drängt sich auf.

Ich höre Lachen.

Das Fenster ist gekippt und ich kann die Kinder, welche die Straße runter auf dem Spielplatz spielen, lachen hören.

Ein surrealer Moment.

Hier ist alles voll von Blut und ich kann Kinder durch ein Fenster lachen hören. Mein aktuelles Leben in einer einzigen makaberen Szene gebündelt.

Mit zitternden und unsicheren Schritten gehe ich weiter in das Zimmer hinein, sehe mich um und versuche gleichzeitig eine Leiche zu entdecken und dabei nicht zu genau hinzusehen.

Aber der Fuß, der unter dem Bett hervorlugt, ist nicht zu übersehen. Und es ist auch nicht zu übersehen, dass es kein ganzer Fuß ist. Es scheint, als ob er an der Wade abgebissen worden ist.

Mein Magen dreht sich um. Ich stürze ins Bad und pralle beim Eintreten wieder zurück. Auch hier ist überall Blut.

Ein Gemetzel.

Ein einziges, großes Gemetzel.

Was zur Hölle ist hier los gewesen?

Ich sinke auf die Knie und presse die Augen zusammen in der vagen Hoffnung, dass alles verschwunden ist und

ich wieder normal leben kann, wenn sie öffne.
Einfach nur normal leben
Nach ein paar Minuten in denen Schauer und Weinkrämpfe meinen Körper schütteln habe ich mich wieder genug in der Gewalt um die Augen zu öffnen.
Das Bild, das sich mir bietet bleibt gleich. Absolut gleich. Mit dem Unterschied, dass es mir irgendwie trotzdem besser geht.
Es ist schwer zu beschreiben, aber jetzt, da ich akzeptiert habe was ich sehe, fühle ich mich besser. Pervers? Mag sein.
Es ist ein Blutbad.
Es ist in meiner Wohnung.
Es liegen abgetrennte Körperteile in *meiner* Wohnung herum. Die Frage wer dafür verantwortlich sein kann ist momentan unwichtig. Es gibt immer noch die Möglichkeit, dass sich eine unbekannte Person in eine Wohnung schleicht und so etwas durchzieht. Auf jeden Fall ist mir eine Sache klar: Ich bin es nicht gewesen.

IV

Raffaella lauschte Uschis Tonbandstimme. Sie erzählte von ihren Erfahrungen mit den „Nachtschwärmern“. Erzählte all die Dinge, die sie geschworen hatte, für sich zu behalten.
Wie sehr hatte Raffaella sich doch täuschen lassen. Geblendet von ihrer eigenen Arroganz.
Aber wen wunderte es? Hatte sie es in den letzten Jahren doch geschafft, eine Meute um sich zu scharen. Hatte sie es doch geschafft, andere wie sie zu finde. Starke Men-

schen. Harte Menschen. Solche, die es wert waren, an ihrer Seite zu sein.
Miko, Fabian, Beatrice … sie alle wollten hoch hinaus. Erfolgreich werden. Waren bereit dazu über Leichen zu gehen. Einen nach dem anderen hatte sie gefunden und auf ihre Seite gezogen. Die beiden Kerle waren einfach zu bekommen gewesen.
Ein wenig Sex, ein wenig Macht und schon waren sie bereit gewesen, mit ihr durch dick und dünn zu gehen. Sex war Macht. Eine attraktive Frau konnte durch ihr Aussehen und ein bisschen Manipulation viel erreichen. Es gab schließlich auch einen Grund, weshalb Raffaella eine Position in ihrer Arbeitsstelle hatte, die weit höher war als es ihr in den Augen der anderen Mitarbeiter zustehen würde. In Raffaellas Augen war sie genau dort, wo sie hingehörte. An einer Position, die ihr Macht innerhalb der Firma erlaubte, sie aber weit genug vom Schussfeld der Medien fernhielt, dass andere ins Messer laufen würde, sollte sie das wollen.
Es war ein herrliches Gefühl.
Macht war herrlich.
Und dann war Uschi gekommen.
Anfangs hatte Raffaella den Eindruck gehabt, dass Uschi war, wie sie. Macht. Kontrolle. Der Weg nach oben. Sie hatte von René gehört, von dessen Leben, von seiner Weigerung den Weg zu gehen, den er hätte gehen sollen. Aber anstatt seine Macht, seine Chance zu nutzen, war er geblieben wo er war. Und was hatte Uschi getan? Die einzig richtige Lösung – sie hatte ihn verlassen. Kein Plädoyer für die Liebe. Kein Romeo und Julia. Kein Ich-liebe-dich-trotzdem, sondern ein Tritt in die Eier und ein

„Au revoir".
Das hatte Raffaella imponiert.
Erst später hatte sie bemerkt, dass Uschi sie ausspionierte. Sie hatte Susi kennen gelernt. Sie hatte sich mit Susi angefreundet.
Niemand konnte sich vorstellen, wie überrascht Raffaella gewesen war, als sie entdeckt hatte, dass Susi in ihrer Stadt arbeitete. In ihrer Stadt lebte. Und noch dazu in einer Wohngruppe für … für Krüppel. Spasten. Nicht ganz Dichte. Das Ende der Evolution.
Das schien so typisch zu sein.
Würmer, die sich um andere Würmer kümmerten.
Vielleicht hätte sie Susi damals effektiver ausschalten sollen. Vielleicht hätte sie sich damals endgültig um Susi kümmern sollen.
Aber das war lange her.
Damals war Raffaella noch nicht weit genug gewesen, war ihr noch nicht klar genug gewesen, mit wie viel sie durchkommen konnte, wenn sie nur wollte. Damals hatte sie nur … geübt.
Heute sah die Sache anders aus.
Ganz anders.

V

Okay, ich muss mich beruhigen. Muss es in Ruhe durchdenken.
Die Küche.
Zerstört. Blut. Ein Kampf hat stattgefunden. Krallenspuren. Muss ein großes und kräftiges Tier gewesen sein. (*Tier?*)

Georgs Zimmer.
Voller Blut. Die Zeitung mit Michaels Bild darauf. Ein abgetrennter, angenagter Fuß unter dem Bett. Auch hier Krallen- und Bissspuren. Das gleiche große Tier muss hier am Werk gewesen sein.
(*Was für ein Tier?*)
Das Bad.
Auch Blut. Nicht so viel, wie in den anderen Räumen und im Gang, aber immer noch genug.
Aber bei genauerer Betrachtung ist es nicht wie in den anderen Räumen. Hier hat sich jemand nur gewaschen. So viel zu der Theorie mit dem Tier.
Hier hat jemand
(*oder etwas?*)
ganze Arbeit geleistet.
Zuerst alle
(*von mir abgesehen*)
abgeschlachtet und sich dann in aller Seelenruhe gewaschen.
Warum lebe ich noch?
Wenn jemand
(*oder etwas*)
so etwas anrichtet und dann waschen geht, wie kann es dann sein, dass ein Überlebender übersehen wird?
(*weil du es warst*)
Oder vielleicht damit es so aussah, als hätte ich das alles angerichtet? Damit ein Sündenbock vor Ort ist, wenn die Polizei eintrifft.
Die Polizei!
Warum ist mir dieser Gedanke nicht schon vorher gekommen? Ich muss hier weg, ich muss fliehen, ich

verdammter Idiot! Ich muss …

… das Blut ist trocken.

Ich halte inne, meine Panikattacke klingt ab.

Das Blut auf dem Boden ist trocken. Wenn jemand die Polizei gerufen hätte, dann wäre sie längst hier.

(*Und wenn das wirklich du warst?*)

Ach, halt die Klappe, ich wäre zu so etwas nicht fähig. Ich könnte das niemals tun. Ich …

… stehe auf und gehe wieder ins Georgs Zimmer.

Mir ekelt zwar, aber ich sehe mir dennoch den Fuß an. Wie es aussieht habe ich Georg gefunden. Oder das, was von ihm übrig ist. Es ist sein Schuh und ich glaube es ist auch sein Fuß. Sicher kann ich mir nicht sein, so genau habe ich mir seine Füße nie angesehen.

(*und das sind die Überlegungen eines geistig gesunden Menschen?*)

Also war es nicht Georg, der mir Drogen in meine Getränke getan hat. Oder er war es doch und nun hat ihn jemand ausgeschaltet?

(*Klingt nach Paranoia*)

Keine Ahnung.

Ich gehe ins Bad und betrachte auch diese Szene nochmals. Die Tür geht nach innen auf, also ins Bad hinein. Sie steht auch offen.

Wir haben eine Duschkabine und eine Badewanne. Die Badewanne ist hinter der Tür. Die Dusche sieht man sobald man die Tür öffnet. Ich sehe, dass jemand geduscht hat. Sich das Blut abgewaschen hat.

Dann drehe ich mich um und sehe, dass jemand in der Badewanne liegt.

Bevor ich das Bild noch genauer aufnehmen kann schiebt sich ein Filter vor meine Wahrnehmung. Ich glau-

be, dass mich das meinen Verstand behalten lässt. Sofern überhaupt noch etwas übrig ist, dass ich behalten kann.
Ich nehme nur Details wahr, kein ganzes Bild. Ich sehe die Wunden, Krallenspuren, Bisse und das Blut.
Ich erkenne eine der Frauen, die mit Michael in der Bar waren.
Was hatte sie hier zu suchen?
Michael.
Ist er hier im Haus?
Wo könnte er sein?
Ich trete wieder auf den Gang. Betäubt. Überfordert. Stoische Ruhe in mir. Meine Emotionen sind aufgrund einer inneren Überladung ausgeschaltet. Ich komme mir vor wie eine kalte Maschine. Ich schiebe alles von mir und stelle mir vor ich würde in einem Film mitspielen. Ich benehme mich, als wäre ich der Terminator. Kalt. Berechnend. Nur so kann ich das alles ertragen.
Im Gang bleibe ich stehen und hebe den Blick.
Wie ich es mir dachte.
Die Luke zum Dachboden.
Wir haben sie bei unserem Einzug übermalt.
Jetzt zeichnet sich die Öffnung klar und deutlich ab.
Sie wurde erst vor kurzem geöffnet.
Und jetzt, wo ich genauer hinsehe, erkenne ich auch – vielleicht rede ich mir das auch nur ein – auf einer Seite einen leichten roten Rand.

VI

Aber das Leben ist voll von Ironie.
Dass ausgerechnet Michael sie finden musste.

Michael.
Raffaella hatte bereits eine Zeitlang auf ihn eingewirkt. Sie hatte ihn gut genug in der Hand gehabt, dafür gesorgt, dass er Filme machte, die ihre Propaganda gut verbreiteten. Von dem Fernsehsender, in dem sie arbeitete, wurden seine Filme auf ihr Geheiß hin ausgestrahlt.
Propaganda.
Du musst alles finanzieren. Immer dafür sein. Egal wofür. Denn letzten Endes lässt sich alles, völlig gleichgültig, ob Sieg oder Niederlage, zu einem Triumph umformen. Raffaella durfte nur nicht in der ersten Reihe stehen, wenn die Sense durchgezogen wurde.
Und sie stand nie in der ersten Reihe.
Michael und Uschi.
Ein seltsames Paar, aber passend.
Sie hatte ihn schwach gemacht. Sie hatte ihn tatsächlich schwach gemacht. Hatte seine Position in Raffaellas Gunst scheinbar gestärkt, hatte ihn bessere, erfolgreichere Filme machen lassen, aber letztlich war sie erneut enttarnt worden.
Was für ein erbärmlicher Versuch, Raffaella von ihrem Wert zu überzeugen. Der Umweg über Michael, der Versuch, ihn erfolgreich zu machen, um Raffaella zu zeigen, dass sie skrupellos war, dass sie Macht wollte und Macht hatte, dass sie das Spiel auch spielen konnte, wenn sie nur wollte.
Aber sie hatte einen großen Fehler gemacht.
Mit Miko zu flirten, ihm etwas in Aussicht zu stellen, und ihm dann nicht zu geben – das war ein Fehler gewesen.
Miko war es gewohnt, zu bekommen, was er wollte. Das

hatte Uschi scheinbar nicht gelernt. Es war ein Fehler, den Raffaella nie gemacht hatte. Wenn sie jemanden mit Sex köderte, dann musste diese Person den Sex auch bekommen. Und es musste Sex sein den diese Person ihr Leben lang nicht vergessen durfte. Wer einmal gefangen war, wurde süchtig – glaubte, dass die Chance darauf bestand, dass es nochmals passierte. Und Miko würde alles für Raffaella tun, solange er nur dachte, dass sie die Nacht seines Lebens nochmals für ihn wiederholen würde.

Und das würde sie auch.

Eines fernen Tages, wenn ihre Macht über ihn begann nachzulassen, weil die Erinnerung an seine Abhängigkeit zu weit entfernt war, das Verlangen danach einzuschlafen drohte, dann würde sie seiner Erinnerung auf die Sprünge helfen.

Gleiches galt für Fabian.

Und für Beatrice.

Raffaella lächelte.

Macht.

Es war so einfach.

Plötzlich horchte sie auf. Da war etwas auf dem Tonband gewesen. Etwas, dass Uschi gesagt hatte, dass sie aufhorchen ließ.

Sie drückte die Rücklauftaste und spielte die letzten paar Minuten nochmals ab.

Dann hörte sie es.

„Michael“, sagte Uschis Stimme. „Wenn du das hörst, bin ich vermutlich tot.“

Eine kurze Pause. Das Knistern von Störgeräuschen.

Dann der nächste Satz.

„Was immer du von mir denkst: Ich liebe dich.“
Raffaella stoppte das Band.
Was für eine Idiotin Uschi doch gewesen war.

VII

Oben ist es staubig.
Die Stille ist sonderbar surreal, aber da mir im Moment alles surreal erscheint ist es schwer festzustellen, ob dies jetzt an meiner Wahrnehmung liegt, oder ob dem wirklich so ist.
Es ist dunkel.
Hier oben gibt es kein Licht.
Es ist zwar eine Leuchte montiert, aber die war schon ausgebrannt bevor wir hier eingezogen sind. In der Mitte des Dachbodens ragt ein Betonpfeiler aus dem Boden hervor. Der Rauchfang. Eine Seite des Rauchfangs endet an der Außenmauer. Das einzige Licht kommt von ein paar Ritzen, die sich aber hinter der Ecke des Schornsteins verbergen. Das Tückische daran ist, dass die Bretter hinter der Ecke ziemlich locker sind. Georg ist fast einmal eingebrochen, als wir den Dachboden erforscht haben.
Gott sei Dank ist die Decke unter den Brettern stabil. Auch wenn es etwa dreißig Zentimeter Höhenunterschied gibt. Aber hier oben …
Ich bleibe stehen, als ich um die Ecke biege.
Es ist kein Schock.
Dazu habe ich heute schon viel zu viele Leichen gesehen.
Es ist Michael.
Ich erkenne ihn wieder, auch wenn das Licht, dass durch

die Ritzen scheint nur schwach ist. Ich kann die Kinder hören. Auch hier oben kann ich die Kinder hören.

Ob Michael sie auch gehört hat?

Vermutlich.

Ich weiß nicht genau, wie lange ich geweint habe.

Still und ohne Worte.

Ohne etwas zu sagen, sogar ohne theatralisch nach Luft zu schnappen.

Ich kannte diesen Kerl kaum.

Aber ich glaube nicht, dass er so etwas verdient hat. Ich glaube nicht, dass auch nur ein einziger Mensch so etwas verdient hat.

Ich weine um sie alle.

Sonderbarerweise habe ich ein Wort im Kopf.

Ein einziges Wort, dessen Bedeutung mir weder klar ist, noch kann ich mich erinnern es jemals zuvor gehört zu haben.

Sonnenglaster.

Nach einer Weile, ich kann wieder nicht sagen, wie lange ich da gesessen bin, still, in mich versunken mit den Gedanken an all das, was in den letzten wenigen Tagen passiert ist. Was in den letzten Tagen mein Leben auf den Kopf gestellt hat.

Irgendwann stehe ich auf und steige die ausziehbare Leiter wieder nach unten.

Ich weiß, wo ich die Antworten bekomme, die mir fehlen.

Ich glaube zu wissen, welche Person mir weiterhelfen kann.

Susi.

Ich muss zu Susi.

Und ich hoffe, dass mich dort keine weitere Überraschung erwartet.

KAPITEL 14
Runter zur Spitze (II)

“I’m going down to love, nothing to think over, babe, down to love and then - I’m gonna stay myself, nothing to think over, babe, down to the top again...”
(Aquarian Age “Down To The Top”)

I

Das Szene ist nicht weniger erschreckend als das, was ich in meiner eigenen Wohnung gesehen habe. Und trotzdem ist etwas anders. Ich kann es nicht genau benennen, es ist nur ein Gefühl. Als wäre jemand hier. Als wäre *etwas* hier am Leben. Aber ich sehe niemand.
Die Tür war offen.
Unverschlossen.
Das Wohnzimmer, in dem ich mich vor nicht allzu langer Zeit mit Susi unterhalten habe, bevor … bevor mir so übel wurde, sieht aus wie ein Schlachtfeld.
Die Tür versperrt mir den Blick auf die Küche, aber ich glaube nicht, dass ich wirklich sehen will, was dort los ist. Der Tisch, an dem ich gesessen habe, ist umgestoßen und auch sonst sieht es aus, als hätte hier ein Kampf stattgefunden.
Und auch hier sind Spuren von Blut zu sehen.
Atmen.
Ich kann jemand atmen hören.
Hinter der Tür. In der Küche.
Langsam schließe ich die Tür und dort, zwischen Anrichte und der Arbeitsfläche, dort auf dem Boden sitzt

Susi. Sie hat ihre Arme um die angewinkelten Beine geschlungen und zittert am ganzen Körper. Ihre Kleidung ist mit Blut besudelt und sie hat ein langes Messer in der Hand.

Ihr Arm ist verletzt.

Es sind Krallenspuren. Ein Teil ihrer Hose ist zerfetzt und ihre Haut zerkratzt. Ansonsten entdecke ich nichts. Vorsichtig nähere ich mich ihr, hocke mich einen Meter von ihr entfernt auf den Boden. Ich strecke langsam die Hand nach ihr aus, überlege es mir dann aber anders und ziehe sie wieder zurück.

Wenn jemand ein spitzes, langes Messer in der Hand hält und am ganzen Körper zittert, dann sollte man aufpassen was man tut. Eine reflexartige Bewegung mit einer Klinge in der Hand könnte für einen von uns beiden schlecht ausgehen. Und ich will nicht, dass mir etwas passiert.

Und - ja, das überrascht auch mich – ich will noch weniger, dass ihr etwas passiert. Ihr scheint es, den Umständen entsprechend, gut zu gehen.

Ich meine, sie lebt und sie atmet, sie steht nur unter Schock.

„Susi?“, frage ich und suche in ihrem Blick nach irgendetwas, das mir zeigt, dass sie mich verstanden hat, aber es kommt keine Reaktion.

„Susi?“, versuche ich es nochmals mit dem gleichen Ergebnis.

Ich spiele mit dem Gedanken sie anzustupsen, aber dann fällt mein Blick wieder auf das Messer und ich lasse diese Idee wieder fallen.

Außerdem ertappe ich mich dabei wie ich abschätze, ob

die Klinge nicht der Grund für ihren verletzten Arm sein könnte. Wenn ich halluziniere, warum nicht auch andere?
Aber schon bei einem ungefähren Abschätzen ist mir klar, dass die Proportionen nicht stimmen. Ich betrachte sie weiter. Nichts. Nur der Arm ist verletzt, nur der Arm. Der Oberarm, um genau zu sein.
Ich stehe auf, um über die Anrichte zu blicken, aber auch da ist nichts Besonders zu entdecken. Kein Leichnam oder ein weiterer Verwundeter.
Ich wende mich wieder Susi zu.
Sie zittert immer noch.
Arme Seele.
Was kann ich machen? Ich fühle mich so hilflos, dass ich mich schließlich doch dafür entscheide, sie einfach anzustupsen.
Langsam lasse ich mich wieder vor ihr auf die Knie nieder und versuche ihren Blick einzufangen, aber es ist, als ob sie in ihrem eigenen kleinen Universum gefangen ist. Also strecke ich die Hand aus und berühre ihre Wange.
Die Reaktion ist genau die, die ich befürchtet hatte.
Mit einem Schrei springt sie auf und schlägt mit dem Messer nach meiner Hand.
Sie erwischt mich auch, aber nicht schwer.
Sie schreit und schreit, taumelt ein paar Schritte zurück und stolpert dann über ein umgefallenes Möbelstück, hält in ihrem Schrei inne und sieht mich aus klaren Augen an.
Ich stehe noch immer zwischen Anrichte und Küchenblock, die eine Hand auf die frische Wunde an der anderen gedrückt und sehe sie besorgt an.

„Was ist passiert?“ will sie wissen.
Ich sehe mich hilflos, aber viel sagend im Raum um, runzle die Stirn und sage dann: „Das ist eine sehr gute Frage.“
Susi sieht sich um und reißt plötzlich die Augen wieder weit auf.
„Oh, mein Gott“, sagt sie.
Und die Art, wie sie es sagt, jagt mir einen eiskalten Schauer den Rücken runter.

1

Beim Sprung über die Anrichte blieb Susi mit einem Bein hängen und knallte der Länge nach auf die Anrichte. Die Bestie war mit einem Satz über ihr, aber Susi ließ sich nach vorne in die Lücke zwischen Anrichte und Küchenblock fallen.
Ihr Gewicht zog sie hinunter, aber ihr Schuh blieb an einem Fuß der Bestie hängen, riss ihn mit sich und das Tier verlor das Gleichgewicht, kippte mit einem bösartigen, überraschten Jaulen zur Seite und landete neben Susi am Boden.
Susi war schneller wieder auf den Beinen als das Tier, war sie doch viel dünner und konnte sich zwischen den zwei Teilen freier bewegen.
Fast ohne zu denken riss sie die Küchenlade mit den Messern auf und holte eines heraus. Die Bestie schnappte noch auf dem Boden liegend nach ihr und Susi wich mit einem Schrei zurück. Dann rappelte das Tier sich wieder auf, fixierte Susi mit Hass in den Augen, und kam langsam näher.

Jetzt erkannte Susi ganz deutlich, dass die Bestie hinkte. Das Tier war verletzt. Und vielleicht war das genau die Chance, die Susi brauchte, um den Angriff zu überleben. Sie wich mit jedem Schritt, den das Tier näher kam, einen zurück. Dann stieß sie gegen die offene Tür, warf aus Reflex einen kurzen Blick nach hinten und genau diesen Moment nutzte das Biest aus, um sich mit einem kräftigen Ruck vom Boden abzustoßen und auf Susi zuzuspringen. Aber es erwischte sie nicht.
Susi duckte sich und warf sich dem Ding entgegen. Durch Glück und eine gehörige Portion Zufall rollte Susi unter dem Biest durch, als es über sie hinwegsprang. Das Tier knallte mit einem lauten Krachen gegen die Tür und ließ ein jämmerliches Winseln hören.
Susi sprang auf, drehte sich herum und sah das Fenster. Das konnte ihre Chance sein, zu entkommen.

II

Ich werfe einen Blick auf die Rückseite der Tür, denn beim Eintreten habe ich nur die Vorderseite betrachtet. Auch hier an der Tür kann man die Krallenspuren sehen und außerdem große Dellen. Ich sehe mir die andere Seite nochmals an. Es muss eine ziemlich gut gebaute Tür sein, denn die Dellen auf der einen Seite sieht man auf der anderen gar nicht. Oder vielleicht ist das wieder nur so eine Sache, die man in Filmen, aber nie im wahren Leben sieht. Jemand schlägt auf der einen Seite gegen die Tür und auf der anderen erkennt man die Dellen, die sich aus der Tür wölben.
Aber die Rückseite der Tür sieht ziemlich schlimm aus.

Ich werfe einen Kontrollblick auf die Hände von Susi, aber ich weiß bereits, dass ich nichts finden werde, noch bevor ich mir ihre Finger genau ansehe.
Sie könnte mit ihren Händen niemals diese Tür so zurichten.
Außerdem müssten ihre Finger dann aussehen wie Krater, zerstörte Nägel, Blutkrusten, die ganze Palette.
Aber nichts davon.
Und mit dem Messer wäre das auch nicht zu schaffen.
„Was ist dann passiert?", frage ich.

2

Aber es war keine Chance.
Es war nur eine weitere höllische Überraschung.
Als sie das Fenster erreichte und einen raschen Blick nach draußen warf, taumelte sie ein paar Schritte zurück.
Was sie dort draußen sah, war nicht möglich.
Als sie noch mit dem Anblick kämpfte, hörte sie hinter sich die Bestie wieder schnauben.
Susi fuhr herum und stand erneut dem Tier gegenüber.
Die Intelligenz in den Augen des Tieres flößte Susi Angst ein.
Aber da war noch etwas anderes.
Vielleicht täuschte sie sich, aber auch in den Augen des Tieres lag Angst.
Hinter ihr hörte sie ein Fenster splittern.
Sie wurde zu Boden geworfen.
Glassplitter regneten auf sie herab.
Der Albtraum wurde schlimmer.

III

Das Fenster ist zersplittert und all die Scherben liegen im Inneren des Raumes. Also ist etwas hereingekommen und nicht nach draußen geflohen. Aber wo ist die Bestie hin?

Ich wende mich wieder an Susi.

Sie hockt auf einem Sessel, den sie eben wieder aufgerichtet hat. Sie zittert noch immer. Sie sitzt mit Blickrichtung Wand verloren und erschöpft auf dem Sessel. Eine Kriegerin, die eine Schlacht überlebt hat, von der sie nicht dachte, sie jemals schlagen zu müssen. In dieser Blickrichtung sieht man das Blut am Boden nicht. Und die Zerstörung des Wohnzimmers liegt hinter ihr.

Ich habe Kaffee gemacht.

Es ist verdammt schwer Kaffee zu kochen, während man weiß, das hinter einem riesige Blutflecken auf dem Boden sind. Vor allem, wenn man nicht weiß, woher das Blut eigentlich kommt. Und noch schwerer wird es, wenn man weiß, dass Zuhause eine Leiche liegt – zwei Leichen – und ein abgetrennter Fuß.

Ich reiche ihr den Kaffee.

Ich staune über mich selbst.

Ich habe es geschafft, Kaffee zu machen, die Blutspuren auf dem Kühlschrank zu ignorieren und sogar einen Löffel aus der Geschirrlade zu nehmen, ohne auf all das Rot zu achten. Dann bin ich über mich selbst hinaus gewachsen, denn ich habe zwei Tassen genommen, sie auf die Anrichte gestellt – das ganze Chaos und das Blut im Blickfeld. Habe Kaffee hinein gegossen, Zucker und Milch hineingetan, mit dem Löffel umgerührt und Susi

eine Tasse gegeben.
Das ist alles so vollkommen verrückt, dass es mich überhaupt nicht mehr verwirrt. Ich bin an dem Punkt angekommen, an dem der Horror so unaussprechlich groß ist, dass er mir bereits wie Alltag vorkommt. Es ist absolut surreal. Wenn in diesem Moment Christopher Nolan, Steven Spielberg oder Roger Corman durch die Tür treten würden, um mich zu bitten, das Ganze zu wiederholen, da die Kameras nicht gelaufen sind, hätte ich vermutlich nicht mal mit einer Wimper gezuckt und gesagt: „Sicher, warum nicht."
Susi zittert noch immer, aber wen wundert das? Mich nicht.
Sie hat zuletzt vom Fenster gesprochen, also trete ich davor und ziehe den Vorhang ein Stück zur Seite.
Bevor ich noch wirklich etwas erkennen kann – von einer Nachbarin die etwa sechzig Jahre alt ist, am Fenster sitzt und böse auf die Straße (und in dem Moment in dem ich den Vorhang bewege auch auf mich) glotzt – höre ich hinter mir die Tasse, die Susi in der Hand hält zu Boden knallen und sie schreit: „Weg vom Fenster! Geh weg vom Fenster!"
Sie springt auf und reißt mich zu Boden, ich schütte mir meinen eigenen Kaffee über die Brust und schreie auf, allerdings mehr aus Erschrecken als aus Schmerz.
Susi rappelt sich hoch und zieht den Vorhang wieder zu.
„Was ist?", frage ich. „Das Blut kann man von draußen doch nicht sehen, keine Angst."
Sie dreht sich zu mir und schüttelt den Kopf.
„Um das Blut geht nicht. Es geht darum, dass *sie* dich sehen."

Ich verstehe nicht ganz.
„Mich? Na und?“
Ich bin verwirrt.
Susi hält inne.
„Was ist?“, will ich wissen.
„Deine Hand“, sagt sie.
Mir fällt wieder ein, dass auch ich verwundet bin und ich nicke nur leicht.
„Ja, ich habe mich verletzt.“
„Wobei?“
Seufzen. Was soll ich sagen?
Vielleicht die Wahrheit. Sogar ziemlich sicher die Wahrheit. Ich deute Susi, dass sie sich wieder setzen soll, versuche den Kaffee aus meinem T-Shirt zu winden und lasse es dann aus Mangel an Erfolg bleiben. Ich seufze nochmals und sehe sie an.
„Alles der Reihe nach. Zuerst bist du dran.“
Ich mache eine Handbewegung, die den ganzen Raum mit einschließt.
„Was ist weiter passiert?“
Susi hat den Blick zu Boden gewandt. Dann sieht sie mich an.
In ihren Augen sehe ich, dass sie nicht darüber sprechen will.
Aber sie tut es trotzdem.

3

Susi wurde zu Boden geworfen.
Es war eine weitere Bestie, die durch das Fenster in die Wohnung gesprungen war.

Susi befand sich nun zwischen den beiden.
Ihr Blick sprang zwischen ihnen hin und her, beide knurrten sie an und machten Drohgebärden. Fletschten ihre Zähne und knurrten hungrig.
Susi wankte.
Sie hatte sich nicht mehr unter Kontrolle, bemerkte, wie sehr sie zitterte.
Sie war abgelenkt und die Bestien nutzten diesen Moment.
Was Susi das Leben rettete war vermutlich der Umstand, dass die Bestien es gewohnt waren allein zu kämpfen.
Eine der Bestien landete auf Susi, hob ihren Kopf, riss das Maul auf und – wurde von der anderen Bestie, die zur gleichen Zeit gesprungen war, von Susis Rücken gerissen.
Es war alles so schnell gegangen, dass Susi nicht wirklich gesehen hatte, was eigentlich rund um sie geschehen war.
Sie rappelte sich auf und stellte fest, dass ihr der Aufprall das Messer aus der Hand geprellt hatte.
(*jetzt bist du geliefert*)
Nein.
War sie nicht.
Das Messer steckte im Bauch des Tieres, das sich zuerst auf Susi geworfen hatte.
Dann erklang ein grässliches Jaulen.
Es kam aus dem Maul des zweiten Tieres, das den Blick auf das Messer im Bauch des ersten gerichtet hatte. Und dann passierte das, was Susi noch nie zuvor gesehen hatte.
Das Tier veränderte sich.
Die Klaue, die Krallen - sie wurden kürzer.

Die ganze Klaue formte sich um, die Haare wurden weniger, fielen aus und es wurde eine Hand daraus, die nach dem Messer griff, es aus ihrem Bauch zog und es achtlos fallenließ.
Dann war es vorbei.
Die Hand war wieder eine Klaue.
Das zweite Tier starrte Susi hasserfüllt an.
Susi wollte zurückweichen, aber ihr fehlte die Kraft dazu. Ihr Hände fühlten sich an wie Gummi. Ihr Körper weigerte sich, ihr zu gehorchen. Sie stand vor den Bestien und konnte sich keinen weiteren Zentimeter bewegen.
Die zweite Bestie schoss nach vor.
Sie packte das erste Tier am Genick, hob es mit unglaublicher Kraft hoch und schüttelte es. Das verletzte Tier jaulte vor Schmerzen auf.
Dann ertönte ein lautes Knacken, als die Kiefer des zweiten Tieres sich in den Nacken des ersten bohrten.
Das Jaulen verstummte.
Das eine Biest hatte dem anderen das Genick gebrochen.
Susi klappte zusammen.
Sie brach auf ihre Knie und starrte das abartige Bild vor sich an, unfähig etwas zu tun oder auch nur zu denken.
Dann folgte ein weiteres Knurren, dass sich aus der Kehle des noch lebenden Tieres löste.
Es drehte sich um und sprang, das tote Tier mit sich schleppend, aus dem Fenster.
Susis Anspannung ließ nach, sie fühlte ihre Kraft schwinden und brach zusammen, schaffte es aber den Sturz mit ihren Händen abzufangen. Sie ächzte. Atmete ein und wieder aus. Versuchte ruhig zu bleiben.
Ihre Hände gaben nach, sie fiel auf den Bauch und lan-

dete in der Blutlache des Tieres.
Sie schrie, schlug um sich und krabbelte panisch davon, während sie versuchte sich das Blut von der Kleidung zu wischen.
Sie griff nach dem Messer und wich zurück zwischen die Anrichte und den Küchenblock.
Dort lehnte sie sich mit dem Rücken an den Küchenschrank, schloss die Augen und versuchte an nichts zu denken.

IV

„Du willst mir also erzählen, dass hier zwei Wölfe waren, die dich angegriffen haben?", frage ich voller Unglauben nach.
Susi nickt nur.
Ich setze mich hin.
Das ist alles zu viel für mich.
Viel zu viel.
Und ich weiß noch nicht einmal was bei mir Zuhause los war.
Mich schaudert.
Susi steht auf und versucht – soweit ich das erkennen kann – sich nicht durch das, was passierte ablenken zu lassen. Sie öffnet eine Küchenkastentür und nimmt Bandagen heraus, um ihre Hand zu verbinden.
„Das ist das, was passiert ist", sagt sie kalt.
Sie scheint sich entweder ziemlich schnell auf neue Umstände einzustellen, oder sie weiß etwas, was sie nicht sagen will.
Oder sie hat das nicht zum ersten Mal erlebt.

Das macht mich misstrauisch.
„Du wirkst sehr gefasst“, stelle ich fest.
„Findest du?“
Sie zeigt nicht sehr viel Interesse an meiner Feststellung.
„Ja. Ich meine, vor wenigen Minuten bist du noch in der Ecke gesessen und hast gewimmert. Jetzt verbindest du deine Hand wie ein Profi.“
Dann halte ich inne.
Was bin ich für ein Idiot.
Natürlich ist sie Profi.
Ich denke an die ganzen Narben an ihrem Körper und frage mich, wie sie denn bitte *kein* Profi sein könnte.
Ich fange ihren Blick auf und bemühe mich um eine schnelle Korrektur.
„Ja, okay, das war die falsche Formulierung. Was ich sagen wollte ist, du wirkst erstaunlich rasch erstaunlich gefasst.“
Susi hat ihre Hand verarztet und wendet sich wieder mir zu.
„Willst du mir damit irgendetwas sagen oder mir etwas unterstellen?“
Ihr Tonfall ist noch kälter als meiner. Sie sieht mir direkte in die Augen. Sie blinzelt nicht, ihre Augen zucken nicht. Sie ist so ernst, wie ich sie bis jetzt noch nicht erlebt habe.
„Kein Problem“, sagte sie dann. „Du bist nicht der erste und wirst nicht der letzte sein, der mich aufgrund meiner Narben verurteilt.“
Sie löste ihren Blick von mir und blickt sich in ihrer verwüsteten Wohnung um. Sie wirkt berechnend. Wie ein Racheengel, mit dem zu oft gespielt wurde, und dem

es reicht.
Ich nicke.
„Und das bedeutet, dass ich genauso ein Arschloch bin, wie alle anderen?“, frage ich provokant und glaube zu wissen, wie die Antwort lauten wird.
Aber ich erhalte nicht mal eine.
„Warum bist du hier?“, fragt sie.
„Darf ich das als ‚Ja, du bist ein Arschloch' auffassen?“, hake ich nach.
Sie beendet die Musterung ihrer Wohnung, nimmt mir gegenüber Platz und sieht mich scharf an.
Dann seufzt sie und macht eine Handbewegung, welche die ganze Wohnung mit einschließt.
„Ist das jetzt wichtig?“, fragt sie.
„Ich weiß nicht“, antworte ich. „Ich glaube schon.“
„Warum?“
„Denn, wenn du dieser Meinung bist, dann sollte ich einfach gehen und dich mit diesem ganzen Scheiß hier alleine lassen.“
„Ich glaube nicht, dass ich dich gebeten habe mir zu helfen, oder?“
„Nein, aber vielleicht kannst du Hilfe gebrauchen.“
„Im Grunde brauchst du doch Hilfe, oder nicht?“
„Wie kommst du darauf?“
„Bin ich blind oder blöd?“, fährt sie mich wütend an.
„Habe ich Warzen statt Augen?“
Sie deutet auf meinen Arm.
„Vielleicht täusche ich mich, aber die Wunde an deiner Hand sieht meiner doch verdammt ähnlich.“
Okay, ich weiß genau, wann ich verloren habe.
„Ich bin heute Zuhause aufgewacht …“, beginne ich,

aber Susi schneidet mir das Wort ab: „Oh, eine neue Erfahrung für dich."

Jetzt sehe ich sie scharf an.

Unsere Blicke treffen sich wieder, wir starren uns ein paar Sekunden lang an. In ihren Augen sehe ich Angst. Aber auch Entschlossenheit. Ich würde viel darum geben, wenn ich so gut mit dem ganzen Mist hier umgehen könnte, wie sie.

„Es tut mir leid, was alles passiert ist", sage ich dann leise.

Susi bricht den Augenkontakt ab, blickt betreten zu Boden und nickt dann langsam.

„Mir auch", sagte sie dann.

Schweigen breitet sich aus.

Bevor die Stille zu laut wird, fragt sie: „Was ist mit dir passiert?"

KAPITEL 15
Lauf (II)

"And I awake again; I know I slept for quite awhile."
(Aquarian Age "Run")

I

Susi und ich betreten meine Wohnung.
Vorsichtig.
Natürlich haben wir uns Jacken angezogen, damit niemand auf dem Weg hierher unsere Verletzungen sieht.
Ich habe versucht Susi, so gut wie möglich, auf das vorzubereiten, was sie zu Gesicht bekommen wird, aber ganz ehrlich gesagt. Ich habe es nicht geschafft. Sicher hätte ich ihr beschreiben können, was sie finden würde, aber etwas in mir weigert sich das ganze in Worte zu kleiden. Es … es widert mich an.
Ich öffne die Tür und bemerke, dass meine Hand zittert.
Ich deute wortlos auf die Schweinerei in der Küche.
Sie wird kreidebleich, hat sich aber gut unter Kontrolle.
Sie wird nicht ohnmächtig, sie hält stand.
„Wo?", will sie wissen.
Ich weiß sofort, was sie meint.
„Bad", sage ich.
Sie nickt nur.
„Das hast du schon erzählt. Ich meine, wo ist das Bad?"
Vielleicht sollte ich langsam mal wieder anfangen klar zu denken, dann würde ich nicht permanent wie ein Idiot dastehen.

„Dort den Gang runter. Die einzige Tür auf der rechten Seite.“
Ich seufze laut und deutlich und vielleicht ein wenig zu melodramatisch. Es ist erstaunlich, wie schnell man sich an das viele Blut gewöhnt, wenn man stundenlang, wohin man auch immer geht, damit konfrontiert ist.
„Folge einfach der Blutspur am Bo...“
Ich beende den Satz nicht.
„Was? Was ist?“, fragt Susi alarmiert nach.
Ich deute auf den Boden.
Susi sieht sofort, was ich meine. Und ich glaube, dass sie es genauso deutet wie ich. Jemand war hier. Und es dürfte noch nicht mal lange her sein.
Eine zweite Blutspur.
Noch nicht mal trocken.
Diese zweite Spur führt den Gang runter. Offenbar ins Badezimmer. Zumindest biegt sie rechts ab.
„Was hat das zu bedeuten?“, fragt Susi mich.
Ich zucke mit den Schultern.
„Woher soll ich das wissen?“
Ich mache einen vorsichtigen Schritt nach vor, darauf bedacht, nicht in die frische Spur zu treten, und luge noch vorsichtiger um die Ecke.
Nein, die Spur führt nicht ins Bad.
Sie führt in Georgs Zimmer.
Ich werfe einen Blick auf die Haustür, die ich geschlossen gehabt hatte.
„Ich habe doch eben vor deinen Augen aufgeschlossen, oder?“, sage ich.
Susi nickt.
„Wie ist dann jemand hier herein und wieder raus ge-

kommen, ohne dass er oder sie das Schloss aufgebrochen hat?“, denke ich laut.
Susi tritt neben mich, wirft einen Blick den Gang runter und schüttelt dann den Kopf.
„Es ist niemand mehr hier außer uns.“, stellt sie fest.
„Woher willst du das wissen?“, frage ich.
Sie zuckt mit den Schultern und ruft: „Hallo, Schatz, ich bin wieder da!“ in den Raum. Nichts rührt sich.
Ich weise sie nicht auf die Sinnlosigkeit ihrer Aktion hin, sondern trete um die Ecke und gehe vor bis zum Bad, werfe einen Blick hinein und finde zumindest die Antwort auf die Frage, wie jemand hier rein und raus gekommen ist, ohne die Haustür zu benutzen.
„Das Fenster ist zersplittert. Scherben innen.“
Susi wird noch eine Spur blasser.
„Wie bei mir Zuhause.“
Ich nicke nur.
„Aber warum ist dann eine Blutspur in der Küche?“, stelle ich eine Frage in den Raum und füge dann „Wenn das Vieh doch durch das Badezimmerfenster rein gekommen ist?“ hinzu, während ich mich im Bad umsehe.
Die Leiche des Mädchens liegt noch immer in der Badewanne. Sie riecht bereits übel und die ersten Fliegen kreisen um sie herum.
Hinter mir höre ich Susi näher kommen und ich drehe mich um, um ihr den Weg ins Bad zu versperren.
Diesen Anblick mute ich ihr nicht zu.
Sie will nicht mal ins Bad.
Stattdessen geht sie direkt an mir vorbei und öffnet die Tür zu Georgs Zimmer, die ich beim Verlassen des Hauses *nicht* geschlossen hatte.

Dann bleibt sie abrupt stehen.
„Was ist?“
Neugierig folge ich ihr und sehe bereits über ihre Schulter hinweg, was sie zuerst gesehen und vermutet hat. Auf dem Bett liegt Georg.
Sein Fuß.
Es fehlt ein Stück von seinem Fuß.
Ich für meinen Teil, weiß wo der zu finden ist. Aber der Rest von Georg war nicht da als ich das Haus verlassen habe. Also hat irgendjemand ihn hierher gebracht, aber von wo? Und warum?
Eine Stichwunde. In seiner Brust.
Jemand hat Georg erstochen.
Wer sollte Georg erstochen haben?
Susi dreht sich abrupt um, geht aus dem Raum und nach ein paar Sekunden höre ich die Haustüre knallen.
Ich eile ihr nach und hole sie drei oder vier Schritte vor dem Haus ein. Sie steht vornüber gebeugt und stützt ihren Körper mit den Händen an den Knien. Vor ihr auf dem Boden ist eine Lache an Erbrochenem.
Kann ich ihr nicht verübeln.
„Geht es wieder?“
Sie nickt, sagt aber nichts. Nach ein paar Minuten hat sie sich wieder im Griff. Ich habe mir in der Zwischenzeit eine Zigarette geangelt und rauche schweigend. Das hilft mir die Nervosität zu bekämpfen. Ich fühle mich nicht ganz so hilflos, wenn ich zumindest irgendetwas tue.
„Ich war das.“
Ich bin so mit meinen Gedanken beschäftigt, dass ich im ersten Augenblick nicht mal weiß, wovon sie spricht.
„Du hast ihn da rein gebracht?“

„Nein“, antwortet sie. „Ich habe ihn umgebracht.“
Sie hat ihre Stimme auf ein Flüstern gesenkt.
Was kann man auf solch eine Feststellung erwidern?
Okay?
Alles klar?
Schön für dich, schlecht für ihn?
Ich weiß?
Nichts davon wirkt passend.
Also sage ich gar nichts.
Sie wiederholt ihre Aussage.
„Ich habe ihn umgebracht.“
Susi geht ein paar Schritte vom Haus weg, blickt zum Himmel. Gott allein weiß, was in ihrem Kopf vorgeht. Sie starrt auf den wolkenlosen Himmel, als würde er ihr eine Antwort geben können. Aber wenn er etwas zu ihr sagt, dann ist es nur für ihre Ohren bestimmt, denn ich höre nichts. Kein Wort von Gott oder irgendjemand anders. Mal abgesehen von den Kindern, die noch immer am Spielplatz herumtoben und von allem nichts mitbekommen haben.
Susi wendet sich wieder mir zu.
Die Entschlossenheit in ihrem Blick hat sich gefestigt.
„Du weißt also nichts von all den Monstern um uns herum?“, fragte sie dann. „Du hast keine Ahnung, was deine Exfreundin beweisen wollte?“
Ich sehe sie verblüfft an.
„Wovon sprichst du?“
Ihre Augen sind kalt, aber auch klar wie Eis. Sie will Gewissheit. Keine Spiele mehr, keine dummen Fragen, Vermutungen oder Rätsel. Schade, dass ich trotzdem keine Ahnung habe, worauf sie hinauswill.

„Wann hat das alles angefangen?“, will sie wissen.
Sie steht mir gegenüber. Unsere Gesichter sind nur Zentimeter von einander entfernt. Mein Blickfeld wird vollständig von ihrem Gesicht ausgefüllt.
„Vor kurzem erst“, antworte ich. „Aber es kommt mir vor wie Wochen, es …“
Ich überlege, meine Gedanken rasen, mein Gehirn arbeitet auf Hochtouren, kommt aber trotzdem nur sehr schwer in die Gänge.
„Was war an dem Tag, an dem es angefangen hat?“
Wenn es so etwas wie geflüstertes Schreien gibt, dann beherrscht Susi es perfekt. Ich bin dermaßen irritiert, dass ich automatisch eine Antwort gebe, ohne lang darüber nachzudenken.
„Am Tag nach Uschis Tod.“
Sie nickt kurz, ist aber sichtlich nicht zufrieden.
„Nicht ganz, oder?“, behauptet sie.
„Was ‚oder‘? Was denn sonst?“ Ich bin verwirrt, mein Kopf schmerzt. Mein Schädel brummt. Meine Augen beginnen zu brennen. Mein Herz beginnt wild zu klopfen.
Susi rückt noch ein Stück näher.
„Was war davor?“, will sie wissen.
„Nichts“, antworte ich. Mein Kopf zerspringt fast.
Sackgasse.
(*Sonnenglaster*)
Einbahnstraße.
(*Sonnenglaster*)
Keine Umkehr möglich.
Sonnenglaster.
„Was. War. Davor.“ Ihre Stimme ist befehlend. Ihre Augen zu schmalen Schlitzen zusammengepresst. Sie

glaubt, dass ich etwas weiß, so viel ist sicher und ich habe so viel in den letzten Tagen erlebt, so viel, dass … dann macht es auf einmal ganz laut KLICK in meinem Kopf. Innerhalb einer Millisekunde sind alle meine Kopfschmerzen weg.
Meine Gedanken sind wieder klar.
Ich kenne die Antwort.
Eine einzige Erinnerung taucht in meinem Kopf auf und plötzlich macht fast alles einen Sinn.
Susi sieht die Erkenntnis in meinem Ausdruck und tritt ein paar Schritte zurück.
Ich starre sie an.
Meine Augen müssen groß wie Fenster sein, denn sie nickt nur, sie kann in meinem Gesicht lesen, dass ich die Antwort kenne.
Den Grund für meine Probleme.
Für all meine Probleme.

1

Die Schritte trugen die Bestie durch die Stadt. Sie hatte getan, was getan werden musste und nun eilte sie wieder zurück an ihren Platz. Es mochte dumm klingen, oder unpassend, aber ihre Mittagspause war in genau zwölf Minuten vorbei und wenn sie pünktlich kam, dann war alles perfekt. Niemand würde etwas merken, niemandem würde ihr Fehlen auffallen und alles wäre geklärt.
Was aber nicht ganz der Wahrheit entsprach.
Denn Susi lebte noch.
Das war ein Problem.
Sogar ein ziemlich großes Problem.

Aber noch größer wurde das Problem dadurch, dass auch René noch lebte. Und das allergrößte Problem war, dass einer von beiden die Unterlagen hatte, die Fotos, die Uschi gemacht hatte.

Aber wer?

Die Bestie ging durch die Tür, grüßte ihre Kollegen und nahm auf ihrem Sessel Platz.

„Also", begann sie. „Was sagen die Quoten?"

Sie lächelte. Sie war attraktiv.

Es war alles gut gegangen, nicht perfekt, aber gut.

Zumindest würden die beiden Gejagten einiges zu erklären haben.

Würden sie die Polizei rufen?

Nein.

Dass würden Susi und ihr neuer Kumpel nicht wagen.

Raffaella überlegte kurz, ob *sie* vielleicht die Polizei rufen sollte, aber dann entschied sie sich dagegen.

Warum sollte sie?

Es würde alles nur komplizierter machen.

Und die beiden würden ohnedies nicht mehr lange leben.

Das Lächeln im Gesicht der Bestie war zu hundert Prozent echt.

II

Susi hat mich gebeten, mich eine Weile ruhig zu verhalten und am Abend in einem Café auf sie zu warten. Ich war dagegen, konnte es ihr aber nicht ausreden.

Also bin ich sinnlos und ohne Ziel durch die Stadt gewandert. Natürlich habe ich mich umgezogen, bevor ich das getan habe. So wenig Zeit ist vergangen und so viel ist geschehen. Ich zittere noch immer. Zwischendurch bin ich von einer Kneipe in die nächste gegangen, habe mir literweise Kaffee eingeflößt und versucht mir einzureden, dass meine zittrigen Finger und überstrapazierten Nerven mit dem Koffein zusammenhängen.

Witzig.

Je länger ich meiner Wohnung fern blieb, desto leichter fiel es mir, die ganze Sache zu vergessen. Mir einzureden, dass ich alles nur geträumt hatte. Ein paar Mal war ich kurz davor gewesen, in die nächstbeste Nervenheilanstalt zu fahren und dort alles zu erzählen, in der Hoffnung, dass die jemanden in meine Wohnung schicken würden, um die Sache zu überprüfen und mir dann mitzuteilen, dass ich einfach übergeschnappt war.

Aber die Wunde an meinem Arm hielt mich davon ab.

Sie war real.

Und auch Susi war real.

Am Abend wartete ich in dem Kaffeehaus auf sie. Auch sie hatte sich umgezogen. Ich freute mich über ihr Erscheinen. Ein Teil von mir hatte damit gerechnet, dass sie sich einfach aus dem Staub gemacht hatte.

Aber das hatte sie nicht.

Sie war gekommen.

Und jetzt sitzen wir in diesem Kaffeehaus. Wieder einmal.

Und ich fühle mich beschissen. Ebenfalls wieder einmal.

Susi zittert ein wenig.

Vielleicht wird ihr alles zu viel. Wenn ja, dann geht es ihr wie mir. Auch ich fühle mich von allem überfordert. Aber ich kann es mir kaum aussuchen. Das ist mein Leben.

„Also?“
Nach einer halben Stunde des Schweigens das erste Wort von ihr.
Ich bin mir noch nicht sicher, ob ich wirklich etwas zu sagen habe.
Das hängt jetzt sehr stark von Susi ab.
„Was weißt du?“, frage ich.
Und ich will wirklich wissen was sie weiß.
Ich will wirklich wissen, wovon sie wie viel weiß.
Es interessiert mich brennend.
„Worüber?“
Falsche Antwort.
„Du weißt, wovon ich spreche“, herrsche ich sie an.
Dann wiederhole ich meine Frage: „Was. Weißt. Du.“
Susi hebt ihre Hand, winkt die Kellnerin heran und bestellt nochmals eine Tasse Kaffee. Unter Stress wird wohl jeder Mensch koffeinsüchtig.
Sie betrachtet eine Zeitlang den Tisch, dann nickt sie schweigend.
„Also gut.“
Ich habe sie also.
Jetzt bin ich gespannt was passieren wird, was sie mir erzählen wird und was davon ich noch nicht weiß.
„Wo soll ich anfangen?“ fragt sie.
Ich zucke mit den Schultern.
Wenn ich darüber nachdenke, dann würden mich die aktuellen Fragen am meisten interessieren. Aktuelle Dinge, zum Beispiel die Toten in meiner Wohnung, Wölfe, die Susi anfallen. Aber ich glaube nicht, dass ich das ohne die notwendigen Hintergrundinformationen verstehen würde.

„Fang am Anfang an.“
Sie nickt, überlegt wo dieser Anfang sein soll und sieht mich nochmals kurz prüfend an.
„Vorher will ich noch etwas von dir wissen.“
Ich warte.
„Und das wäre?“
Susi prüft mich mit Blicken.
Es scheint ihr schwer zu fallen nach dem zu fragen, was sie wissen will. Ich sehe, dass sie sich Mühe gibt, ihre Ansprache ohne zu stocken aus ihrem Kopf in den Mund, und von dort in die Welt zu bekommen. Aber sie schafft es.
„Ich weiß, dass viel passiert ist“, beginnt sie. „Zwischen uns. Viele Dinge, die den meisten Leuten eigentlich nicht passieren sollten. Und … ich weiß nicht wie ich das sagen soll …“, sie wirft einen unsicheren Blick um sich, stellt zufrieden fest, dass alle außer Hörweite sitzen und fährt dann etwas ruhiger fort: „Als du diesen Nachmittag bei mir warst. Da war etwas … ich … ich weiß nicht, ob du dich daran erinnern kannst, aber …“, sie hält wieder inne und sieht mich ängstlich an.
„Ich …“
Sie schließt die Augen, ihre Augenwinkel sehen wässrig aus.
Sie ist knapp davor, zu weinen.
Ihre Stimme ist wie ein Windhauch. Leise. Unterdrückt und ängstlich.
„Ich habe dir etwas über mich und meine Narben erzählt.“
Abwartendes Schweigen.
Die Augen geöffnet.

Erleichtertes Durchatmen.
Ich warte weiter.
„Und dann ist etwas passiert. Mit dir."
Ich horche auf.
Was war dann passiert?
„Mir ist übel geworden."
Sie nickt.
„Und weiter?"
„Weiter weiß ich nichts mehr, außer …"
Doch.
Aber das ist nicht möglich.
Es ist unmöglich.
Wie sollte, ich meine … wie soll so etwas funktionieren? Wie ist … Georg … auch er hat sich vor meinen Augen in einen Wolf verwandelt und er hat so seltsam gerochen und … gerochen? … woher weiß ich wie … Oh mein Gott. Ich starre Susi groß an.
„Das waren nur Halluzinationen, oder?"
Ihre Augen füllen sich mit Tränen.
Sie öffnet den Mund, hält ihn dann eine Sekunde lang offen, ohne etwas zu sagen, schließt ihn dann wieder.
„Ja", sagt sie dann traurig. „Das waren Halluzinationen. Aber die anderen Wölfe, das waren keine."
Ich seufze. Mir fällt ein Stein vom Herzen.
„Gut."
Ich bin wirklich knapp davor gewesen mich in der Überzeugung zu verlieren, dass ich eine der Bestien sein könnte.
Sehr knapp davor.
Mein Herz schwappt über aus Liebe zu Susi, zu ihr, die mir meine geistige Gesundheit garantiert. Jetzt, genau

in diesem Moment möchte ich sie an mich drücken und küssen, weil sie mich hier in dieser Welt am Leben hält, bei geistiger Gesundheit hält. Wenn man nichts mehr hat, dann beginnt man sehr schnell das, was man hat, zu lieben. Es ist vielleicht keine ewige Liebe, mit Sicherheit nicht. Aber sie ist ehrlich. Vollkommen ehrlich.
Beruhigen, tief durchatmen.
(*konzentrier dich auf das Wesentliche, auf das Wesentliche*)
Interessanterweise ist die Idee, dass andere Leute sich in Wölfe verwandeln können, etwas, dass ich überraschend schnell akzeptieren kann.
Ich verdränge den Gedanken.
„Was denkst du, ist passiert?“, will ich von Susi wissen.
Sie schweigt eine Weile, sortiert ihre Gedanken und ich warte.
Keine Ahnung, worauf ich mich hier einlasse, aber ich weiß zumindest ziemlich genau, wann ich in die Sache reingeschlittert bin.
Uschis Tod.
Und die Erinnerung, die ich daran habe.
Dann hat Susi sich gefangen.
„Also gut. Ich sollte dir wohl zuerst noch ein paar andere Dinge erzählen. Über mich. Wie alles angefangen hat.“
Sie mustert mich.
Ich kann mich noch gut erinnern, als sie mir das letzte Mal etwas von sich erzählt hat. Und ich weiß noch genau, was dann passiert ist. Ich habe mir eingebildet ein Wolf zu werden. Und dann ist meine Erinnerung ein paar Stunden weg. Ich hoffe inständig, dass dies hier nicht passieren wird. Aber ich fühle eine gewisse Spannung.

Sie erzählt mir von ihrer Mutter. Von Tanz. Von abwesenden Vätern. Von einer jungen Frau namens Raffaella. Alles Dinge, die mich nervös machen, die ich aber im Grunde genommen nachvollziehen kann. Vielleicht nicht vollständig. Aber immerhin soweit, dass mir klar ist, was sie mir sagen will.

Dann erzählt sie von ihrer Mutter, von dem was ihre Mutter an jenem Tag getan hat. Und ich glaube, ich verstehe auch, was an diesem Tag mit Susi passiert ist. Und auch an all den folgenden. Vielleicht verstehe ich nicht ganz, warum sie begonnen hat sich selbst zu verletzen. Ich verstehe die Beweggründe, aber ich glaube nicht, dass jeder so reagiert hätte.

Wie dem auch sei.

Ich bin erwachsen genug um zu verstehen, dass wir alle verschieden sind und wir nicht alle auf alle Umstände gleich reagieren.

Dann kam der Teil, der mich sehr irritierte.

2

Susi schlenderte durch die Stadt.

Die Therapie war bereits nahezu abgeschlossen. Es ging ihr gut.

Sie hatte aufgehört … damit. Sie vermied es außerhalb der Therapie darüber zu reden, sie erzählte auch ihren Freunden nichts davon. Sie ging nicht baden, nicht schwimmen und trug immer Kleidung, die ihre Narben verdeckte. Aber es kam, wie es kommen musste.

Liebe kam ins Spiel.

Es dauerte nicht lange, bis sie ihren ersten Freund hatte. Ihren ersten wirklichen Freund. Es war keine von diesen „Ich-kenne-dich-seit-einer-Woche-und-will-mit-dir-ins-Bett-hüpfen-natürlich-Liebe-ich-dich"-Geschichten, sondern es war mehr dahinter. Sie hatten viele Gespräche, waren auf vielen Ebenen einer Meinung und ergänzten sich gut. Sie wollte – aus verständlichen Gründen – keinen Sex mit ihm. Sogar das viel berühmte „Kuscheln" ging ihr zu weit. Lange Zeit hatte er Verständnis dafür, aber irgendwann wollte er letztendlich wissen, warum sie sich so wehrte.

Sie überlegte lange, aber nachdem sie verliebt war und ihm vertraute, erzählte sie ihm schließlich alles.

Und da war es zum ersten Mal passiert.

Der Mantel der Glückseligkeit wurde löchrig, zerriss und darunter kam das Tier zum Vorschein.

Sein Name war Josef gewesen.

Und seine Reaktion auf ihre Offenbarung hatte ihre Sicht auf die Welt für immer verändert.

III

„Susi?"

Sie ist verstummt. Verloren in einer Erinnerung, die sie schon lange verdrängt hatte. Vielleicht tut es noch weh, vielleicht tut es wieder weh, es ist schwer zu sagen. In ihren Augen kann ich keinen Schmerz erkennen, nur Widerwillen gegen die Erinnerung.

Es würde nichts bringen, sie zur Eile zu bewegen. Auch wenn Eile vonnöten wäre, aber ich kann nichts daran ändern. Manche Dinge brauchen eben ihre Zeit.

Sie sieht mich an.
Ich ahne bereits, dass die Geschichte nicht hier aufhört. Scheinbar hat unsere Welt die Angewohnheit, die Vergangenheit nicht einfach Vergangenheit sein zu lassen. Es kommt mir vor, als ob es nicht möglich wäre, einfach weiterzuleben und Taten, Dinge oder auch Menschen einfach hinter sich zu lassen. Es holt einen wieder ein. Sie holen einen wieder ein. Und bevor man nicht zu Ende gebracht hat, was man vergessen oder verdrängen wollte, scheint es keine Ruhe, keine Stille, kein normales Weiterleben zu geben.
Susi zittert leicht.
Es scheint ihr nicht leicht zu fallen, weiter zu sprechen, die Erinnerungen wieder an die Oberfläche zu zerren, aber sie tut es.

3

Josef war ein charmanter junger Mann gewesen. Verständnisvoll, zuvorkommend und außergewöhnlich nett. Er hatte ein Ohr für Susis Probleme, schien geduldig und auch sehr sanft zu sein.
Zumindest die meiste Zeit über.
Susi hatte bereits festgestellt, dass er anderen Leuten gegenüber sehr hart war. Wenn er etwas wollte, dann bekam er es. Wenn er der Meinung war, dass etwas nicht schnell genug ging, dann machte er seiner Wut Luft. Und wenn jemand in Josefs Augen versagte, dann reichte nur ein kleiner Funken, um die Flammen seines Zorns zu entzünden und einen regelrechten Flächenbrand zu entfachen, der alles in seinem Weg niederbrannte.

Aber nicht Susi gegenüber.
Erstaunlicherweise hatte sie diese Eigenschaften an ihm geschätzt. Er war das, was Susi nicht sein konnte. Stark. Fordernd. Und zielstrebig.
Als sie ihm ihre Narben zeigte und glaubte, bereit dafür zu sein, ihre Geschichte vor ihm auszubreiten, bemerkte sie ihren Fehler.
Aber da war es bereits zu spät.
Vielleicht war sie naiv gewesen. Vielleicht hatte sie geglaubt oder gehofft, dass seine Wut, seine Kraft, sich nur gegen Menschen richten konnte, die es „verdient“ hatten, die wirklich etwas falsch gemacht hatten. Oder die Liebe hatte sie blind sein lassen. Vielleicht hatte sie tatsächlich einen Schläger kennen gelernt, der nur deshalb an Susi interessiert war, weil sie in seinen Augen war wie er. Streng. An Grundsätze gebunden und zielstrebig.
Vielleicht hatte er sie dafür bewundert, seine körperliche Nähe immer wieder abzuwehren, vielleicht erkannte er sich in ihrer Willenskraft – so lange zu warten, bis der Zeitpunkt für sie richtig schien – selbst wieder.
Vielleicht war es auch nur Zufall.
An dem Tag, an dem Susi ihm alles erzählte, wandte sich sein Zorn und seine Wut zum ersten – und letzten – Mal gegen Susi.
Ihre Narben waren für Josef der Beweis gewesen, dass auch sie ein schwaches Wesen war. Zu schwach für die Welt. Zu schwach für ihn.
Und sein Zorn, so viele Wochen und Monate mit ihr vergeudet zu haben, traf sie hart.
Ein paar Tage später war sie aus dem Krankenhaus gekommen, hatte ihn angezeigt und nach ihrer Aussage

und seiner Verurteilung war sie weg gezogen.
Sie wusste, dass die Lösung ihrer Probleme nicht in der Flucht zu finden sein würde.
Aber sie wollte auch keine Lösung.
Sie wollte einen neuen Anfang.

IV

Ich schweige.
Zu einem großen Teil deshalb, weil ich nicht weiß, was ich sagen soll.
Susi zittert immer noch.
Ein Teil von mir möchte ihr sagen, dass jetzt alles gut wird, dass das alles vorbei ist, aber ich denke an all die Dinge, welche in den letzten Tagen passiert sind, und bringe kein Wort über meine Lippen.
Wem will ich etwas vormachen?
Es liegen drei Tote in meiner Wohnung und ich habe niemanden angerufen, die Polizei nicht, die Rettung nicht, niemanden.
Wie soll das alles jemals wieder gut werden?
Vielleicht ist Flucht *doch* eine Lösung. Vielleicht sollte ich einfach alles was mir wichtig erscheint zusammenpacken und einfach abhauen.
Einfach untertauchen.
Nach Afrika. Nach Amerika. Irgendwohin.
Susi unterbricht meinen Gedankengang, indem sie mir eine Frage stellt.
„Kennst du Raffaella?“, will sie wissen.
Ich überlege, ob mir der Name ein Begriff ist, muss aber den Kopf schütteln.

„Warum?“, frage ich zurück.
Sie zuckt mit den Schultern.
„Und einen Frank?“
Ich lächle. Der Barkeeper? Frank, der Kellner?
„Klar. Dem gehört meine Stammkneipe“, antworte ich.
„Warum?“
Susi lächelt.
Es ist ein kaltes, trauriges Lächeln und mich fröstelt.
„Er gehört zu ihnen.“
Ich runzle die Stirn.
„Zu wem?“
Susi lehnt sich nach vor und flüstert.
„Zu den Nachtschwärmern.“
Ich lache kurz auf, grinse beschämt und schüttle dann den Kopf.
„Keine Ahnung mehr, wie lange ich schon in diese Bar gehe, aber ich weiß mit Sicherheit, dass Frank …“
Und dann halte ich inne.
Franks Bar.
Gäste aus den umliegenden Fitnessstudios. Gäste aus diversen Management-Ebenen. Gäste aus der Politik. Eine kleine, verdammte Bar mitten in der Stadt, die alles andere ist, als ein gehobenes Restaurant. Und trotzdem immer wieder Besuche von höheren Politikern bekommt. Hinterzimmer, die regelmäßig für „Sitzungen“ ausgebucht sind und Frank, der immer ein wissendes Lächeln im Gesicht hat.
Gäste, die alle eines gemeinsam zu haben scheinen: Sie kümmern sich nicht um die Schwachen. Sie sichern das Überleben der Starken.
Dann fällt mir ein, weshalb das nicht stimmen kann:

„Ich bin Stammkunde bei Frank. Das hätte ich mitbekommen.“
Susi sagt nichts, nur ihr trauriges Lächeln bleibt.
Es fällt mir schwer, ihren Blick zu deuten, aber ich kann spüren, dass sich etwas zwischen uns verändert hat. Ich kann es nur nicht benennen.
Um mich von diesem Gedanken abzulenken, frage ich sie nach Uschi.

4

Uschi war eine Journalistin auf der Suche nach einer Story. Es war ganz egal gewesen, in welcher Phase ihres Lebens man sie kennen lernte, dies war eine Beschreibung die immer auf sie zutraf.
Susi wusste nicht, weshalb sie ausgerechnet auf die Idee gekommen war eine Story über die Zustände in Behinderten-WGs zu machen, aber sie war willkommen gewesen. Vor allem, schien Uschi sich wirklich gut informiert zu haben – sie stellte keine unpassenden Fragen, sie konnte gut mit den Bewohnern umgehen und sie las auch zwischen den Zeilen, bei den Antworten.
Außerdem schien sie ein sehr gutes Gespür für Geheimnisse zu haben.
Nachdem der Besuch und die Interviews gelaufen waren, hatte Uschi Susi zur Seite genommen und sie gefragt, ob sie Lust auf einen Kaffee hätte.
Natürlich war Susi irritiert gewesen und skeptisch. Jeder, der hin und wieder Hollywood-Filme im Fernsehen sah, wusste, dass man Journalisten aus Prinzip misstrauen sollte – vor allem, wenn sie etwas trinken gehen wollten.

Aber da Susi ein Menschenfreund war und vermutete, dass Uschi noch ein paar inoffizielle Fragen zu dem Thema „Wohngruppen“ hatte, sagte sie zu.
Es war sehr überraschend gewesen, als sie sich Tage später mit ihr getroffen hatte und Uschi damit begann, über Susis Narben zu sprechen. Sie waren ihr aufgefallen und sie wollte mit Susi darüber sprechen, da sie vorhatte, auch darüber in naher Zukunft eine Story zu machen und bei Susi nachfragen – und vermutlich auch testen - wollte, ob es schwer sein würde, Leute zu diesem Thema zu interviewen.
Wie sich herausstellte, war Uschi auch sehr gut darin, Informationen von Leuten zu bekommen, die sie eigentlich überhaupt nicht geben wollten. Aber Uschi war nicht die Art von Journalistin, vor der man sich in Acht nehmen sollte. Sie war eine von jenen, die wirklich helfen wollten, die Informationen zu Themen bringen wollte, um Leute zu unterstützen. Sich stark machen für die Schwachen – das war ihr Motto gewesen.
Die beiden sahen sich von da an öfter.
Und eines Tages passierte es.
Uschi erzählte Susi von einer neuen Bekanntschaft und der Name ließ Susi erstarren.
Raffaella.
Sie war hier. In dieser Stadt.

V

Ich verstand das alles nicht.
„Wann hast du Uschi kennengelernt“, hake ich nach.
Sie schüttelt den Kopf, murmelt: „Jahre her.“

„Jahre?“, frage ich nach.

Susi nickt nur. Sie blickt auf den Tisch, legt den Löffel zuerst auf die eine Seite der Tasse, dann nimmt sie ihn wieder, legt ihn auf die andere Seite, nimmt ihn abermals, poliert ihn am Tischtuch, nur um ihn wieder auf die andere Seite zu legen.

Mir kommt es vor, als würde sie auf etwas warten.

Und wäre ein wenig gelangweilt.

Es ärgert mich. Es ärgert mich sogar ziemlich, aber ich halte mich zurück. Ich hatte angenommen, dass uns die Ereignisse der letzten Tage gemeinsam vor Probleme stellen würden, oder zumindest, dass wir beide gleich verzweifelt sein sollten, aber Susi … sie zittert immer noch. Sie hat Angst. Aber gleichzeitig wirkt sie ruhig, abwartend, als hätte sie Angst vor etwas, dass nur sie weiß und ich noch nicht.

Als wüsste sie, was in naher Zukunft geschehen wird.

Es kann aber auch sein, dass mein überstrapaziertes Hirn einfach verrücktspielt. Wäre nicht das erste Mal in den letzten paar Tagen.

Dann kommt mir ein anderer Gedanke.

„Warum hat Uschi uns nie vorgestellt?“

Susi hält inne, hebt den Blick vom Tischtuch hoch und sieht mich an.

Ihr Lächeln ist verschwunden, ihre Augen haben sich kurz geweitet und sie hat den Löffel fallen gelassen. Rasch hebt sie ihn wieder auf und versucht ihre plötzliche Unsicherheit zu überspielen.

„Wir haben uns schon lange nicht mehr gesehen.“

Ich glaube ihr. Aber ich weiß auch, dass das nicht die ganze Wahrheit ist.

„Weshalb nicht?"
Sie blickt zum Nebentisch, dann wieder zu mir. Sie schindet Zeit.
„Wir haben uns aus den Augen verloren."
Mein Kopfschütteln irritiert sie.
„Nein", sage ich. „Das stimmt nicht."
Susi sagt nichts.
„Ihr habt euch gestritten", rate ich ins Blaue hinein.
Sie schweigt noch immer.
„Und zwar wegen Raffaella", füge ich hinzu.
Ein kurzes, kleines Nicken.
Ich lehne mich zurück und begreife erst so richtig, was hier passiert ist. In was Uschi mich da hineingezogen hat. Und beinahe alle Teile des Puzzles sind an ihrem Platz.
„Was", beginne ich, „ist ein Sonnenglaster?"
Susi sieht mir in die Augen.
Sie lächelt wieder.
Dieses Mal ohne Traurigkeit.

5

Der Tau auf den Feldern glitzert.
In den Wassertropfen auf den Grashalmen spiegelt sich das Licht der aufgehenden Sonne.
Frau Liefner ist hier.
Wir sitzen uns in der Wiese gegenüber. Wir sprechen über die Dinge, die passiert sind. Wir sprechen über die schlimmen Dinge, die ich mir selbst angetan habe. Über meine Mutter und das, was sie mir angetan hat. Wir sprechen von so vielen Dingen, die mich mein ganzes Leben

bis zu diesem Punkt verfolgt haben.
Und alles wird gut werden.
Hier.
Hier wird alles gut werden.
Die Tropfen brechen das Licht.
Es spiegelt.
Es glänzt.
Es ist so wunderschön.
Hier bin ich sicher. Hier kann ich alles erzählen, sagen was ich will, tun was ich will und denken was ich will.
Keine Erinnerung, die mir hier etwas anhaben kann.
Es ist mein sicherer Ort.
Sonnenglaster.
Hier kann mir nichts passieren.
Und Frau Liefner hört mir zu. Sie hört mir zu und sie sagt mir, dass ich keine Schuld habe. Und ich glaube ihr nicht. Sie sagt es mir nochmals. Und nochmals und immer und immer wieder.
Dann begreife ich endlich – es ist nicht meine Schuld.
Ich habe nichts falsch gemacht.
Ich war ein Kind, nur ein Kind.
Das Kind meiner Mutter.
Die Tochter meines Vaters.
Und die Erkenntnis befreit.
Sie erlöst.
Hier, an diesem Ort, kann ich frei sein.
Sonnenglaster.
Hier habe ich mein Leben akzeptieren können.
Mich befreien.
Sonnenglaster.
Mein sicherer Hafen.

VI

„Das ist Sonnenglaster?“, frage ich ein wenig enttäuscht. „Ein Ort in deinem Kopf?“

Susi grinst kurz.

„Wenn du es so ausdrückst, dann klingt das wirklich ein wenig seltsam“, sagt sie.

Ich denke nach. Der Ort an den Susi geht, wenn ihr Bewusstsein sich in Sicherheit wiegen will. Wo niemand sei verletzen kann, sie vor allem sicher ist.

Sonnenglaster.

Das Wort klingt banal für etwas, dass ihr mehr als einmal den Verstand und das Leben gerettet zu haben scheint.

(*Aber Uschi hat es nicht gerettet, oder?*)

Nein, hat es nicht.

Der sichere Ort. Das Licht, das sich am Morgen im Tautropfen bricht.

Ein schöner Ort.

Ich lächle.

Mein Blick fällt auf Susi, die mit offenem Mund zur Tür des Cafés blickt.

„Was ist?“, frage ich und drehe mich um.

Ich erkenne die Leute. Mein Lächeln erlischt.

Die Frau in der Tür ist Raffaella.

Sie blickt sich im Lokal um.

Hinter ihr betreten drei Männer den Raum. Zwei davon waren dabei als Michael mich in der Bar zur Rede stellen wollte und den dritten Kerl kenne ich nicht.

„Unmöglich“, höre ich Susi flüstern.

Ich drehe mich wieder zu ihr um und frage sie, was los ist. Aber sie antwortet nicht, stattdessen schüttelt sie den Kopf, sitzt weiterhin mit offenem Mund da und starrt die Meute an.

Dann erblickt Raffaella sie, grinst und wirft einen Blick auf den Kerl, den ich nicht kenne. Dann sieht sie wieder zu Susi, zieht eine Augenbraue hoch, als würde sie sagen „Siehst du? So einfach kann man gewinnen“, und nickt in unsere Richtung.

„Wer ist das?“, will ich wissen.

Susi erwacht aus ihrer Starre.

Für den Bruchteil einer Sekunde flackert Panik in ihren Augen auf.

„Das“, flüstert sie. „ist Josef.“

KAPITEL 16
perfekter Tag (IV)

"All you see is smiling faces. Songs of birds are in the air. Flowers spread at any places. Happy people everywhere."
(Aquarian Age "Perfect Day")

1

Ein Brief, unter der Tür durchgeschoben.
Er hat mir viel erzählt.
Über Schuld und Sühne.
Mehr noch, als es Dostojewski jemals hätte tun können.
Ich blättere in den Seiten, wundere mich, warum sie mir einen Brief schreibt, in dem sie um meine Hilfe bittet.
Ich frage mich, wie ich das verstehen soll und fühle mich in Versuchung geführt. Oder besser: Die Frage drängt sich auf, ob ich wirklich zu Hilfe gerufen werde, oder ob sie einen Grund vorschiebt, um mich wieder sehen zu können.
Eine Weile habe ich überlegt, ob ich ihrem Hilferuf folgen soll.
Letztlich bin ich hingegangen.

I

Sie betrat die Wohnung ohne zu zögern, stieß Miko zur Seite, der überrascht gegen die Tür fiel und betrachtete das Ausmaß der Zerstörung. Idioten.

Die Welt war voll von Idioten.
Wenn etwas gelingen sollte, musste Raffaella es allem Anschein nach tatsächlich selbst tun.
Das war sie nicht gewohnt.
Und es gefiel ihr nicht.
Entweder war ihre Meute nur halb so intelligent wie Raffaella sie eingeschätzt hatte, oder – und diese Möglichkeit schien ihr wahrscheinlicher, wenngleich sie auch gefährlicher war – jemand hatte vor sie zu betrügen.
Der Raum war verwüstet, das Fenster zersprungen, die Tür zerstört und – eine Schublade lag auf dem Boden.
Sie wandte sich ab, blickte durch den Vorraum in die anderen Räume und nickte sich selbst still zu.
Susi war nochmals hier gewesen.
Und so wie Raffaella sie einschätzte, hatte sie die Unterlagen geholt. Die Beweise, die Uschi gegen sie gesammelt hatte.
Ihre Augen zogen sich zu schmalen Schlitzen zusammen, sie murmelte Flüche und wandte sich zornig an Miko.
„Wo ist er?"
Miko zuckte zusammen, versuchte einen Schritt zurück zu weichen, stieß mit seinem Rücken allerdings erneut gegen die Tür.
„Wer?", fragte er.
Raffaella trat einen Schritt näher auf ihn zu.
„Der Kerl, der Beatrice getötet hat. Wo ist er?"
Miko sagte nichts, blickte nur stumm zu Boden, zu verängstigt um den Kopf zu heben und ihr in die Augen zu blicken.
Ihre Hand schnellte nach vor.

Sie packte ihn am Hals, hob ihn ein paar Zentimeter in die Höhe, so, dass er trotz gesenkten Blickes in ihre Augen sehen konnte, und sie wiederholte ihre Frage nochmals betont langsam.

„Wo ist der Kerl?"

Mike versuchte zu schlucken, aber Raffaellas Finger drückten ihm die Kehle zu. Er wehrte sich nicht, wie sie still zur Kenntnis nahm. Sie hatte ihre Meute gut erzogen.

Zuckerbrot.

Und Peitsche.

Absoluter Gehorsam.

„Wo?", fauchte sie und drückte fester.

Miko krächzte kurz.

Sie ließ ihn los und er stürzte zu Boden, griff sich an den Hals, um ihn in der vagen Hoffnung zu reiben, dass der Schmerz nachlassen oder sich besänftigen lassen würde. Er schüttelte den Kopf.

„Na gut", sagte sie zu sich selbst, schloss die Augen und entspannte sich.

Miko rappelte sich hoch, betrachtete Raffaella eine Sekunde lang und schloss die Tür als er erkannte, was sie vorhatte.

Fasziniert betrachtete er die Verwandlung. Ein Anblick, von dem er nie genug bekommen würde.

Das Tier kam zum Vorschein.

Der Mensch verschwand.

Sie nahm Witterung auf.

Miko begann breit zu grinsen, als seine Herrin die Zähne fletschte und ihre Krallen sich in das getrocknete Blut am Boden bohrten.

2

Die Nacht ist kühl und angenehm, als ich das Haus verlasse.
Es ist windstill.
Kein Rascheln in den Wipfeln der Bäume.
Die gesamte Stadt wirkt seltsam ruhig und leer.
Als würde sie warten.
Wie ein Tier vor dem Sprung.
Ich fühle mich beobachtet und gehe langsam die Straße entlang, suche mir meinen Weg durch die dunklen Gassen, passiere Hinterhöfe und versuche kein Geräusch zu verursachen, dass die Stille durchbrechen könnte.
Spannung liegt in der Luft.
Ich habe das Gefühl, dass die Welt sich innerhalb eines Atemzugs auf mich stürzt, sollte ich ein Geräusch verursachen.
Ich trete vorsichtig auf.
(Denn du trittst auf meine Träume)
Ich gebe Obacht.
(Tritt nicht auf meine Träume)
Während ich mich frage, was der Brief zu bedeuten hat, warum sie ihn unter meiner Tür durchschiebt, anstatt mich einfach anzurufen oder vorbei zu kommen, tragen mich meine Füße zu der Gasse, in welcher ich sie das letzte Mal gesehen habe.
Als ich ankomme und mich umsehe, immer darauf bedacht, die Ruhe der Nacht nicht durch ein Geräusch der Unachtsamkeit zu zerstören, stelle ich fest, dass ich allein bin.

II

Sie hatte einen Toten gefunden.
Er lag auf dem Dachboden und es war offensichtlich, dass er nicht eines natürlichen Todes gestorben war.
Sie fand diese Erkenntnis … interessant.
War es René gewesen? Hatte er seinen unliebsamen Gegenspieler in der Liebe um Uschi erledigt? Es war eine Möglichkeit, die sie in Betracht ziehen musste. Schließlich hatte sie bereits in Franks Bar sein Potential entdeckt. Es schien ihr immer wahrscheinlicher, dass er ein Kandidat für ihre Seite war.
Michael war brutal ermordet worden.
Und es war nicht auf ihre Anweisung hin geschehen. Also hatte entweder ein Mitglied ihrer Meute auf eigene Faust gehandelt – was sie grundsätzlich für möglich hielt, alle in der Meute strebten ihre Position an – oder aber René war zu dem geworden, was sie bereits waren.
Herrscher.
Lebewesen für die moralische Bedenken, Ethik, Mitgefühl und vor allem Mitleid nicht galten. Es gab kein allgemeines Recht auf Leben. Es gab nur das Recht des Stärkeren.
Und René … hatte er sein Potential erkannt?
War er nun bei Susi und wiegte sie in Sicherheit, während er eigentlich nur darauf wartete, dass er sich ihnen anschließen konnte?
Die wenigsten waren sich ihres Wunsches nach einer starken Führungsfigur bewusst. Und noch weniger würden diesen Wunsch – selbst wenn sie ihn vor sich selbst

eingestanden – offen zugeben. Aber Raffaella wusste um die Wahrheit.

Die Menschheit bestand aus Schafen.

Und entgegen aller Behauptungen der Religionen: Es gab keinen Hirten.

Es gab nur die Wölfe.

Und sie kamen und nahmen, wie es ihnen beliebte.

Wie es schien, hatte René dies endlich erkannt.

Raffaella lächelte zufrieden.

3

Nach einer Stunde vergeblichen Wartens beschließe ich, das der Brief ein schlechter Scherz gewesen ist, schließlich hat sie schon lange nichts mehr von sich hören lassen.

Und die letzten Worte, die wir getauscht haben, haben wir im Zorn getauscht. Ich denke nicht, dass sie wirklich *mich* um Hilfe bitten würde.

Ich entscheide mich dazu, nicht länger zu warten.

Mir ist kalt. Ich bin müde. Ich gehe nach Hause.

Aber in diesem Moment höre ich ein Geräusch.

Ich drehe mich um, spähe in die Dunkelheit.

Es ist nur ein Schatten, vielleicht nur Einbildung.

Aber dann erkenne ich es.

Etwas bewegt sich.

Und es scheint beinahe menschlich zu sein.

III

Die Tote in der Badewanne war ihre Beatrice.

Ihre Beatrice.
Getötet, in Stück gefetzt.
Raffaella war beeindruckt von der Stärke, die es benötigt haben musste. Sie verspürte keine Trauer über den Verlust, denn schließlich hatte Beatrice offensichtlich einen Kampf verloren. War die Schwächere gewesen. Es imponierte Raffaella, dass Beatrice sich nicht einfach unterworfen, sondern gekämpfte hatte.
Dass sie dabei verloren hatte, machte ihre Bereitschaft für den Kampf nur umso beeindruckender. Sicher, es hätte ein sinnvollerer Tod sein können, als dieser hier, aber letztlich war es gleichgültig.
Beatrice war Fußvolk.
Immer schon gewesen.
Und der andere? Der dritte Tote?
Nun, das war etwas anderes.
Raffaella kannte ihn nicht, glaubte, ihn aber das eine oder andere Mal gesehen zu haben.
Wo? Mit wem?
Sie konnte sich nicht erinnern.
Miko stand in der Küche, er wartete. Fabian war unterwegs, er hatte einen Auftrag zu erfüllen.
Rache, dachte Raffaella. Rache ist eine süße Frucht.
Ihre Gedanken wandten sich Susi zu und Wut erfüllte sie.
Die eine, die davon gekommen war.
Aber dieses Mal nicht.
Dieses Mal würde Raffaella es richtig machen.
Sie wandte sich ab, trat zu Miko in die Küche und deutete über ihre Schulter zurück in das Zimmer von Georg. „Wer ist das?“

Miko zuckte mit den Schultern.
„Ich kenne ihn nicht“, antwortete er.
Raffaella betrachtete ihn schweigend, dann verpasste sie ihm eine Ohrfeige, die er überrascht hinnahm. Auf seiner Wange brannte ein roter Fleck. Er hob die Hand nicht, um sie auf die Wange zu legen. Er blieb stehen, überrascht, sich aber sicher die Ohrfeige verdient zu haben.
Wie langweilig er doch geworden ist, dachte sie.
„Wenn ich frage, wer das ist, dann will ich nicht hören, dass du es nicht weißt“, begann sie. „Ich will hören, dass du dabei bist, es herauszufinden.“
Er nickte und begann sich umzusehen, Schränke, Schubladen und Kästen zu durchwühlen.
Raffaella setzte sich, schloss die Augen und konzentrierte sich auf ihren Geruchssinn.
Da war eine Spur. Etwas Vertrautes.
Eine Duftnote in der Luft, die nach Tod roch, nach Müll, nach Verderben. Es roch nach einem Mann. Ein bekannter Duft. Ein sehr bekannter Duft. Fast, als wäre er ihr sehr nah gewesen, als wäre sie ihn gewohnt. So gewohnt, dass sie ihn nicht mehr zuordnen konnte, seine Quelle nur sehr schwer …
„Georg!“, rief Miko.
Sie öffnete die Augen.
Er stand vor ihr, hielt eine Brieftasche in der Hand und legte sie vor Rafaella auf den Tisch.
„Sein Name ist Georg. Er hat hier zusammen mit René gewohnt.“
Raffaella nickte stumm.
Ihre Gedanken verweilten bei dem Duft, den sie jetzt,

da sie ihn erst entdeckt hatte, überall, im ganzen Raum, in der ganzen Wohnung, ja beinahe im ganzen Haus, einzuatmen schien.
Auch am Dachboden. Bei Michael.
Es war der gleiche Duft gewesen, die gleiche Mischung aus …
Sie starrte Miko an, der instinktiv einen Schritt zurückwich.

4

Ich trete näher.
Eigentlich sollte ich es besser wissen, als des Nachts in einer dunklen Gasse einem Geräusch zu folgen. In einer Nacht, die mir das Gefühl gibt, nur darauf zu warten, endlich über mich herfallen zu können.
Aber meine Neugier siegt.
Was, wenn es Uschi ist?
Vielleicht ist sie verletzt?
Ich trete noch näher, versuche ein wenig Zeit zu gewinnen, indem ich kleine Schritte mache, hoffe, dass meine Augen sich rasch an das wenige Licht gewöhnen.
Und plötzlich schnellt eine Hand hinter den Mülleimern hervor.
Sie ergreift den Rand einer Tonne, klammert sich daran, stützt sich.
Jemand will sich hochziehen, aber die Tonne gibt nach. Sie poltert zu Boden.
Das Krachen lässt mich zusammenzucken. Das was ich für einen kurzen Augenblick hinter der Tonne erkennen kann erschüttert mich zutiefst.

Es ist Uschi.
Sie ist verletzt.
Schwer verletzt.
Ihre Hand, die nach dem Tonnenrand griff, ist voll von Blut.
Sie dreht sich, versucht mit unkoordinierten Bewegungen den Müll von ihrem Körper zu wischen.
Sie windet sich am Boden.
Wie eine Schildkröte, die am Rücken liegt, versucht sie erfolglos sich aufzurichten, aber ihre Kraft reicht nicht aus.
Ihre Augen streifen mich, aber sie sieht mich nicht.
Dann erkenne ich, dass sie keine Augen mehr hat.

IV

Dann läutete das Telefon und brach den Bann.
Raffaella griff in ihre Tasche, zog das Mobiltelefon hervor und drückte auf „Annehmen".
Miko entspannte sich ein wenig, behielt ihre Bewegungen aber im Auge. Raffaella lächelte in sich hinein.
Miko fürchtete sie.
Er tat gut daran.
Sie meldete sich nicht am Telefon. Das tat sie nie. Ihre Anrufer wussten, wer sie war und sie hielt es nicht für notwendig ihren Namen zu nennen.
Sie lauschte der Stimme am anderen Ende, nickte ein paar Mal vor sich hin, legte dann auf. Es lief alles nach Plan.
Am Abend also.
Diesen Abend.

Miko zog fragend eine Braue hoch.

Raffaella blickte auf die Uhr und dachte nach, dann betrachtete sie Miko eingehender.

Er war jung. Er war attraktiv. Er war stark.

Kein Anführer, das nicht.

Aber ein fähiger, kräftiger Begleiter.

Die Jagd erregte sie immer wieder.

Und knapp vor dem Ziel wollte sie die Spannung bis aufs Letzte auskosten.

Raffaella wusste, wo Susi und René waren.

Fabian hatte Josef gefunden.

Einen alten Bekannten von Susi und seit einiger Zeit ein guter Freund von Raffaella. Eigentlich war Susi der Grund gewesen, weshalb sie auf Josef aufmerksam geworden war. Bei all den Fehlern, die Susi hatte, bei all der Schwäche, die sie offenbarte, hatte sie doch immer wieder eine Sache so gut gemacht, dass Raffaella es fast leid tat, sich ihr entledigen zu müssen: Susi hatte aufgrund ihrer Schwäche immer enormes Talent darin bewiesen, starke Männer zu finden.

Potentielle Kandidaten für die Meute aufzuspüren.

So wie Uschi.

Die Verräterin.

Raffaellas Blut kochte.

Wut stieg in ihr auf.

Die Erregung ergriff sie nun vollends.

In einer eleganten, raschen und kraftvollen Bewegung, wirbelte sie herum, riss Miko zu sich, drückte seine Lippen auf die ihren und küsste ihn wild.

Es gefiel ihr, zu spüren, wie rasch sie ihn erregen konnte.

Wie sehr sie ihn in der Hand hatte.

„Besorg es mir", befahl sie ihm. „Jetzt!"
Miko hatte so wenig mit diesem Ausbruch gerechnet, dass er für einen Augenblick die Kontrolle verlor und einen sekundenbruchteil lang seine wahre Gestalt, die Bestie, zum Vorschein kam.
Raffaella lächelte bösartig.
Die Jagd war fast zu Ende.
Sie riss Miko an sich.

5

Würde ich es nicht mit meinen eigenen Augen sehe, würde ich auf alles was mir wichtig ist schwören, dass es nicht sein kann, dass Uschi überhaupt noch lebt.
Aber sie atmet. Sie bewegt sich.
Wenn ich auch jeder ihrer Bewegungen ansehen kann, dass es ihr große Schmerzen verursacht.
Ich kann mich kaum bewegen, ich bin starr vor Angst und Entsetzen.
In einem ersten Impuls trete ich einen Schritt zurück, streife mit dem Fuß an einer Flasche, die aus dem Mülleimer gefallen ist und schleudere sie unbeabsichtigt gegen die Wand.
Ein Klirren hallt durch die Nacht, das mir tausend Mal lauter vorkommt, als das Geräusch der umfallenden Tonne vor ein paar Sekunden.
Jetzt weiß der Teufel, dass du hier bist, sagt eine Stimme in meinem Kopf und ich bin kurz davor in Panik auszubrechen.
„Nicht!", haucht Uschi.
Ihre Stimme kaum mehr als ein Flüstern im Wind.

Der Bann ist gebrochen.
Ich weiß nicht, ob sie damit sagen will, dass ich nicht fliehen soll. Vielleicht spürt sie meine Anwesenheit? Oder sie will, dass ich nicht näher komme, weil sie Angst davor hat, wer hier vor ihr stehen könnte. Oder sie denkt, dass wer immer ihr das angetan hat, wieder zurückgekommen ist, um die Sache zu beenden.
Was auch immer sie damit sagen will, ihre Stimme reißt mich aus meiner Starre und ich gehe langsam auf sie zu. Ich flüstere ihren Namen, versuche auf mich aufmerksam zu machen, damit ich sie nicht noch mehr erschrecke und ich bemühe mich, wenn auch vergeblich, meine Stimme ruhig klingen zu lassen.
Aber je mehr ich von ihrem Körper erkennen kann, desto schwere fällt es mir. Der Anblick macht es mir fast unmöglich, auch nur einen Schritt weiterzugehen, aber ich zwinge mich dazu.
„Sonnenglaster“, sagt sie. „Sonnenglaster.“
Ich knie mich hin, will ihr beruhigend durchs Haar streichen, aber ich wage es nicht. Es ist mit zu viel Blut verklebt. Ich will ihr meine Hand auf die Schulter legen, sie irgendwie berühren, ihre klar machen, dass ich es bin, dass alles wieder gut wird, aber nichts davon bringe ich zustande.
Es wird nicht wieder gut werden.
Das weiß ich.

V

Das Tier war ausgebrochen.
Es war nie gezähmt worden.

Ungezwungen.
Frei.
Ohne Moral, ohne Zurückhaltung.
Es war frei.
Nahm.
Und wurde zur Bestie.
Während des Tages im Schatten seiner selbst lebend, nutzte es die Stunden der Nacht, um frei zu sein, um die Illusion zu zerstören, um sich selbst zu beweisen, dass es immer noch sein eigener Herr war.
Raffaella wusste, was sie wollte.
Ihre Körper verschmolzen.
Vor ihrem inneren Auge sah sie den Todesboten.
Er zerfetzte Susi.
Riss sie in Stücke, riss ihr das Fleisch von den Knochen.
Das verhasste, verdorbene, sich selbst verletzende Fleisch.
Sie begann zu stöhnen.
Seine Klauen bohrten sich in Susis Rücken, trennten ihre Haut vom Körper, brachen Knochen. Seine Zähne rissen Stücke aus Susis Beinen, während die Schreie seines Opfers lauter und gequälter wurden.
Raffaellas Bewegungen wurden schneller, ihre Stimme lauter.
Mehr, immer mehr zerriss der Todesbote das verhasste Fleisch. Die verhasste Person, den Fehler in der Entwicklung der Menschheit. Die Schwachen und verlorenen Seelen. Immer tiefer riss er die Wunden, bis er letztlich auf das Herz stieß, das in dem zuckenden, gequälten Leib immer noch schlug.
Ihre Fingernägel bohrten sich in Mikos Rücken.

Er bewegte sich schneller.
Sie riss ihn zur Seite, setzte sich auf ihn, begann ihn zu reiten, während in Raffaellas Kopf der Todesengel ihre Gestalt annahm, sich siegessicher und triumphierend über Susi beugte, die aus entsetzten und schmerzverzerrten Augen zu ihr aufblickte, wohl wissend, dass dies ihr Ende war, Susi nur noch mit Blicken um Gnade flehen konnte, und doch wusste, dass sie diese niemals bekommen würde.
Ihre Hand bohrte sich durch Susis Brust, durchstieß den Brustkorb und riss ihr das noch schlagende Herz heraus. Das Licht in Susis Augen begann zu verblassen und das letzte Bild, das sie sah, war Raffaella, die ihr Herz in ihrer Faust zerquetschte, während ihr Lachen die Nacht durchdrang.
Mit einem lauten Schrei kam sie, genoss den Moment des Triumphs, ihres Sieges, hielt für ein paar Sekunden inne, atmete zutiefst befriedigt und befreit den Duft ihres eigenen Schweißes ein.
Ohne Miko eines Blickes zu würdigen, stand sie auf, ging ins Badezimmer, wusch sich seinen Geruch vom Körper und beachtete die tote Beatrice, die ein paar Meter neben ihr in der Badewanne bereits zu verwesen begonnen hatte, nicht weiter.

6

Als ich endlich klar genug denken kann, um den Notruf zu wählen und nach meinem Telefon greife, legt sich eine Hand auf meine Schulter.
Ich kann nicht sagen, ob es der Schock ist oder einfach

nur Dummheit, aber ich lasse Uschi liegen, drehe mich um und bin erleichtert, dass ich nicht mehr alleine bin. Erleichtert, dass ich nicht die ganze Bürde dieser Situation alleine tragen muss.

Das ist der erste Fehler, den ich an diesem Abend mache. Wie lange ich brauche, um den Kopf zu drehen, kann ich nicht sagen.

Aber lange genug, um zu hören, wie Uschi immer und immer wieder „Sonnenglaster" murmelt.

Es ist lange genug, um mich zu fragen, was das für ein Wort sein soll und was es bedeutet.

Lange genug, um die Idee auftauchen zu lassen, dass die Person hinter mir möglicherweise nicht helfen will.

Genug, um mir klar zu machen, dass es besser gewesen wäre, ich hätte mich nicht um die Geräusche in der Gasse gekümmert.

Um zu bemerken, dass die Hand auf meiner Schulter keine Hand, sondern eine Pranke ist.

Es ist kein Mensch, der hinter mir steht.

Es ist eine Bestie.

In Gestalt eines riesigen Wolfs.

Teil 3
NACHTSCHWÄRMER

KAPITEL 17
Spiegel, Spiegel (III)

"The other day took a friend away. Never thought this could happen so soon." (Aquarian Age "Mirror, Mirror")

Susi stößt die Hintertür auf und wir fliehen nach draußen.

Natürlich ist es nur ein kleiner, kalter Hinterhof, aber für uns könnte er die Rettung bedeuten.

Rettung wovor?

Ich habe, ehrlich gesagt, nicht wirklich eine Ahnung, aber diese Wolf-Menschen machen mir eine Heidenangst.

Und wenn sie es sind, die für das Blutbad bei mir Zuhause verantwortlich sind, dann haben wir wohl jeden Grund zu fliehen.

Susi wirft einen kurzen Blick um sich und läuft dann auf die Straße nach draußen.

Ich denke nicht lange nach, sondern folge ihr.

Sie läuft ohne sich umzusehen und versichert sich noch nicht mal, ob ich hinter ihr herkomme. Tief in mir ist etwas enttäuscht von ihr, aber da ich direkt hinter ihr bin und nicht gerade in dem Lokal von Wölfen zerlegt werde, verschwende ich keinen weiteren Gedanken daran.

Als sie auf die Straße kommt biegt sie rechts ab und läuft immer weiter und weiter.

Ich biege ebenfalls um die Ecke und kann aus den Augenwinkeln gerade noch erkennen, wie die Bestien durch die Tür kommen und ohne innezuhalten hinter uns her

preschen.
Vielleicht hat Susi einen Plan.
Ein Ziel.
Sie wirkt, als ob sie wüsste, was sie tut.
Andererseits wirkt Susi immer, als ob sie wüsste, was sie tut, obwohl sie manchmal keinen blassen Schimmer hat.
Ich wünsche mir, dass dem hier nicht so ist, sondern, dass sie wirklich einen Plan hat.
Wenn das, was uns verfolgt, wirklich Wolfsmenschen sind, also Werwölfe, ist es dann nicht so, dass man sie nur mit Silberkugeln töten kann?
Wo sollen wir Silberkugeln herzaubern?
Nach ein paar Momenten ist mir plötzlich klar, dass sie den Weg aus der Stadt hinaus nimmt.
Warum?
Sind Wölfe nicht im freien Gelände viel gefährlicher?
Ich rufe ihr etwas Dementsprechendes zu, während ich versuche mit ihr Schritt zu halten, aber sie reagiert nicht.
Hinter uns kann ich die Viecher hören, aber ich drehe mich nicht um.
Und plötzlich passiert es.
Susi biegt um eine Ecke, ich bemerke es zu spät, versuche abzubremsen, um ebenfalls um die Ecke zu kommen, schaffe es auch, übersehe eine Mülltonne und knalle mit voller Wucht in sie hinein.
Ich rapple mich auf und stolpere weiter.
Susi muss den Knall gehört haben, aber sie hält nicht an, sie dreht sich nicht um und sie blickt nicht zurück.
Ich werde wütend auf sie.
Vielleicht ist es dieser Zorn, der mir das Leben rettet, denn ich sehe nicht nach hinten und laufe dann hinter

Susi her, ich *fliehe* nicht, sondern ich *verfolge*.
Ich verfolge Susi.
Für ein paar Sekunden bin ich so voller Zorn, dass ich aufspringe und mit voller Kraft hinter ihr herlaufe.
Sie muss meine Schritte gehört haben, denn als ich sie erreiche greift sie zur Seite, nimmt meine Hand, drückt sie kurz, schlägt plötzlich wieder einen Haken in eine Seitengasse und reißt mich mit sich.
In dieser Gasse befindet sich eine Tür.
Sie drückt sie auf und wir befinden uns in einem Treppenhaus.
Sie schließt die Tür hinter uns, schließt sie ab – der Schlüssel steckt sonderbarerweise – und macht sich auf den Weg, um die Treppe nach oben zu gehen.
Ich halte sie an der Schulter zurück.
„Moment", sage ich, „Ich habe eine Frage."
Sie wischt mit einer eleganten Bewegung meine Hand von ihrer Schulter und erwidert nur: „Später."
Ich bin irritiert.
„Wann später?", will ich wissen.
„Sobald wir oben sind", antwortet sie.
„Wo oben?", frage ich nach.
Sie dreht sich nun doch zu mir und sieht mir direkt in die Augen.
Ihr Blick macht mir Angst.
Er ist kalt und berechnend.
„Willst du sterben?"
Ihre Stimme ist so kalt wie ihr Blick.
Ich weiß, es ist der denkbar falsche Zeitpunkt, aber wer weiß, ob ich jemals wieder Gelegenheit habe, diese Frage zu stellen.

„Würde dich das kümmern?“, entgegne ich.
Sie zuckt beinahe unmerklich zusammen.
Ich habe sie verletzt.
Oder einfach nur überrascht. Schwer zu sagen.
Aber sie kommt nicht dazu, zu antworten.
Irgendetwas kracht gegen die Tür und es ist nicht schwer zu erraten, dass es sich um unsere Verfolger handelt.
Susi wirft einen Blick auf die Tür, dann auf mich, seufzt, sagt aber nichts, sondern stürmt die Treppe nach oben, nicht ohne mich wieder an der Hand zu fassen und wie eine willenlose Puppe hinter sich her zu ziehen.
Wir jagen eine Treppe hinauf, dann eine zweite und eine dritte.
Von außen hatte das Haus – soweit ich es im Blick hatte – nicht so hoch ausgesehen und ich nehme mir in genau diesem Moment vor mit dem Rauchen aufzuhören.
Es ist ein sonderbarer Gedanke, aber er kommt mir wirklich. Wir Menschen sind schon seltsame Geschöpfe.
Nach der dritten Treppe folgen noch ein paar weitere, aber ich achte nicht darauf, ich konzentriere mich nur darauf zu atmen, zu atmen und nochmals zu atmen.
Irgendwo am Rande meiner Wahrnehmung versuche ich nebenbei mit Susi Schritt zu halten und schaffe es auch irgendwie.
Dann sind wir oben angekommen.
Susi tritt eine weitere Tür auf, schubst mich hindurch, wirft einen Blick die Treppe nach unten und folgt mir dann.
Es ist eines dieser ebenen Dächer, die auf Hochhäusern oft zu finden sind. Sie wirft die Tür zu, schließt ab, und wendet sich an mich.

Auch hier steckt der Schlüssel.

Das ist nicht nur ungewöhnlich, sondern auch sehr seltsam, um nicht zu sagen: unmöglich.

Ist es Zufall?

Dann bemerke ich, dass Susi mich anstarrt.

Ich erwidere den Blick.

Es ist nicht schwer zu erraten, dass sie etwas fragen will.

Sie zögert.

Tief unter uns kracht etwas und Schreie werden laut.

Sie weicht ein paar Schritt von der Tür weg, nervös.

Die Zeit ist knapp

Sie wendet sich wieder an mich.

„Wir haben nicht viel Zeit, deshalb stelle ich nur eine Frage und zwar nur ein einziges Mal“, sagt sie hastig.

Sie holt tief Luft, wie um Mut zu schöpfen und sagt dann: „Vertraust du mir?“

Ich bin ein wenig verlegen.

Eigentlich ist dies der Zeitpunkt, an dem ich auf ein paar Dinge hinweisen sollte. Zum Beispiel auf die fehlende Sorge vor ein paar Minuten, als ich gestolpert bin. Aber wenn ich tief genug in mein Herz sehe … nun, so tief muss ich gar nicht hinsehen, dann kann ich im Grunde genommen nur eine Antwort geben: „Ja.“

Susi nickt.

„Dann stell keine Fragen und folge mir einfach.“

Bevor ich noch etwas erwidern kann dreht sie sich um, läuft nach rechts auf den Rand des Daches zu.

Sie ist bereits verdammt nah am Rand, aber sie bremst nicht ab.

Nein.

Sie springt auf das nächste Dach.

Und sie schafft es auch.
Ich seufze und werfe meinerseits einen Blick auf die Tür.
Sie wirkt nicht sehr stabil.
Wie lange werden die Wölfe wohl brauchen, um hier hoch zu kommen?
Als hätte der Gedanke sie gerufen, kracht auch hier etwas gegen die Tür.
Ich zögere nicht weiter.
Ich nehme Anlauf und hoffe, dass mir nicht im letzten Moment meine Beine den Dienst versagen und ich es bis nach drüben schaffe.
Ich krache auf den Boden des anderen Daches und alles tut mir weh.
Susi lässt mir keine Zeit zum Jammern sondern zieht mich hoch und drückt mich hinter einen Schornstein.
Ich zittere am ganzen Körper.
Langsam versteht mein Kopf, was meinen Körper zum Zittern bringt, der Kopf hinkt immer etwas hinterher.
Aber er holt auf.
Bilder tauchen aus meiner Erinnerung auf.
Aus jener Nacht.
Jener Nacht, als ich die Bestien zum ersten Mal gesehen habe.
Jener Nacht, in welcher meine Halluzinationen begonnen haben.
Jene Nacht, die ich so lange verdrängt habe, die mein Kopf schlichtweg ausradiert hatte.
Aber jetzt taucht alles wieder auf.
Und ich zittere.
Sie haben Uschi getötet.
Und jetzt sind sie hinter mir her.

Dann halte ich inne.
Hinter mir?
Oder hinter Susi?
Ich werfe einen Blick auf Susi und sie muss irgendetwas in meinen Augen gesehen haben, denn in ihren Augen sehe ich ebenfalls Angst.
Aber ist keine Angst vor dem Tod.
Es ist nicht die Angst von den Wölfen erwischt zu werden.
Es ist eine andere Angst.
Angst vor mir.
Vielleicht übersehe ich etwas.
Und dann zerbirst die Tür auf dem anderen Dach in ihre Einzelteile und ein wütendes Knurren dringt zu uns herüber.
Susi reagiert schnell.
Sie drückt mich mit dem Rücken an die Wand. Sie selbst steht neben mir.
Ich schließe die Augen und wünsche mir, dass ich einfach nur aufwache.
Aber natürlich passiert das nicht.
Etwas Anderes passiert.
Ich kann hören, wie der Wolf uns folgt.
Er springt auf unser Dach und landet – weitaus eleganter als ich, dass kann man am Geräusch der Pfoten bei der Landung hören – etwa dort, wo ich gelandet bin.
Dann sehe ich, was Susi in der Hand hält.
Es ist ein Brett an dessen Ende Nägel eingeschlagen wurden.
Wo immer sie dieses Brett auch gefunden hat.
Will sie etwa einen Werwolf mit einem Nagelbrett töten?

Verzweiflung ist etwas Seltsames, man klammert sich immer an Strohhalme.
Das ist närrisch.
Es ist Wahnsinn.
Ich kann die Schritte des Tieres hören.
Susi wirft mir einen warnenden Blick zu.
Ich weiß, was er bedeutet: Halt den Mund und rühr dich nicht.
Und ich halte mich daran.
Die Geräusche kommen näher.
Ich frage mich, weshalb uns nur ein Wolf gefolgt ist.
Es waren vier, die uns verfolgt haben und dennoch ist nur ein einziger hier oben. Ich komme nicht dazu den Gedanken zu Ende zu bringen, denn plötzlich taucht er in meinem Blickfeld auf.
Er schleicht neben Susi um den Schornstein und - er entdeckt uns.
Aber er kommt nicht dazu zu reagieren.
Susi schmettert ihm mit voller Wucht das Nagelbrett auf den Kopf.
Der Wolf heult auf.
Er erhebt sich auf seine Hinterbeine und schlägt wild vor Schmerz und Wut um sich. Susi lässt sich nach hinten fallen und entkommt seinen Krallen nur knapp.
Dann passiert etwas Eigenartiges.
Etwas, dass ich schon einmal gesehen habe.
Der Wolf verwandelt sich.
Er wird zu einem Menschen.
„Josef", murmelt Susi.
Und nun – endlich – kenne ich den Namen von Uschis Mörder.

Ich kenne sein Gesicht.
Seine Gesichter.
Den Menschen und Wolf darunter.
Oder ist es anders herum?
Josef steht vor uns.
Stumm.
Starr.
Er starrt Susi ungläubig an.
Seine rechte Hand hebt sich und greift nach dem Nagelbrett, das noch immer in seinem Kopf steckt. Er tastet es ab, zuckt kurz zusammen, als er es berührt und zieht es langsam heraus.
Sein Blick ist leer.
Er hält das Brett in der Hand, betrachtet die Nägel und das Blut daran, scheint nicht zu verstehen, dass es *sein* Blut ist.
Das Brett fällt zu Boden, es ist ihm aus der Hand gerutscht.
Er streckt die andere Hand nach Susi aus, versucht etwas zu sagen, aber als er den Mund öffnet tropft nur Blut daraus hervor. Auch aus den vielen kleinen Wunden an seinem Kopf, welche die Nägel hinterlassen haben, quillt Blut. Er verdreht die Augen und fällt zu Boden.
Er ist tot.
Susis Deckmantel aus Sicherheit und Kraft und Mut verschwindet für eine Sekunde und ein Schluchzen befreit sich aus ihrer Brust.
Sie fährt sich mit der Hand über die Augen, um die Tränen weg zu wischen. Ihr Körper erzittert ein, zwei Mal, dann hat sie sich wieder unter Kontrolle.
Ich stehe noch am gleichen Platz wie zuvor.

Es ist alles so schnell geschehen, dass ich nicht einmal reagieren konnte.
Susi steht wieder auf.
Sie tritt zu Josef, betrachtet den am Boden liegenden Menschen.
Es ist kein Wolf mehr.
Ich frage mich, ob ich mich getäuscht habe, ob es schon immer ein Mensch war.
Habe ich mir den Wolf nur eingebildet?
Susi wirft einen Blick auf das Dach von dem wir gekommen sind und nickt zufrieden. Es ist leer.
„Was ist?", will sie wissen, als ich langsam, wie betäubt, hinter dem Schornstein hervorkomme.
„Das war ein Wolf", stelle ich äußerlich ruhig und innerlich aufschreiend fest.
Susi nickt.
„Ja."
„Und jetzt ist es ein toter Mann", fahre ich, noch immer ruhig, fort.
Susi nickt wieder.
„Richtig."
Ich sehe mich um, aber noch immer kein Zeichen der anderen drei Bestien.
„Wo sind die anderen?", will ich wissen. Meine Stimme brüchig. Sie klingt selbst in meinen Ohren wie ein Krächzen.
Susi deutet nach unten.
„Auf der Straße. Sie bewachen die Zugänge des Hauses dort drüben."
Mit langsamen Schritten gehe ich auf den Rand des Daches zu und will nach unten blicken, aber Susi hält mich

zurück.

„Tu das nicht."

Ich sehe sie an.

Sie wirkt entschlossen.

Sie hat wirklich einen Plan.

War sie das mit den Schlüsseln? Und wo hat sie das Brett mit den Nägeln her? Woher weiß sie, dass der Rest unten wartet? Und warum ist sie sich so sicher gewesen, dass uns nur einer der Wölfe nach oben folgt?

Alles Fragen, deren Antwort ich vielleicht erahnen, aber nicht wissen kann.

Ich verzichte auf eine Frage. Die Notwendigkeit etwas zu *tun* ist größer.

„Wie lautet der Plan?", frage ich.

Unsere Blicke treffen sich. Ein kaltes Lächeln umspielt ihre Mundwinkel.

Dann macht sie ihren Vorschlag, den ich mir geduldig anhöre.

Es klingt wie Selbstmord, aber ich nehme an, dass sie weiß was sie tut.

Die Ungewissheit nagt trotzdem an mir.

Wir drehen den toten Körper von Josef herum, schieben ihn an den Rand des Daches und lassen ihn dort liegen.

Ich sehe Susi skeptisch an und versuche keine Fragen zu stellen.

Es fällt mir nicht leicht.

Überhaupt nicht leicht.

Aber ich tue, was sie verlangt.

Sie greift nach dem Brett und als sie am Kopf des Toten nach den Wunden sucht, welche die Nägel hinterlassen haben, um das Brett wieder hineinzudrücken, wende ich

den Blick ab.
Die Frage nach dem „Warum?“ drängt in mir nach draußen, aber ich kann mich beherrschen, auch wenn ich das Geräusch, welches die Nägel verursachen, die zurück in den Kopf gedrückt werden, wohl nie wieder vergessen werde.
Ich atme schwer.
Die Luft hier draußen riecht frisch. Es ist eine klare Sternennacht geworden. Als ich mich wieder hinsehen traue, steht Susi neben Josefs Leiche und sieht mich an.
„Hilf mir“, fordert sie mich auf.
Ich nicke nur, unterdrücke den Ekel und wir stoßen ihn gemeinsam über die Kante. Er fällt über den Rand und stürzt mitsamt dem Brett im Kopf nach unten.
Ich höre ein Krachen, als der Körper auf der Straße aufschlägt und aus Reflex beuge ich mich vor, um nach unten zu sehen, aber Susi hält mich zurück.
Dann ertönt ein Heulen auf der Straße.
Erst eines, dann zwei und schließlich sind es alle drei noch übrigen Tiere, die ich hören kann.
„Ist das …?“, beginne ich, breche den Satz aber ab, da mich ein eiskaltes Schaudern überkommt.
Susi nickt wieder.
„Sie reden miteinander …“
Wölfe … Menschen … Wolfsmenschen.
All das erscheint mir so fremd, so abartig, dass ich nicht genau sagen kann, was ich denken soll.
Aber ich vertraue ihr.
Zumindest versuche ich es.
Susi wendet sich ab und ich trotte langsamen Schrittes hinterher.

Es ist noch nicht vorbei.

Während ich ihr folge und wir uns den Weg vom Dach nach unten suchen, zurück zu den anderen Wölfen, frage ich mich, ob ihr Plan funktionieren kann.

Ich kann es mir nicht vorstellen.

Aber am Ende des Tages ist man immer klüger, als am Morgen.

Ich frage mich, wie spät es ist.

Vertrau mir, hat sie gesagt.

Tue ich das?

Ich betrachte sie, wie sie vor mir die Treppe nach unten steigt und frage mich wieder und wieder ob ich ihr wirklich vertrauen soll.

Ob sie uns beide retten wird …

(*sie hat das Brett wieder an die Stelle gesetzt, an der sie ihn getroffen hat*)

… die Aussicht auf Rettung gibt mir Hoffnung …

(*völlig kalt und gefühllos*)

… aber ich frage mich, ob sie mich für ihre Rettung opfern würde.

(*vertraut sie denn mir?*)

KAPITEL 18
Lauf (III)

"When you sit and dream of new fresh air, you're never there"
(Aquarian Age "Run")

I

Natürlich kommt immer alles anders als erwartet, aber dass es so anders kommt, davon hätte ich nie geträumt. Mit Sicherheit bin ich nicht der einzige, der immer wieder so tolle Sprüche gehört hat, wie „Das Leben ist was passiert während du Pläne schmiedest", und doch nicht daran geglaubt hat.

Und letztens Endes macht es keinen Unterschied.

Während ich Susi die Treppe hinab folge, um ihren Plan in die Tat umzusetzen gehen mir seltsame Dinge durch den Kopf. „Es ist egal, ob du an den Teufel glaubst, denn er glaubt an dich" ist ein Satz, der sich immer wieder durch meine Gedanken schlängelt, wie eine alte Gewohnheit, die ich nicht ablegen kann. Dabei geht es hier noch nicht mal um den Teufel.

Aber zum ersten Mal seit wirklich langer Zeit wird mir bewusst, wie wenige Probleme ich eigentlich hatte.

Zum ersten Mal seit langer Zeit, fällt mir auf, dass es nicht wichtig ist, ob ich viel Geld verdiene, ob ich regelmäßig und pünktlich zur Arbeit erscheine, oder ob meine Kleidung richtig gebügelt ist.

Zum ersten Mal seit langer Zeit fällt mir auf, wie sehr ich das Leben liebe. Wie sehr ich es liebe, einfach nur

am Leben zu sein, zu atmen, durch die Straßen gehen zu können und sagen zu können: „Hey, hier bin ich.“
Susi scheint an solche Dinge nicht zu denken, zumindest ihr Gesicht wirkt unbekümmert, während sich Sorgenfalten gerade jetzt, in diesem Augenblick, in meine Stirn brennen.
Wir sind angekommen.
Sie deutet mir, näher zu treten, sieht mich an und flüstert mir zu.
„Du läufst nach links. Ich laufe nach rechts“, beginnt sie. „An der nächsten Ecke biegst du rechts ab, verstehst du mich?“
Sie sieht mich an, sieht mir in die Augen und kann mit großer Wahrscheinlichkeit all das Unbehagen darin sehen.
„Links, dann rechts“, wiederholt sie. „Und dann immer geradeaus zum Waldrand. Dort steht eine alte Hütte.“
Ich nicke, wiederhole halblaut ihre Anweisungen.
Links. Rechts.
Waldrand.
Hütte.
„Wenn wir es bis dahin schaffen, dann haben wir diesen Albtraum so gut wie überstanden.“
Ich nicke.
Links, dann rechts. Alles klar, alles Roger, einfach und effektiv.
Was uns dort in der Hütte retten soll ist mir allerdings unbekannt. Diesen Teil des Plans, wenn man es überhaupt so nennen kann, hat sie mir verschwiegen.
(*Vertraust du ihr wirklich?*)
Die Stimme in meinem Kopf sagt mir, dass ich nicht so

dumm sein soll. Sie will mich – im wahrsten Sinn des Wortes – den Wölfen zum Fraß vorwerfen und selbst davon kommen.
Aber ich ignoriere diese Worte.
(*Wenn das hier funktionieren soll, dann muss ich ihr vertrauen*)
Und ja, ich bemühe mich.
Aber es fällt schwer im Angesicht solchen Grauens standhaft zu bleiben.
Susi hat ihren Blick weiterhin auf mich gerichtet und sie scheint zu wissen, was sich in meinen Gedanken abspielt.
„Wenn du Bedenken hast, dann können wir die Seiten tauschen", schlägt sie vor.
(*Bist du dir ganz sicher, dass du ihr vertraust?*)
Ich schüttle den Kopf.
Es macht keinen Unterschied.
Am Ende macht es wirklich keinen Unterschied.
Susi wartet noch ein paar Sekunden, wendet sich dann zur Tür, dreht sich aber nochmals zu mir um.
„Ganz sicher?"
Ich nicke wieder, hole tief Luft und mache mich für den Sprint bereit.
(*und zum ersten Mal seit langer Zeit fällt mir wieder ein, dass ich am Leben sein will*)
„Ja, ich bin bereit. Wir können los."
Meine Worte klingen selbst in meinen eigenen Ohren mehr als hohl.
Aber ich werde es tun.
Ich glaube nicht an Gott, aber wenn es so etwas wie Gott gibt, dann kann er wohl nicht zulassen, dass dies hier tatsächlich mein Ende ist.
(*warum nicht?*)

Zu einer Blockhütte laufen.
Was für ein Plan.
Ach Scheiße, es ist zu spät, um noch länger darüber nachzudenken.
Susi hat die Hand am Schlüssel, sieht mich noch ein letztes Mal an, nickt und sperrt die Tür auf.
Dann läuft sie los.
Mir kommt der Gedanke, dass wir uns vielleicht noch hätten verabschieden sollen, aber dann komme ich mir dumm vor. Der Gedanke an einen Abschied zeigt mir eigentlich nur, wie wenig ich diesem Plan vertraue.
Sie ist aus der Tür und ich folge ihr, biege dann nach links ab und laufe so schnell ich kann die Häuserschlucht entlang.

1

Sie springt durch die offene Tür und läuft nach rechts.
Die Ewigkeit ist so lang wie ein Häuserblock. Und dann scheint sie vorbei zu sein. Aber das ist nicht die Wahrheit.
Die Ewigkeit dauert an.
Sie dehnt sich aus.
So lange, wie die junge Frau braucht, um aus der Langsamkeit der Kurve zu entkommen und wieder mit voller Energie, mit ihrer ganzen Körper- und Willenskraft, nach vorne, in die Sicherheit, zu drängen.
Dann dehnt die Ewigkeit sich noch weiter aus.
Sie dauert so lange, bis letztendlich eine Blockhütte im Sichtfeld auftaucht.
Sie dauert so lange, wie sie die Blockhütte näher kom-

men sieht.
So lange, wie sie braucht, sich umzudrehen und zu entdecken, dass ein Wolf sie verfolgt und scheinbar mühelos aufholt.
Sie dauert genausolang, wie sie braucht, um aus der Gasse hinauszulaufen und einen Blick zur Seite zu werfen, um zu erkennen, dass dort nicht die Gestalt auftaucht, die sie erwartet hat.
Stattdessen erkennt sie, dass dort ein weiterer Wolf erscheint.
Aber der Wolf ändert seine Richtung nicht, um sie anzufallen.
Er steuert auf das Blockhaus zu, das das Ziel, die Rettung, das Ende der Reise sein soll.
Und am Ende dieser Ewigkeit hört sie hinter sich ein Knurren.
Und als sie erkennt, dass dieses Knurren viel näher ist, als es sein sollte, viel näher ist, als es sein *dürfte*, sogar näher, als es möglich ist, genau in diesem Moment endet die Ewigkeit.
Weil der Albtraum von dem sie verfolgt wird sie eingeholt hat.
Sich auf die junge Frau wirft.
Knurrt.
Seine Zähne in ihrem Fleisch sie unweigerlich aus der Ewigkeit zurückholen in die Bitterkeit des Hier und Jetzt.

II

Als ich aus der Gasse nach draußen laufe versuche ich, nicht langsamer zu werden. Ich kann die Pfoten des Tieres hinter mir hören, werde schneller und immer schneller. Mit jedem Schritt und jedem Atemzug den ich tue, habe ich das Gefühl als würde meine Lunge zerspringen. In einem kurzen Anfall von Wahnsinn habe ich den Gedanken, dass ich nie mit dem Rauchen angefangen hätte, wenn ich gewusst hätte, dass ich eines Tages zu Fuß vor Werwölfen fliehen muss.

Dann ist mein Kopf wieder klar und die letzten Meter bis zur Hütte sind geschafft.

Ich bin dort, ich bin angekommen, berühre die rettende Holzwand, werfe einen schnellen Blick zur Seite und kann nicht erkennen, ob Susi nun hier ist, oder nicht. Aber es spielt keine Rolle mehr.

Ich bin hier. Angekommen. Lebendig.

Ich bin hier und stehe still.

Ich wage nicht, mich zu rühren, weil plötzlich ein Wolf an meiner Seite auftaucht und sein Zähnefletschen wirkt wie ein hämisches Grinsen.

Ich taumle einen Schritt zurück, aber ein anderer Wolf steht hinter mir und knurrt laut, damit ich nicht auf den Gedanken komme in die andere Richtung zu verschwinden.

Ich habe keine Chance mehr.

Alles auf eine Karte gesetzt.

Alles verspielt.

Die Reise endet hier.

2

Ich erinnere mich an Tage aus meiner Vergangenheit und denke gleichzeitig daran, was die Zukunft hätte bringen

können.
Was kommt nach dem Sterben?
Gibt es so etwas, wie ein Leben nach dem Tod?
Jetzt, im Angesicht des Todes, meines Todes, stelle ich fest, dass ich mir nicht mehr ganz so sicher bin, dass es keinen Gott gibt.
Vielleicht gibt es ihn wirklich.
Es muss ihn geben.
Einfach schon deshalb, weil hier nicht das Ende des Weges sein sollte.
Weil dies nicht das Ende sein kann.
In meinen Kopf formen sich die Worte zu etwas ähnlichem wie einem Gebet. Auch wenn ich mir vielleicht wünschte, ich würde es tun - ich bete nicht zu Gott.
Ich bitte um Verzeihung.
Aber nicht ihn, sondern mich selbst.
Ich hoffe, ich verzeihe mir all das hier irgendwann.
All die Dinge, die ich hätte sagen sollen, aber nie gesagt habe.
Die Dinge, die ich hätte tun sollen, aber nicht getan habe.
Und jene Dinge, die ich hätte bemerken sollen, aber nicht bemerkt habe.
Aus Gründen, die ich jetzt, hier und jetzt, als unwesentlich erkenne.
Aber vor ein paar Tagen noch, sogar vor ein paar Stunden noch, schienen sie mir wichtig.
Ich weiß nicht warum.
Es ist unglaublich wie erbärmlich ich in diesem Moment bin.
Ich fühle mich einen Atemzug lang kitschig, aber dann

erst wird mir bewusst, wie absurd der Gedanke an Kitsch in genau diesem Moment ist.
Dies hier ist nicht Kitsch.
Dies hier ist das Ende meines Lebens.
Und ich sollte diese letzten Momente auskosten so lange sie andauern.
So lange ich noch atme.
Dann plötzlich-
- der Hoffnungsschimmer.

III

Der dritte Wolf zieht Susi mit ihrem Fuß in seinem Maul neben sich her und mit einem betont lässigem Kopfschwung wirft er sie vor mich auf den Boden.
Ich knie am Boden, meinen Rücken an die Wand der Blockhütte gelehnt.
Susis Fuß sieht gar nicht gut aus. Der Wolf hat wohl nicht viel Rücksicht darauf genommen, wie tief und wie fest er zubeißt.
Aber jetzt die Wunde verbinden zu wollen, wäre idiotisch.
Was nützt es eine Blutung zu stillen, wenn man ohnehin in kurzer Zeit aus viel mehr Wunden bluten wird?
Gar nichts.
Susi gibt keinen Schmerzenslaut von sich.
Sie rappelt sich auf und wirft einen Blick in die Runde.
Sie nickt, als würde sie sich selbst etwas bestätigen. Dann sieht sie mich an und in ihren Augen kann ich so etwas wie ein Lächeln erkennen.
Sie kriecht in meine Richtung – ihr Fuß zieht eine

Blutspur, sogar hier auf dem Rasen, der den Waldrand markiert – und lehnt sich neben mich an die Wand. Mit einem Seufzer entlädt sie all ihre Anspannung und ihre Hände liegen locker in ihrem Schoss.

Die Wölfe stehen im Halbkreis um uns herum.

Susi beachtet sie kaum, sondern sieht mich seltsam fröhlich an.

Ich zweifle an ihrem Verstand.

Auch wenn ich zugeben muss, dass ich keine Angst mehr habe.

Ich fühle mich nicht am Rande des Wahnsinns.

Keineswegs.

Das Ende ist mittlerweile so gewiss, dass ich erstaunlich kalt bin.

Gefühlskalt.

Mir ist alles ziemlich egal und es scheint, als würden die Wölfe das spüren. Sie knurren nicht, sie fletschen nicht die Zähne, sie stehen einfach da und blicken uns an.

Susi wendet sich an mich: „Hast du eine Zigarette?"

Ich hebe etwas erstaunt eine Augenbraue und suche in meinen Taschen.

Tatsächlich.

Ich bin überrascht, dass sie nicht vollständig zerbröselt und zerdrückt wurden, aber ich hole die Packung aus der Hosentasche und halte sie ihr hin.

Sie nimmt eine, sieht sie an und nickt dann anerkennend.

„Kaum verbogen", meint sie und ich muss kichern.

Ich grinse breit.

„Das macht mein aufrechter Gang", antworte ich und kann spüren, wie ein Gefühl der Hysterie sich langsam in mein Hirn schleicht. Ich nicke in Richtung der Wölfe.

„Das hätten die nie geschafft", stelle ich fest, ein Kichern unterdrückend.
„Wie auch?", fragt Susi. „Sie haben ja keine Taschen im Fell."
Ich kann fühlen, wie etwas, ein Staudamm, in meinem Kopf zu knirschen beginnt. All die Angst, der Horror, der Irrsinn, die sich die letzten Tage in meinem Gehirn angestaut haben, drücken mit voller Kraft dagegen.
„Dann hätten sie eben Beuteltiere werden müssen."
Der Staudamm bricht.
All die zurückgehaltenen Emotionen suchen sich, ihren Weg nach draußen. Sie brauchen nicht viel, nur einen kleinen Anreiz und sie reißen mich mit sich, schubsen mich endgültig über die Kante in den Irrsinn hinein. Ich weiß, dass meine Antwort nicht mal Sinn macht, aber trotzdem breche ich in ein hysterisches Lachen aus. Ich kann nicht anders.
Susi lacht nicht, sie lächelt.
Die Wölfe sehen uns stumm an.
Nach drei oder vier Minuten ist meine Hysterie abgeklungen und ich bin wieder in halbwegs zurechnungsfähigem Zustand, nur mein Mangel an Angst ist nach wie vor vorhanden. Ich fühle mich, als würde ich unter Drogen stehen.
Nüchtern betrachtet ist die ganze Szene absurd.
Ich nehme ebenfalls eine Zigarette aus der Packung und, aus dem Zustand der Gefühlskälte heraus, biete den Wölfen auch eine an. Sie zeigen, wie erwartet, keine Reaktion.
Ich durchsuche meine Taschen nach Feuer, aber ich finde keines.

„Susi“, sage ich. „Ich glaube ich habe mein Feuerzeug verloren.“
Susi seufzt.
„Schade.“
Knapp zwei Meter vor uns flammt ein Feuerzeug auf.
Wir heben beide erstaunt den Kopf.
Vor uns steht eine Frau.
Hübsch. Ich würde sogar sehr hübsch sagen.
Und sie hat ein wirklich aufreizendes Lächeln im Gesicht.
Ich sehe sie fragend an.
„Ihr wolltet doch Feuer?“, meint sie und ihr Lächeln würde einen Eisblock zum Schmelzen bringen, wenn ihre Augen nicht so kalt wären, dass man bei ihrem Anblick beinahe erfrieren würde.
Susi bricht den Bann in den mich diese Augen ziehen, indem sie sich nach vor beugt und meint: „Gern, danke.“
Die Frau hält ihr das Feuer hin und Susi entzündet ihre Zigarette. Ich nicke ebenfalls, vermeide aber, der Frau in die Augen zu sehen.
Der Rauch schmeckt scheußlich.
Unglaublich, dass ich das vorher nie bemerkt habe. Dennoch genieße ich die Zigarette. Einfach deshalb, weil ich mit Sicherheit weiß, dass dies die letzte ist, die ich jemals Rauchen werden.
Schande über alle, die mal gesagt haben, dass mich das Rauchen umbringen würde.
Susi lehnt den Kopf an die Wand und blickt zum Horizont.
„Sieh mal“, stellt sie fest. „Die Sonne geht auf.“
Ich sehe ebenfalls hin und nicke nur.

Was soll ich dazu sagen? Die Sonne geht jeden Tag auf. Und trotzdem ist es ein schöner Anblick.
„Genießt den Anblick", sagt die Frau und wir schweigen ein paar Sekunden.
„Wir haben uns früher oft gemeinsam die Sonnenaufgänge angesehen", fährt sie schließlich an Susi gewandt fort. „Ich hätte gedacht, dass wir das bereits hinter uns hätten."
Susi sieht sie nicht an, aber sie antwortet.
„Du hast dich nicht verändert, Raffaella."
Die Frau schüttelt den Kopf und lächelt noch immer.
„Nein, wozu auch?."
Ich sage nichts, tue nichts, rauche schweigend und höre einfach zu. Es ist beinahe wie im Film. Ich sitze stumm da und beobachte fasziniert das Geschehen.
Raffaella kniet sich vor Susi hin und deutet auf die beiden Männer, die rechts und links von ihr stehen.
„Und die beiden dort?"
Susi sieht erst den einen und dann den anderen an.
„Miko und Fabian, wenn ich mich nicht irre."
Raffaella steht wieder auf und tritt ein paar Schritte zurück.
„Also hast du Uschis Unterlagen erhalten", stellt sie fest.
Susi nickt langsam.
Raffaella lächelt.
Ein schönes, erotisches, wenn auch animalisches Lächeln.
„Und du hast sie dabei."
Auch das war keine Frage.
Susi sagt nichts.
Fabian tritt vor, will sich zu Susi beugen und sie durchsu-

chen, aber Raffaella stellt sich ihm in den Weg.
„Habe ich dir gesagt, dass du den Umschlag an dich nehmen sollst?“, fragt sie und Fabian sieht sie nur stumm an. Er tritt einen Schritt zurück, beobachtet sie aber misstrauisch. Raffaella bleibt ihm zugewandt.
„Ich weiß, was du getan hast, Fabian“, stellt sie dann fest. Er legt den Kopf schief.
„Was meinst du?“, fragt er verunsichert. Er ist ungeschickt. Selbst ich kann sehen, dass in seinem Kopf gerade die verschiedensten Szenarien ablaufen, die allesamt Dinge betreffen, die er getan hat und die von Raffaella entdeckt worden sein könnten.
Sie lächelt wieder eiskalt.
„Michael“, sagt sie dann.
Fabian wird weiß. Sein Mund öffnet sich und schließt sich wieder.
„Georg“, fährt Raffaella fort, tritt einen Schritt auf ihn zu.
Fabian schüttelt stumm den Kopf.
„Ich wusste nicht“, beginnt er, aber sie fällt ihm ins Wort.
„Und Beatrice!“, faucht sie.
Fabian zuckt zusammen, als hätte sie ihn geschlagen.
Ich bin sprachlos, ob der Macht, die Raffaella über ihre Leute zu haben scheint. Sie steht einen Meter entfernt und sie hat ihn nicht einmal berührt und doch zuckt er zusammen, wie ein geschlagener Hund.
Woher hat diese Frau ihre Macht?
Sie tritt einen Schritt näher auf Fabian zu.
„Warum?“, fragt sie, während ihre Hand zärtlich seine Wange liebkost.

Die Berührung scheint ihn zu verzaubern, sein Gesicht gewinnt an Farbe. Der Narr fühlt sich tatsächlich sicher.
„Ich wollte *ihn* töten“, sagt er dann und deutet auf mich.
Ich sage nichts und versuche nicht aufzufallen. Aber meine Bemühungen sind gleichgültig, Raffaella dreht sich nicht einmal um.
„Warum?“
Er blickt zu Boden, aber ihre Hand rutscht unter sein Kinn, hebt seinen Blick wieder und zwingt ihn, sie anzusehen.
„Weil du ihn wolltest …“, stammelt Fabian. Raffaella nickt nur. Sie fragt nichts mehr, sie sieht ihn nur an.
Ihre Augen stellen all die Fragen, die sie vielleicht haben könnte und Fabian scheint nur allzu bereit, sie alle zu beantworten.
„Als ich zu dem Haus kam, ist dieser Filmheini dort gewesen. Und er hat mich gesehen. Also hab ich ihn gejagt und erledigt.“
Sein Blick ist von Raffaellas Augen gefangen.
„Und dann habe ich gewartet. Aber sie waren zu zweit. Und einer der beiden ist zu Susi gelaufen. Ich dachte, dass kann nur René sein und bin ihm nach.“
Raffaella schweigt noch immer, nährt seinen Sprachdrang mit ihrem Blick.
„Und als ich gesehen habe, dass er es nicht schafft, sie umzulegen, da habe ich ihn erledigt. Ihn zurück in seine Wohnung gebracht.“
Seine Stimme bekommt beinahe einen entschuldigenden Klang.
„Er war schwach“, murmelt er. „Er war unser nicht wert.“

Sie sagt nichts, stimmt nicht zu, streitet nicht ab.
„Ich dachte mir, irgendjemand muss für den Tod von Michael verantwortlich sein, also warum nicht er. Als ich ihn in seine Wohnung gebracht habe, habe ich entdeckt, dass es nicht René war. Es war dieser Georg."
Bei der Erwähnung dieses Namens sticht es in meinem Herzen. Georg, armer Georg. Ich habe dich zu Unrecht verdächtigt. Du wusstest nichts davon. Ich würde dich um Vergebung bitten, wenn ich es könnte.
Fabian kommt ins Stocken. Mein Blick wandert zu Miko weiter, der nur stumm daneben steht und immer wieder den Kopf schüttelt. Er wirkt nicht entsetzt, sondern enttäuscht. Ich kann nicht mal erraten, worüber.
„Und dann war plötzlich Beatrice da."
Seine Stimme ist leise. Sie bricht fast.
„Die Jagd. Die Gefühle."
Fabians Augen flehen um Vergebung, erbitten Verständnis.
„Das Tier ging mit mir durch", sagt er dann. „Ich musste sie haben."
Bilder entstehen in meinem Kopf, die mir Dinge zeigen, die ich mir niemals vorstellen wollte. Ich bekomme ein flaues Gefühl in der Magengegend.
„Und sie wollte nicht", beendet er seine Beichte.
Ich weiß, was jetzt kommen wird.
Vielleicht reißt sie ihm den Kopf ab.
Oder sie sticht ihm die Augen aus.
Kann auch sein, dass sie ihm einfach das Herz aus der Brust reißt.
Mein Mangel an Mitgefühl überrascht mich, aber ich bin der Meinung, dass er es verdient hätte.

Aber Raffaella enttäuscht mich.
„Ich verzeihe dir", sagt sie, streicht Fabian über die Wange, küsst ihn auf die Stirn und tritt einen Schritt zurück. „Aber solltest du noch ein einziges Mal ohne meinen Auftrag handeln, dann reiße ich dir das Herz raus und zerfetze es noch vor deinen Augen."
Ich kenne Raffaella nicht.
Aber ich glaube ihr.
Sie meint es genau so wie sie es sagt. Wortwörtlich.
Die Macht, welche diese Frau ausstrahlt, ist unglaublich.
Ich beginne zu schwitzen.
Miko grinst breit, tritt zu Fabian, schüttelt zwar noch immer den Kopf, klopft ihm aber freundschaftlich auf die Schulter.
Der Irrsinn hört nicht auf.
Susi zieht an ihrer Zigarette und bläst den Rauch in die Luft.
Nichts von alldem, was hier passiert scheint sie zu überraschen.
Meine Hysterie ist längst abgeklungen und je länger die Unterhaltung dauert, je länger ich auf meinen Tod warten muss, desto mehr Angst kommt zurück. Hoffnung ist trügerisch. Mit der Hoffnung kehrt die Angst zurück, dass sie vergeblich sein kann.
Vielleicht wollte Raffaella genau das erreichen.
Vielleicht ist sie in mehr als einer Hinsicht eine Bestie.
Sie wendet sich wieder Susi und mir zu.
Ihr Blick fällt auf mich und ihre Augen ziehen mich magisch an. Ich könnte darin ertrinken, könnte darin zu etwas anderem werden, einem besseren Menschen. Ich glaube, ich könnte mich in diese Frau verlieben, in ihre

Augen verlieben, ihrer Ausstrahlung verfallen, nach ihrer Berührung, ihrer Haut und ihrem Duft süchtig werden. Aber die Tatsache, dass sie ein Werwolf ist und ich hier sitze, darauf wartend, dass sie mich tötet, macht diese Vorstellung ziemlich schnell zu einer Farce. Aber der Gedanke bleibt in meinem Kopf zurück.

„Und Uschi?", fragt Susi.

Raffaella lächelt.

„Das weißt du doch besser als ich", antwortet sie.

„Hast du sie getötet?"

Schweigen. In der Ferne der Stadt kann ich die ersten Autos hören. Sie wirken so unendlich weit entfernt. Und so surreal in ihrer banalen Wirklichkeit. Als wäre es eine andere Welt, als wäre ihre Existenz ein lang vergangener Traum.

Schließlich nickt Raffaella.

„Ja. Ich habe sie getötet, die verdammte Verräterin", antwortet sie dann, ruhig und gelassen, als würde sie vom Wetter sprechen.

„Aber frag doch ihn", meint sie und deutet auf mich. „Er hat es doch gesehen."

3

Der Wolf steht vor mir, scheint mich zu betrachten, fletscht seine Zähne und überlegt, ob er mich aus dem Weg räumen soll. Aber er tut nichts. Ich kann in seinen Augen sehen, dass er intelligent ist. Er scheint mich als Mensch zu erkennen, scheint zum Denken fähig zu sein, er überlegt, als würde er seine Möglichkeiten durchgehen.

Dann tauchen noch andere Wölfe auf.
Uschi ächzt hinter mir.
Ich drehe mich, ohne darüber nachzudenken, zu ihr um, aber die rasche Bewegung war keine gute Idee. Der Wolf deutet es als Angriff und schleudert mich zur Seite.
Ich pralle gegen die Wand der Gasse, die Luft wird mir aus den Lungen geprellt und mit einem Satz ist er über mir, drückt mich zu Boden, während ich an ihm vorbei sehe, wie ein anderer Wolf Uschi anspringt und sein Maul in ihrem Brustkorb versenkt.
Das Geräusch von reißendem Fleisch und brechenden Knochen hallt in meinem Hirn wieder, wird herumgeworfen und meine Augen versuchen, dass was sie eben gesehen haben, zu vergessen, aber das Bild hat sich in die Netzhaut gebrannt.
Der Wolf reißt den Kopf zurück und er hat etwas im Maul. Es pumpt. Ich kann es nicht genau erkennen, aber ich weiß genau, was es ist. „Sonnenglaster“, ruft Uschi ein letztes Mal, bevor ihr Körper regungslos zusammensackt und all ihre Körperspannung sie mit ihrem letzten Lebensatem verlässt.
In diesem Moment wird alles schwarz, nur um in selben Augenblick durch ein anderes Bild ersetzt zu werden.

Knurren. Krallen. Schreie. Zerfetzte Kleidung und seltsames Licht. Seltsame Farben.

Stimmen, die ich nicht kenne.
Worte, die ich nicht als Worte wahrnehme, deren Sinn ich aber verstehen kann.
Sie unterhalten sich.

Über mich.
Eine Frau sagt: „Das ändert alles."
Ein Mann antwortet: „Ist er einer von uns?"
Erneut die Frau: „Noch nicht. Aber bald."

Dann wache ich auf.
Ich liege in einem fremden Bett. Ich weiß nicht, was passiert ist.
Meine Erinnerung endet am Tag davor, als ich das Büro verlasse.
Alles andere ist blank.
Und jetzt erst verstehe ich, wovor mein Kopf mich beschützen wollte.
Ich habe alles gesehen.

IV

Ich nicke nur.
Was soll ich sagen?
Ja, ich war in der Gasse.
Ja, die Erinnerung ist wieder da.
Ja, ich wünschte mir, ich hätte damit nichts zu tun.
Aber all das ist wohl allen hier klar.
Bevor Raffaella weitersprechen kann, ergreift Susi das Wort: „Ihr wollt den Umschlag?"
Raffaella nickt.
Susi greift unter ihre Jacke und holt ihn hervor, sieht ihn kurz traurig an und reicht ihn dann unserem Gegenüber.
Raffaella greift danach, öffnet ihn und blättert kurz durch die Unterlagen.
Sie nickt anerkennend.

„Uschi war gründlich.“
Susi nickt.
„Ja, das war sie.“
Ich habe keine Ahnung, wovon die beiden sprechen, aber es interessiert mich auch nicht unbedingt.
War jetzt nicht der Zeitpunkt gekommen, an welchem die Bösen ins Schwafeln geraten mussten, um den Guten die unglaubliche Chance zu geben, zu entkommen?
Raffaella packt alles wieder in den Umschlag und sieht uns nachdenklich an.
„Im Grunde genommen spricht nichts dagegen, euch alles zu erklären“, beginnt sie. „Wir haben genug Zeit.“
Susi und ich nicken gleichzeitig, aber im selben Moment weiß ich, dass genau das nicht passieren wird.
Raffaella hat wieder ihr Lächeln im Gesicht.
„Das Problem ist nur, dass diese beiden hier“, sie deutet auf die – nun wieder in Wolfsgestalt neben ihr stehenden – Männer. „Ziemlich ungeduldig sind. Also sparen wir uns das. Was soll es bringen?“
Sie kommt einen Schritt näher.
„Wenn ihr tot seid, dann kümmert es euch nicht mehr.“
Kaum hat sie ihre kleine Ansprache beendet knurren die beiden neben ihr, wie auf Kommando, und treten einen Schritt näher.
Die Angst kommt wieder hoch.
Vielleicht habe ich wirklich gedacht, dass dies alles nur ein Spiel ist?
Vielleicht habe ich wirklich geglaubt, dass uns in letzter Sekunde noch etwas retten wird, aber jetzt, genau in dem Moment, in dem Miko und Fabian, auf Susi und mich zukommen, kriecht die Angst wieder aus ihrem Versteck

hervor.
Die panische, alles andere auslöschende, Angst.
Bevor ich noch schreien oder etwas anderes tun kann, hebt Raffaella die Hand.
„Da wäre noch eine Kleinigkeit", beginnt sie, tritt wieder näher und kniet vor uns hin.
Sie mustert mich und Susi.
In ihren Augen funkelt kurz ein feuriger Funke.
Als würde sie Susi wehtun wollen. Sie quälen.
Aber sie wendet sich mir zu.
„Ich mache dir einen Vorschlag."
Meine Augen werden groß.
Sie macht mir einen Vorschlag?
„Ich weiß, wer du bist. Ich weiß mehr über dich, als du vermutlich selbst über dich weißt. Und ich werde dir jetzt ein Angebot machen."
Meine Ohren müssen mir einen Streich spielen.
„Zuerst habe ich eine Frage: Was ist mit Josef geschehen? Dort oben, auf dem Dach, was ist passiert? Wir haben ihn in der Gasse zwischen den Häusern gefunden. Tot. Und nicht der Sturz hat ihn umgebracht, sondern etwas anderes."
Hinter mir knackst etwas, aber ich kann mich nicht umdrehen, um zu sehen, was es ist.
Irgendetwas ist in dieser Hütte.
Susi antwortet statt mir: „Er ist uns gefolgt, hat die Entfernung zwischen zwei Häusern falsch abgeschätzt und gestürzt. Mehr haben wir nicht gesehen", sagt sie.
Raffaella sieht mich an.
„Stimmt das?"
Ich nicke nur.

Ich kann nicht glauben, was Susi da erzählt.

Denkt sie wirklich, dass uns das retten wird? Ich kann es einfach nicht glauben, schaffe es aber nicht – aus welchen Gründen auch immer – die Wahrheit zu sagen.

Und eigentlich will ich es gar nicht.

Ich will mir nicht ins Gedächtnis rufen, was da oben wirklich passiert ist.

Raffaella nickt.

Sie scheint diese Geschichte zu glauben.

„Das passt zu diesem Idioten. Immerhin hat mir das erspart in selbst umzubringen."

Sie lächelt breit.

„Du hattest schon immer einen seltsamen Männergeschmack, Susi."

Dann steht sie auf und blickt auf mich hinab.

Irgendwie scheint diese Geste ihr eine ungeheuerliche Befriedigung zu verschaffen.

„Aber wir spielen gern. Wir jagen gern. So gesehen, habt ihr uns gut unterhalten."

Ich kann kaum glauben, was sie tut, aber plötzlich lächelt sie noch breiter als zuvor und summt ein Lied, das ich aus alter Zeit aus dem Radio kenne. Ich erkenne den Text.

Ich will doch nur spielen …

Ich schüttle den Kopf, um endlich aus diesem absurden Albtraum, der mit jeder Minute unglaublicher und absurder wird, aufzuwachen, aber es funktioniert nicht.

Ich muss mir wohl eingestehen, dass ich vollkommen wach bin.

„Mein Angebot lautet: Wir töten nur einen von euch."

Ich werfe Susi einen Blick zu.

Sie hat ihre Augen zusammengepresst.
Auch sie scheint von dieser Wendung überrascht zu sein.
„Guter Plan“, flüstere ich in ihre Richtung.
Susi öffnet die Augen und sieht mich an.
Ihr Blick bohrt sich in meine Seele.

Dies ist der Augenblick, den ich niemals in meinem Leben vergessen werde.

Der Moment, an dem alles wie ein Kartenhaus zusammenbricht.
Alles, jede Perspektive, welche die Zukunft für Susi und mich geboten hätte, in genau diesem Moment bricht alles zusammen und alles wird unter den Trümmern des Verrates begraben.
Vertrau mir, sagen ihre Augen, *du musst mir nur vertrauen.*
„Ich gebe dir eine letzte Chance“, unterbricht Raffaella das wortlose Gespräch zwischen Susi und mir.
Mein Blick ist noch immer mit dem von Susi verankert.
Sie muss die Antwort in meinen Augen gelesen haben, noch bevor ich selbst sie wusste.
Sie schließt ihre Augen wieder und ich kann mit unglaublicher Klarheit sehen, wie sich Tränenflüssigkeit in ihrem Auge sammelt.
Der Anblick treibt mich fast in den Wahnsinn.
Raffaella greift nach mir, zieht mich mit erstaunlicher Leichtigkeit zu sich hoch, hält meinem Kopf fest und dreht ihn so herum, dass ich sie direkt ansehen muss.
In ihren Augen finde ich keine Botschaft, die mir sagt, ich solle ihr vertrauen, aber ich sehe, dass sie ehrlich ist.
Ich sehe, dass sie ernst meint, was sie sagt.

„Du entscheidest. Und wir halten uns daran."
Die Zeit steht still.
Mein Kopf ist leer.
Sie will, dass ich entscheide, wer von uns beiden getötet wird.
Unendlich langsam wende ich den Kopf und sehe Susi an.
Die Träne tritt aus ihrem Auge hervor und läuft langsam, eine Spur hinter sich herziehend, ihre Wange hinab.
„Willst du ein Held sein?"
Raffaella stellt ihre Frage und ich sehe auch dieses Mal keinen Spott in ihren Augen, sondern einfach nur Neugierde.
Einfache, perverse Neugierde.
(… *ein Held sein* …)
(… *Held* …)
(… *willst du* …)
(… *ein Held sein* …)
Die Worte werfen ein Echo in meinem Kopf.
Sie werden in meinem Geist von einer Seite zur anderen gedreht, verzerrt, durcheinander gewirbelt und all ihres Sinnes beraubt.
(… *willst du* …)
(… *ein Held sein* …)
Ich kann nicht sprechen.
Mein Mund ist trocken.
Ich starre nur ins Leere, starre Raffaella an.
Ich suche noch immer nach einem Zeichen, dass sie es nicht ernst meinen würde.
Ich erkenne keines.
Es gibt keinen Grund an ihren Worten zu zweifeln.

Sie hat Fabian verschont.
Sie wird einen von uns gehen lassen.
Susis Worte allerdings …
… wir sind bei der Hütte.
… wir sind *nicht* in Sicherheit.
(… *ein Held* …)
(… *willst* …)
(… *ein Held* …)
(… *willst du ein Held sein* …)
Zum ersten Mal in meinem Leben will ich kein Held sein.
Zum ersten Mal wird mir bewusst, dass ich niemals ein Held sein werde, niemals einer war und auch jetzt, in genau diesem Moment, keiner bin.
Ich öffne meinen Mund, aber ich bringe keinen Ton heraus.
„Lass dir Zeit“, sagt Raffaella.
Ich schließe den Mund wieder, werfe einen weiteren Blick auf Susi und schließe die Augen.
Tränen laufen auch über meine Wangen.
„Du Bestie“, bringe ich schließlich hervor.
„Ja“, antwortet sie. „Ja, das bin ich.“
Sie lächelt noch immer. Ist immer noch neugierig, wie ich mich entscheiden werde.
„Aber das ist nicht die Antwort auf meine Frage“, stellt sie dann fest.
Sie sieht mich forschend an.
„Die Frage lautet: Du oder sie? Wer soll sterben? Sag es einfach. Sie? Du?“
(… *willst du ein Held sein* …)
Ich presse die Augen zusammen und suche verzweifelt

nach der Kraft, um ihr ins Gesicht zu schreien, sie soll sich doch ins Knie ficken. Und als ich endlich glaube, diese Kraft gefunden zu haben, öffne ich den Mund und schreie es ihr lauthals ins Gesicht.

4

Jetzt ist die Zeit gekommen.
Ich wende mich an dich.
Ich liefere mich deiner Gnade aus.
Und zittere beim Gedanken daran, dass ich dies freiwillig tue.
Jetzt ist die Zeit gekommen, da ich erkenne.
Da ich erwache aus der Lethargie.
Jetzt ist die Zeit gekommen und ich fürchte mich so sehr davor, dass ich es noch aufschieben will.
Ich fürchte mich so sehr davor, dass ich mir selbst noch etwas Zeit geben will.
Warum jetzt?
Warum nicht Morgen?
Oder in einer Woche?
Oder … oder bald?
So sehr fürchte ich mich vor deiner Gnade, dass mein Stolz sie in einen Todesstoß verwandelt.
Aber was ändern Stunden, Tage, Wochen daran?
Nichts.
Nur die Furcht nährt sich daran.
Nur die Furcht wächst, während ich mich ängstige.
Vor dir.
Und deiner Gnade.

V

Es ist aber nicht *dieser* Satz, der aus meinem Mund kommt.

Es ist nur ein einziges Wort.

Ich schreie auch nicht.

Es ist nur ein einziges, heiseres, kaum hörbares Flüstern.

„Sie."

Zuerst folgt eine scheinbar endlos lange Stille.

Und dann passiert alles ganz schnell.

Miko und Fabian springen los.

Noch bevor ich rufen kann, dass sie doch mich nehmen sollen, noch bevor ich sagen kann, dass ich das nicht meinte, noch bevor ich mich selbst vor der Verdammnis retten kann, springen die beiden auf Susi zu und –

- dann peitschen zwei Schüsse durch die Nacht.

Raffaella lässt mich zu Boden fallen.

Sie fährt herum und ihre Augen suchen die Morgendämmerung nach den Schützen ab, aber sie blickt in die falsche Richtung.

Sie blickt zurück zu den Häusern.

In dem Moment, in dem ich die Schüsse höre und glaube, dass mein Trommelfell platzen wird, regnen Glasscherben auf mich herab.

Eines der Fenster in der Seitenwand der Hütte wurde zerstört.

Miko wird in der Luft zur Seite gerissen.

Er landet tödlich verwundet im Gras, schreit vor Schmerzen auf, wendet sich aber am Boden liegend noch in Richtung Susi und ich kann nicht glauben, was ich sehe: Er steht wieder auf.

Miko taumelt ein paar Schritte auf Susi zu.
Dann peitscht ein weiterer Schuss durch die Dämmerung und reißt ihn von den Füssen.
Zwischen seinen Augen läuft ein Blutrinnsal hervor.
Er ist tot.
Fabian ergeht es ähnlich.
Nur, dass er nicht wieder aufsteht.
Der erste Schuss war tödlich.
Raffaella dreht sich wieder in unsere Richtung.
Sie erkennt, dass die Schüsse aus der Hütte kamen.
Ihr Blick ist voller Zorn.
Hass.
Und Wut.
Ein letzter Blick den sie Susi zuwirft, als würde sie sagen wollen: Aber dich nehme ich mit in die Dunkelheit.
Dann springt sie auf Susi zu.
Ich sehe alles, was passiert mit einer ungeheuren Genauigkeit.
Ihre Füße verlassen den Boden und sind bereits keine Füße mehr. Sie haben sich in Krallen verwandelt.
Der restliche Körper verwandelt sich, als sie bereits in der Luft ist.
Aber sie erreicht Susi nicht.
Ein weiterer Schuss peitscht durch den Morgen und gleich darauf zwei weitere.
Der erste Schuss reißt sie zurück auf den Boden.
Der zweite Schuss schlägt in ihre Schulter und ich sehe, wie das Blut zur Seite spritzt.
Der dritte und letzte Schuss reißt ihr ein Loch in die Brust.
Dann schlägt sie in Menschengestalt auf dem Boden auf.

Sie ächzt, als der Aufprall ihr die Luft aus den Lungen drückt.

Blut läuft in einem kleinen Rinnsal aus ihrem Mundwinkel.

Starr liege ich vor der Hütte am Boden und bemerke nur am Rande, dass Polizisten aus der Hütte in die Morgendämmerung treten.

Sie gehen vorsichtig auf die drei Toten zu, die Gewehre noch im Anschlag.

Ein anderer tritt zu uns und beugt sich über mich und Susi.

Er sagt irgendetwas, aber ich kann ihn nicht verstehen.

Ein Arzt taucht auf und kümmert sich um Susis Bein.

Sie sitzt nur da, starrt in den Himmel und scheint in Gedanken versunken zu sein.

Der Mann vor mir sagt schon wieder etwas, versucht mich etwas zu fragen, aber ich bin gedanklich so weit weg, dass ich keine Worte höre, sondern nur ein fernes Rauschen.

Susi blickt auf Raffaella, die im Sterben liegt und ihre Blicke treffen sich.

Und trotzdem habe ich gewonnen, scheint Raffaella ihr mitzuteilen.

Susi wendet den Blick ab.

Ebenso wie ich.

(… *vertrau mir* …)

(… *willst du ein Held sein* …)

(… *hab Vertrauen* …)

(… *sie* …)

(… *ein Held* …)

(… *willst du* …)

(*… sie …*)

(*… vertrau mir …*)

Und dann denke ich an das, was ich Susi vor ein paar Stunden noch vorgeworfen habe: Sie hat sich nicht nach mir umgedreht, als ich in Lebensgefahr war.

Und dann fällt mir etwas anderes auf.

Etwas, was vielleicht unwichtig ist, weil wir beide am Leben sind.

Außer Gefahr.

Aber etwas, dass mir Sorgen macht.

Ich habe nicht versucht, mich vor sie zu werfen, sie zu schützen.

Als die Bestien lossprangen, habe ich mich nicht schützend dazwischen geworfen.

(*… willst du ein Held sein? …*)

Und was mir noch mehr zu schaffen macht, ist die Ehrlichkeit in den Augen von Raffaella.

Ich kann versuchen mir einzureden, dass sie mich manipulieren wollte, mich mit ihren Augen hypnotisiert hat, aber ich weiß, dass es nicht wahr ist.

Sie hätte nur einen von uns getötet.

(*… ein Held …*)

Ich verliere das Bewusstsein.

KAPITEL 19
Der Blick in den Spiegel

„Because of the screaming wall of fear noone can hear the single cries that would come near. Pushing the button seemed so right. Listening to the praise of just another glorious fight. When we awake we know nothing.“
(Aquarian Age „Hypnotized”)

I

Wir können nicht alle Helden sein.
Zumindest diese Erkenntnis steht am Ende meiner Geschichte.
Bin ich deswegen ein schlechter Mensch? Weil ich nicht fähig war ein Held zu sein? Ich weiß es nicht.
Die Wahrheit über jene Nacht und die Tage davor verbirgt sich noch immer vor mir. Ihre Nebel umhüllen mich und hin und wieder erhasche ich einen kurzen Blick auf das, was vielleicht dahinter liegt, aber niemals kann ich es klar erkennen.
So viele Fragen, die offen geblieben sind, so viele Dinge, die ich nicht verstehe und wohl niemals verstehen werde.
Ist es immer so?
Enden Geschichten auf diese Weise?
Hören sie einfach auf?
Vermutlich nicht.
Wie könnten sie auch? Es sind doch nur Geschichten. Erdacht und niedergeschrieben. Anleihen aus dem eigenen Leben genommen und in ein neues Korsett geworfen. So entstehen Geschichten. So schreibt man

Geschichten.
Aber genauso wenig, wie wir alle Helden sein können, genauso wenig trifft dies auf alle Geschichten zu. Manche erlebt man, ob man will oder nicht. Und das Leben kümmert sich nicht darum, ob am Ende alle Fragen geklärt sind, oder um Erkenntnis. Von Erlösung gar nicht erst zu reden.
Das Leben passiert.
Mein Leben passiert.
Ich habe Susi nie wieder gesehen.
Wir wurden von den Sanitätern getrennt und dann war sie verschwunden. Ich habe nicht einmal versucht nach ihr zu suchen. Was hätte ich ihr sagen sollen?
Dass ich es nicht so gemeint hatte?
Dass ich mich für sie hätte opfern wollen?
Dass ich gerne ein Held gewesen wäre?
Natürlich hätte ich das tun können.
Aber sie hätte die Lüge erkannt. Die Wahrheit ist nie so einfach, nie schwarz oder weiß. Ich schaffe es vielleicht gerade noch, mich selbst zu belügen. Mir selbst zu sagen, dass ich nicht meine Haut retten wollte, sondern ihre.
An guten Tagen glaube ich mir.
Trifft mich Schuld? Ja. So einfach ist es.
Aber welche Schuld trifft mich?
Trifft mich die Schuld, ihr nicht vertraut zu haben?
Bin ich schuld daran, dass diese Bestien sie gejagt haben?
Bin ich schuld, an ihrem Tod?
Ein klares „Nein“ zur letzten Frage.
Susi lebt noch.
Das weiß ich.
Und die Frage, ob sie es mir verdankt, dass sie noch lebt?

Ebenfalls nein.
Vielleicht macht das den Unterschied aus.

Die Polizisten haben das Gespräch mit Raffaella auf Band aufgenommen, aber sie erwähnen nie, dass ich Susi verraten habe. Sie sprechen es nicht aus, aber ich kann es in ihren Augen sehen: Sie haben kein Mitleid mit mir. In ihren Augen habe ich darin versagt im richtigen Moment ein Held zu sein. Hin und wieder habe ich das Bedürfnis mir einen von ihnen zu schnappen und ihm ins Gesicht zu schreien.
Aber was würde das ändern?
Er würde es nicht verstehen.
Genauso wenig, wie ich nicht verstehen kann, dass die Polizisten keine Wölfe gesehen haben, sondern völlig normale Menschen aus Fleisch und Blut. Menschen. Sie haben alles mitgefilmt und mir vorgespielt. Sie meinten, ich hätte halluziniert.
Und ich nehme diese Ausrede dankbar an.
Ich rede mir ein, dass dies die Erklärung ist, für all das was ich gesehen habe.
Wer könnte mir etwas anderes beweisen?
Wer könnte mir einreden, dass die Wölfe tatsächlich da waren?
Niemand. Susi ist weg. Zumindest sie habe ich mir nicht eingebildet. Sie war es, die die Polizei angerufen, den ganzen Hinterhalt organisiert hatte, noch bevor wir uns an diesem Abend getroffen haben.
Auf eine seltsame Art und Weise hat sie mir das Leben gerettet.
Hätte sie mir gesagt, dass dort in der Hütte Polizisten auf

uns warten … ich glaube nicht, dass ich so sehr um mein Leben gefürchtet hätte, wie ich es an diesem Abend tat. Und wenn ich weniger Angst gehabt hätte, dann wäre ich vermutlich nicht fähig gewesen so schnell zu laufen. Und wäre nie bei der Hütte angekommen.
So wie Susi es nicht geschafft hat.
So gesehen bin ich doch für ihr Überleben verantwortlich.
Aber diese Ausrede, dieser simple Trick ist reiner Selbstbetrug. Etwas, dass ich mir hin und wieder sage, wenn ich damit beginne mich selbst zu hassen.
Danach geht es wieder für eine Weile.
Bis mir einfällt, dass es ihre Entscheidung war, mir nichts zu sagen, was dann dazu führen würde, dass es doch sie war, die uns gerettet hat. Aber dieses Gedankenkonstrukt hat noch nie ein Ende gefunden und ich habe aufgehört darüber nachzudenken.
Manchmal träume ich.
In diesen Träumen sehe ich den Mond.
Er scheint hell auf die Erde.
Ich fühle mich sicher.
Wovor sollte ich mich in der Nacht mehr fürchten als am Tage?
Es gibt keinen Unterschied zwischen Tag und Nacht.
Keinen einzigen.
In diesen Träumen heult ein Wolf in der Ferne den Mond an.
Ich mache mich auf die Suche nach ihm, nehme seine Fährte auf und spüre ihm nach, bis ich ihn finde.
Und ich finde ihn jedes Mal.
Oder sie.

Ich kann es nicht mit Sicherheit sagen, aber ich glaube, dass dieser Wolf Raffaella ist.
Und wenn ich sie gefunden habe, dann töte ich sie nicht etwa, oder sie mich, wir kämpfen nicht einmal, nein, im Gegenteil: Wir heulen gemeinsam den Mond an.
Denn auch ich bin ein Wolf.
Ihr Gefährte.
An diesem Punkt wache ich jedes Mal auf und ein Gefühl der Hilflosigkeit überwältigt mich. Ein paar Sekunden lang habe ich ein anderes Bild im Kopf. Es hat zu tun mit Susi.
Ich bin in ihrer Wohnung.
Wir hören Musik und unterhalten uns, verstehen uns gut und für einen Augenblick, für einen wundervollen, kurzen Augenblick außerhalb der Zeit ist fast so etwas wie Liebe im Raum vorhanden.
Dann zeigt sie mir ihre Narben und das Bild in meinem Kopf geht in das Bild meines Traumes über.
Ich bin ein Wolf.
Ist es eine Erinnerung?
Und warum werde ich in genau diesem Moment zu einem Wolf?
In meinem halbwachen Zustand glaube ich, dass es einen Zusammenhang gibt, glaube zu ahnen, dass dieses Bild mir etwas sagen will.
Vielleicht, dass Raffaella sich bewusst an mich gewandt hat?
Dass sie gewusst hatte, dass ich einer von ihnen hätte werden können, wenn nur die Umstände ein wenig anders gewesen wären?
Dann bin ich endgültig wach und zittere am ganzen

Körper.
Meine Bettlaken sind nass von Angstschweiß.
Und immer wieder höre ich diese Stimme in meinem Kopf: „Willst du ein Held sein?“
Ich muss an Narben denken.
An eine Welt voller potentieller Wölfe.
Und wie sehr man das Leben lieben muss, um trotz dieser Bedrohung Tag für Tag durchzuhalten.
Ich habe eine Ewigkeit gebraucht um das zu begreifen.

II

Es ist früh am Morgen.
Die junge Frau steht am Waldrand.
Sie betrachtet eine kleine Hütte.
Den Tau auf dem Gras.
Die Schatten im Wald.
Die Lichter über der Stadt hinter ihr.
Vielleicht ist sie in Gedanken versunken.
Vielleicht in eine Erinnerung vertieft.
Vielleicht denkt sie aber auch daran, was die Zukunft ihr bringen mag.
Sie blickt in die Ferne.
Ihre Gedanken schweifen ab.
Sie blinzelt und kniet sich hin.
Ihre Finger tasten das Gras ab, sie streicht über die Tautropfen, schafft es, ein paar davon auf ihre Fingerspitzen zu übertragen und hält sie in die Höhe.
Das Sonnenlicht bricht sich darin.
Sie glitzern.
Es ist wunderschön.

Susi lächelt.
Es ist ein schönes Lächeln, eines, dass keine Angst vor dem hat, was noch kommen mag.
Sie genießt den Anblick ein paar Sekunden lang.
Sonnenglaster, denkt sie.
Dann lässt sie die Hand sinken.
Vielleicht, weil sie etwas in der Ferne gesehen hat.
Vielleicht, weil ihre Gedanken bereits wieder weiter gewandert sind.
Ohne es selbst zu bemerken streichen ihre Finger über die neue Narbe an der Hand.
Ihr Blick gleitet über die Ebene, welche die Hütte von der Stadt trennt.
Dort, die Häuserschlucht.
Es hätte ein Mensch sein müssen, der in der Straße neben ihr gelaufen ist. Ein Mensch.
Stattdessen war ein Wolf vorbei gelaufen.
Sie schließt in einem kurzen Moment der Trauer die Augen.
Vielleicht hätte sie es wissen müssen.
Vielleicht hätte sie …
… sie hatte es gewusst.
Sie hatte von Anfang an gewusst, dass sie wieder jemand Falschen getroffen hatte.
Aber das war eine Lüge.
Es wäre möglich gewesen.
Diese Chance bestand immer.
Sie durfte nur nicht aufhören zu suchen.
Sie öffnet die Augen wieder.
Ihr Lächeln kehrt zurück.
Der Gedanke zu verreisen kommt ihr in den Sinn.

Aber wohin?
Ihr Lächeln wird breiter.
Afrika. Afrika klingt gut.
Sie ist sich sicher, dass es dort keine Wölfe gibt.
Wölfe gibt es nur bei uns.
In der „zivilisierten" Welt.
Aber wer ist sie um diese Welt anzuklagen?
So ist es nun einmal.
Sie kann damit leben.
Sie liebt das Leben zu sehr, um einfach aufzugeben.
Sie hat eine Ewigkeit gebraucht, um das zu begreifen.
Sie wendet sich um und lässt die Sonne auf ihr Gesicht scheinen.
Vielleicht sollte sie jemanden anrufen.
Vielleicht möchte jemand sie begleiten.
Ihr Lächeln breitet sich über das ganze Gesicht aus.
Ja, denkt sie, vielleicht.

Ein kurzes (Nach)Wort vom Autor

Diese Geschichte ist vor Jahren in meiner Zeit an der Fachhochschule in Linz entstanden. Dafür verantwortlich sind wohl die Fächer Psychologie und Alltagskultur. Wie das zusammenpasst kann/darf/soll sich jede/r Leser/in selbst ausmalen.

Nur um die Frage vorweg zu nehmen eine Klarstellung von meiner Seite: Ich habe mit diesem Buch kein Trauma aufgearbeitet - meine Eltern haben mich immer sehr gut behandelt und ich liebe die beiden über alles. Das erwähne ich nur deshalb, weil selbst ernannte Hobbypsychologen mir sonst wieder unterstellen ich hätte mein Leben zu Papier gebracht.

Ansonsten kann ich nur sagen, dass es mir ein Vergnügen war dieses Buch zu schreiben - das erste übrigens, für das ich doch tatsächlich so richtig recherchiert habe - und hoffe, dass es sie gut unterhalten hat.

Wir alle haben unsere Sonnenglaster. Und vermutlich unsere Raffaelleas und Mikos.
Auch wenn ich mir sicher bin, dass Ihre anders aussehen als meine.

Danke an Sie, dass Sie sich die Zeit genommen haben dieses Buch zu lesen.

Oliver Jungwirth, Jänner 2013

Danksagungen

Die Texte an Beginn der einzelnen Kapitel stammen von Christian Grill, konkreter: aus Musikstücken seiner Band „Aquarian Age“ (www.aquarianage.at).
Danke für die Erlaubnis zum Abdruck in diesem Buch.
(*kauft ihre Alben!*)

Danke an Martin Nausner (www.digigrafia.net), der das tolle, kultige Cover gemacht hat.

Mein Dank gilt weiters meinen Vortragenden in den Fächern Psychologie/Anthropologie und Alltagskultur, genauso wie diversen Gesprächspartnerinnen und Gesprächspartnern zum Thema Selbstverletzendes Verhalten (ihr wisst, wer ihr seid - danke für das Vertrauen).

Die Informationen zum Thema SVV in diesem Buch sind möglicherweise nicht mehr auf Stand 2013. Zum Zeitpunkt des Entstehens dieser Geschichte waren sie aktuell.

Für Interessierte:
Zwei Bücher zu diesem Thema, die ich sehr empfehlen kann:
„Damit ich den innerenSchmerz nicht spüre“
von Smith / Cox / Saradjian
„Der Schmerz sitzt tiefer“
von Steven Levenkron

Über den Autor

Oliver Jungwirth ist 1979 zur Welt gekommen, in Stadt Haag (NÖ) aufgewachsen und lebt ungefähr seit der Jahrtausendwende in Linz (OÖ).

Er arbeitet im Sozialbereich und wenn er mal Freizeit hat, dann verbringt er sie mit lesen, Bücher und Drehbücher schreiben, Filme ansehen und drehen (zumindest im Urlaub) und immer wieder Mal zwischendurch für einen Kaffee und eine Zigarette an die frische Luft zu gehen und FreundInnen zu treffen. Oder gemeinsam ins Kino zu gehen. Oder eine Gaming-Night einzulegen. Ja, so kindisch ist er.

Man wird ja wohl noch leben dürfen :-)

Mehr Informationen:
www.creativeturtle.at
www.oliverjungwirth.com

Sollten Sie dem Autor etwas sagen wollen, erreichen Sie ihn unter dieser E-Mail-Adresse:
oliver@creatorscup.at

(sollte er mit der Antwort ein wenig Zeit brauchen, bitte nicht unruhig werden, er wird versuchen als rasch als möglich zu antworten)

www.ingramcontent.com/pod-product-compliance
Lightning Source LLC
LaVergne TN
LVHW021945220826
846091LV00015B/4100

9781480115804